JUAN SIN TIERRA

JUAN GOYTISOLO

JUAN SIN TIERRA

BIBLIOTECA BREVE
EDITORIAL SEIX BARRAL, S. A.
BARCELONA - CARACAS - MÉXICO

Cubierta: Joan Batallé

Primera edición: abril de 1975
Segunda edición: marzo de 1977
Reimpresión: junio de 1978

© 1975 y 1977: Juan Goytisolo

ISBN: 84 322 0310 6
Depósito legal: B. 19.751 - 1978

Printed in Spain

La cara se alejó del culo.

OCTAVIO PAZ, *Conjunciones y disyunciones*

I'm completely dead to decency.

T. E. LAWRENCE, *Letters*

Le verbe contre le fait, le maquis contre
la guerre classique, l'affirmation incantatoire
contre l'objectivité et, d'une façon générale,
le signe contre la chose.

JACQUES BERQUE, *Les Arabes*

I

según los gurús indostánicos, en la fase superior de la meditación, el cuerpo humano, purgado de apetitos y anhelos, se abandona con deleite a una existencia etérea, horra de pasiones y achaques, atenta sólo al manso discurrir de un tiempo sin fronteras, alado y leve como esas avecillas vagabundas aparentemente sujetas a la suave y melodiosa inspiración de una invisible brisa, musicalmente absortas en la remota contemplación del mar : los estímulos y aguijones sensuales no hacen ya mella en él e, inmerso en la languidez bienhechora de un presente eterno, desdeña, altivo, la irrisoria esclavitud de los placeres, puro, esbelto y sutil, ingrávido, con la delicada fluidez de las nubes que al atardecer auspician la majestad de los paisajes otoñales, lejos del tráfago febril, del mundanal ruïdo : elevándose sobre la tiranía de una contingencia mezquina, ofrenda entonces a la devota admiración del vulgo el gesto grave y tranquilo del asceta afinado por sus penitencias y ayunos, el despego risueño del mártir bramán enfrentado a los preparativos de su propia muerte, la serena adustez del faquir graciosamente tendido en su alfombra de púas : mas el que te observa en el ángulo de la mesa, desde la cubierta coloreada del high fidelity parece proclamar con violencia, casi a gritos, que nunca, pero que nunca alcanzará, aun en el caso improbable de proponérselo, la fase superior de la meditación trascendental, los austeros aunque inefables goces de la vida beata y contemplativa : ni anacoreta ni faquir ni bramán : cuerpo tan sólo : despliegue de materia : hijo de la tierra y a la tierra unido :

en vez de línea ceñida y monda, de superficie estricta, de delgadez escueta, la ostentación vistosa de redondeces y curvas, la plétora carnal, la esplendidez barroca : cuerpo opulento y feraz, dadivoso, ubérrimo, sólidamente arraigado en el mundo inferior por obra de unos pies que, aunque excluidos de la artística composición del encuadre, todo induce a creer que emulan al resto en grandeza, prodigalidad, desmesura : descalzos sin duda, buscando el contacto directo, simbiótico que extrae de la substancia primigenia el énfasis vital, la genitiva fuerza : pues una rica savia le alimenta y da vida, le ayuda generosamente a medrar, inventa convexidades fabulosas : la orla represiva del escote consigue difícilmente contenerlas y propicia un vasto despliegue de ondas que, aun cubiertas por la aterciopelada maleabilidad de la tela, resultan no obstante aperitivas a ojos del avisado catador : superficies encrespadas y erectas que, a partir de la imponente sotabarba,. impulsan el remolino de su furia hacia la apoteosis frontal : doble cresta, marejada suprema que el temible ciclón antillano ha catapultado hasta el vértigo de una prominencia increíble : la ola mortífera erguida en su esplendor pavoroso momentos antes de despeñarse sobre la zona del desastre y barrer con exactitud iracunda las viviendas, enseres, poblaciones, industrias, cultivos de un área rebosante de vida, transformándola, en un pestañeo, en un triste y asolador lodazal abandonado al gemido de las víctimas, al ladrido de los perros, al vuelo de los buitres, al pillaje de buscavidas y hambrientos, al celo apresurado aunque tardío de la flordeliseada caridad internacional : pero la ola no avanza y estalla y la instantánea del fotógrafo la aquieta, remansa e inmoviliza : la línea Maginot del

corsé sugiere más bien la hipótesis de dos lomas de
forma ovoide y superficie turgente, cuyo saliente extremo se mantiene en inverosímil y precario equilibrio :
cordilleras, vaguadas, cerros, pasos, colinas, desfiladeros? : no : la geometría lo expresará mejor : círculos,
discos, esferas, orbes que invitan al estudio y observa-
ción, a las especulaciones exquisitas del perito agrimen-
sor que sueña en poseer para sí todo el fausto y grandeza del espectacular hemiciclo : y la muy maldita lo sabe
y por eso sonríe con la ufana plenitud de unos labios
abiertos, voraces, rotundos : extendiendo simultáneamente los brazos enormes con el ademán un tanto procaz de
quien incita a penetrar al forastero en los arcanos del
terrenal paraíso : el pelo cuidadosamente ondeado, la
frente abultada y tersa, las cejas pobladas, la nariz amplia y roma, los dientes grandes, brillantes y blancos, la
lengua ágil y rosa, la piel morena y bruñida : dos aretes
dorados cuelgan de sus orejas y parecen tintinear dulcemente mientras ella guarachea con júbilo conforme al
reclamo bilingüe escrito en la funda del high fidelity :
T H E QUEEN OF R H YT H M, LA REINA DEL RITMO : cuerpo real sin duda que no acata otra ley que el soberano
disfrute : soberbiamente ajeno a las experiencias de des-
asimiento y meditación : partidario resuelto de un hic et
nunc muy precisos : aquí y ahora situados bajo los plie-
gues y ondulaciones de la tela estampada que ella esgrime y realza en medio de un torbellino de risa, dando
a entender a quien quiera que ella, la gorda, sólo aspira
a dar placer y a recibirlo pues la vida es sabrosa y debe
apurarse sin remilgos ni teorías, con la conciencia tosca
pero clara de que no hay otra realidad fuera de la que
uno ve, gusta y toca y de que no hay tamarindo dulce

ni mulata señorita : su mole ciclópea se recorta sobre el esfumado batey de un ingenio y, dando la vuelta, a fin de sortearla, te adentrarás en él : las fotografías atabacadas, marchitas, que presidieran el cónclave de fantasmas de tu niñez no están aquí para ilustrar tus pasos y probablemente siguen ornando los muros de la vieja mansión, en el país de cuyo nombre no quieres acordarte : cortadas las amarras, seca la raíz, el material auxiliar es escaso : desperdigados sobre la mesa, en la tabla que cubre el fregadero de latón, por los estantes de un mueble clasificador desgalichado y ridículo los Seeco Record de la gorda explosiva ponen una fogosa nota de color relegando a un segundo plano los restantes comparsas de tu memoria : el libro en rústica, de cubierta verdosa, con el grabado expositor, numerado de las distintas piezas de un típico evaporador al vacío : la fotocopia de una sobrecogedora "Explicación de la doctrina cristiana acomodada a la capacidad de los negros bozales" : algunas imágenes, en fin, de aquel tiempo cercano pero abolido y muerto en que la rebeldía se dejó crecer los cabellos y sacudió con un huracán de esperanzas la existencia menguada de millones y millones de seres condenados por siglos a la servidumbre ideológica consubstancial a tu lengua, deslumbrándoos a todos con el espectáculo de su belleza violenta y agreste, antes de que la vieja predisposición de la estirpe a suprimir la libertad viva de hoy en nombre de la imaginaria libertad de mañana sometiese la invención creadora a los imperativos de la producción, sacrificara el país a la plantación y triturara otra vez a sus hijos como cañas en molino, devolviendo a la Isla siempre Fiel su aborrecida y sempiterna condición de latifundio azucarero : nin-

14

gún otro elemento de la habitación podrá escoltar tus pasos en el arduo camino de tu retorno al gene, al pecado de origen con que te han abrumado : y perdido en la vasta extensión del batey, de espaldas a la rumbera gorda, deberás apelar aún al destello intermitente, casi moribundo de los clisés lejanos mientras discurres, como una sombra, ante el trapiche y el secadero, los almacenes y la casa de purga : por los meandros volubles de la memoria, buscando los barracones de la dotación : mucho antes de tu abortado nacimiento, una centuria y pico atrás, invisible y ubicuo ahora, pero presto todavía a encarnar y, liberado del estigma de la piel, a empezar el ciclo de nuevo

míralos bien : sus rostros te resultarán conocidos : el mayoral los ha congregado frente a la morada del amo y el repique de la campana convoca a los míseros rezagados procedentes del cañaveral a una visión privilegiada, directa del portentoso acontecimiento : el sol del trópico cae a plomo sobre sus cabezas y se defienden de él como pueden, con pañuelos de colores y rústicos sombreros de palma : reunidas aparte, las hembras se abanican con femíneos gestos, coquetas siempre a pesar del polvo, la suciedad y las raídas prendas de trabajo : contramayorales y pedáneos vigilan al fondo con sus chuzos y perros y los esclavos domésticos dan los últimos toques al estrado cubierto de colgaduras y alfombras donde según toda probabilidad, llegada la hora, se acomodará la limpia y virtuosa familia : te interrumpirás unos segundos a fin de completar el decorado : sofás, mecedoras, hamacas, un piano de cola para la niña música, tiestos con helechos, canastas de fruta, ramilletes de flores : el retrato ovalado de alguna bisabuela imperativa presidirá la ceremonia de la fiesta, un criollito con alas de ángel ahuyentará las moscas con una penca de yarey : los demás componentes figuran en las descripciones costumbristas de la época de Cecilia Valdés y el apremio insistente de la campana te dispensará de demorarte en ellos : una bandeja con refrescos, un exquisito libro de poemas, una partitura de Beethoven, un botellín de ron West Indian? : la próvida disposición del director de escena centrará la atención del indigno en verdad respetable en el doble trono vacío que, erguido sobre adamascado pedestal y protegido del sol por un airoso palio, aguarda también a las claras la presencia soberana que, como el viril en medio de los oros de la custodia, le conferirá de golpe su razón de ser y le colmará del augusto poder de su mágico esplendor radiante : litúrgico símbolo cuya mera existencia descabalga y fulmina, avasalla e impone : descanso y solaz igualmente de asentaderas pontificales y regias dotado acá de una almohadilla de raso cuyos bordados primores encubren a la doliente masa el secreto de una doble oquedad circular bajo la cual, al abrigo de los costados del solio, acecha en respetuosa aunque impaciente espera el sublime y sublimador adminículo, hijo querido de la puritana ocultación, dernier cri de la pujante revolución industrial inglesa : colocado aposta de modo que los ocupantes virtuales puedan contemplar en el apogeo y plenitud de su gloria la modesta zanja que, al alcance de su vista pero no de su olfato, se dispone a recibir las dádivas de una veintena de individuos

de ambos sexos floreados a dedo por la diligencia oportuna del mayoral : a un metro de distancia uno de otro,
conforme a las normas de una rígida disciplina castrense, ofrendando en cuclillas a la fraterna asamblea
esas partes carirredondas, joviales que algunos fotógrafos
naturalistas solían captar, para goce y regalo de entendidos, en el acto de emular, en grupo festivo, con los
mofletes rubicundos de Eolo : tañendo con arte su variada panoplia de instrumentos de viento : flautas y
pífanos, caramillos, oboes, clarinetes, saxófonos : obedeciendo a la batuta del anónimo autor de la instantánea con la sabia concisión de los músicos que inter-
pretan una obertura mientras las damas suspiran en el
proscenio y un aficionado al bel canto sigue la partitura
desde su butaca alumbrándose, con orgullo y parquedad
de luciérnaga, mediante una minúscula lámpara de bolsillo : pero la imagen de la tarjeta postal, con toda su
exaltación lírica, expresa sólo a medias el alcance de la
escena que pretendes pintar : la oscura pero armoniosa
sucesión de salvas, sí, salvas sean mil esas benditas partes que os contemplan a ti y a la humilde y resignada
masa como si quisieran retrataros y se rieran a su vez
de vosotros del mismo modo que os reís de ellas, con
la crispación brusca de quien prorrumpe en carcajadas
y descarga su prolongada tensión en una breve emisión
violenta : la burla es recíproca y, concluida la ilustración, depositado el óbolo, los jocosos donantes procederán a eliminar las secuelas de su impulsiva euforia
con el escueto ademán de quien desliza la mano por
el rostro a fin de borrar las huellas de una sonrisa : con
un bote oficiando de aguamanil : bajo la mirada repro-
badora de la familia que, en el interín, habrá tomado

posesión del estrado : el bisabuelo Agustín y su esposa, el señorito, las niñas, un grupo de parientes dignos y pobres, los esclavos domésticos, una agitada nube de nodrizas : niña Adelaida toca el violín y, con teatral hipérbole, el señorito Jorge aporrea inspiradamente el piano, niña Fermina repasa su lección de francés, el capellán reza sus maitines, el criollito aleja incansablemente a las moscas absorto en su exquisito papel de ángel : el mayoral bebe ron a caño y hará chasquear el látigo sobre la cabeza de los negros pues la demostración va a comenzar : los técnicos de la compañía que ha patentado el invento procuran disfrazar su nerviosismo con un pulcro barniz de flema británica y, cogidos de la mano, con la pompa de los monarcas a punto de ser coronados, el bisabuelo y su esposa ascenderán las gradas del trono en medio de un religioso silencio : él, vestido de blanco de cabeza a pies, con el chaleco cruzado, una cadena de oro y el cigarro habano encendido : ella, idéntica al retrato desvaído que velara tus pasos inquietos en el largo pasillo de la adusta mansión : mejor aún : con el uniforme de gala de la Virgen Patrona de la Península cuando recibe honores de Capitán General el Día de la Raza : corona de diamantes, manto azul celeste ribeteado de armiño y el cetro real que empuña agresivamente como si alguno hubiera pretendido arrebatárselo y quisiese mostrar ante el mundo su belicosa, casi chula disposición a defenderlo : con el sobrecejo de aquella otra insigne soberana que aplastó para siempre las pertinaces sectas y juró no mudar de camisa hasta que el infiel cesara de ultrajar con su presencia el suelo sagrado de la patria : solemne y hierática junto a la gallarda figura del amo del ingenio : envuelta como

él en la nube de fino incienso que parece brotar del
cabo de su cigarro : olorosa y pura, fragante, balsámica :
diapasón oportuno al conjugado esfuerzo requerido por
la demostración : la emisión inmaterial e invisible, ino-
dora, perfecta que, gracias a las portañuelas traseras
ideadas por el astuto sastre de la familia, cae a pico por
la duplicada oquedad hasta el depósito central, la caja de
caudales, inmaculada y aséptica como la de un banco :
celada asimismo a las miradas codiciosas de quienes se
limitan a canjear con sudor las auríferas piezas, sin atesorar ni enriquecerse jamás : morenos desplusvaliados de
la zanja común, en contacto directo con la materia burda, el desahogo ruin, la visceral emanación plebeya : los
técnicos ingleses se agitan alrededor del invento, tratando de adivinar por la tensión o alivio del rostro de los
protagonistas el éxito o fracaso de la profiláctica operación : padres de la criatura al fin y al cabo, recorrerán
el estrado a trancos, con las finas manos atrás y la testa
pelirroja abrumada : ansiosos de llegar al final de la
prueba : acechando el dictamen del médico que en la es-
tancia contigua realiza la ardua y angustiosa cesárea :
en tanto que la dotación retiene el aliento y el capellán reza y la turba de domésticos calla y se inmoviliza : el suspense augura un acontecimiento grandioso y,
poco a poco, la bisabuela desarrugará el ceño e inclinará
la frente en signo de aprobación : con la alegría diáfana
de quien ve coronados sus esfuerzos y siente ensancharse
el corazón ante la dulzura y suavidad de la recompensa : luego cambiará una mirada de tierna complicidad
con el marido, tirará de la cadena oculta en el bordaje
del palio y, cerrando los ojos con místico arrobo, murmurará casi para sí

19

he cagado como una reina

y aunque nadie captará el mensaje del ama, mil rumores fantásticos se propagarán de inmediato por el batey y la negrada permanecerá inquieta y confusa, escrutando en vano el movimiento de sus labios, sin comprender bien del todo a causa de su inteligencia silvestre y sus escasas nociones de técnica y teología las albricias de quienes han padreado la criatura, la nueva máquina de vapor, el egregio watercloset automático, los cuales bailan de contento, arrojan golosinas a los niños y se congratulan unos a otros con efusivos abrazos mientras el bisabuelo celebra en silencio ese claro y luminoso triunfo de la técnica ocultista y sublimatoria que aleja todavía al animal del humano, al esclavo del sacarócrata, y, adelantándose al curso de los acaecimientos en virtud de los sacrosantos poderes de que le inviste el cargo, el estipendiado capellán del ingenio se postra de hinojos, entona los versos del Magnificat y, con los ojos anegados en lágrimas, proclama dichosamente a los cuatro vientos que Roma ha fallado ya, y teniendo en cuenta el número y calidad de las pruebas, el hecho de que acaban de ser testigos debe ser considerado sin lugar a dudas, y cualquier opinión adversa será indicio de herejía punible por los tribunales eclesiásticos con posterior relajación al brazo secular, de un auténtico y positivo milagro

milagro, sí, milagro : o acaso creen esos caga y comemierda de negros que el Hijo de Dios y la Virgen Blanca y los santos y bienaventurados del Cielo defecaban durante su vida terrestre en apestosas zanjas y se secaban el ojo nefando con hierbas y tusas de maíz? : la idea sería ridícula si no fuera igualmente blasfema : pues del mismo modo que el Ojo de Dios irradia luz y blancura, el ano bestial, el ojo del diablo emana infección y hediondez, suciedad y pecado : sus funciones son absolutamente excluyentes y opuestas : así nos lo dice el angélico Tomás de Aquino : lo que se corrompe en parte es corruptible en su totalidad y semejante eventualidad resultaría odiosa, sacrílega incluso para los herejes más empedernidos : eso está claro y bien claro : ni el Redentor ni la Virgen expelieron materias fecales : los que pretendieran dicha enormidad no podrían esgrimir en su favor una sola prueba : inútilmente repasarán los Evangelios, los Actos de los Apóstoles, los manuscritos de los Padres : la simple razón natural nos lo indica : las emisiones viscerales, ya sólidas, ya líquidas, amén de las restantes eliminaciones corpóreas como pelos, sudor, uñas, saliva, mucosidades, deberían participar, en caso de que hubiesen existido, de la naturaleza divina del Hijo o sobrenatural y privilegiada de la Madre, y dotadas por tanto de un carácter inmutable e imperecedero, habrían sido amorosamente conservadas por las almas piadosas como santas y preciosas reliquias : pero, como dichas reliquias no se conservan y no hallamos siquiera mención de ellas en los textos revelados ni en la Patrística ni en las obras de los santos, debemos concluir, consensu omnium, nemine discrepante, que nunca existieron y el Redentor y la Virgen no estuvieron sometidos a las necesidades animales que afligen a los hombres y les obligan a encogerse de vergüenza en el acto de restituir a la tierra, de forma tan ruin e inmunda, lo que recibieron de ella en figura de manjares sabrosos y bebidas tónicas, refinadas, suaves : pues es ahí donde la hipótesis evacuatoria se manifiesta en toda su maligna absurdidad : sabido es que hay un punto en el que los animales y humanos son netamente inferiores a las plantas y los árboles : en que las superfluidades de éstos son deleitosas y amenas mientras las de los bípedos y cuadrúpedos son nauseabundas y abominables, y si los primeros nos atraen y satisfacen con el aroma y sabor de sus frutos, decidme : a quién agradará, sino al diablo, el sórdido y horrible engendro de las entrañas animales y humanas? : éste es el quid del asunto : y quién se atreverá a sostener que el Redentor y la Virgen desmerecen de las especies vegetales? : un niño de tres años rechazaría indignado tal desatino! : claro está que alguno de vosotros, dándoselas de listo, me vendrá a preguntar : el Redentor y la Virgen, no comían? : los Evangelios nos enseñan lo contrario : entonces, díganos, padre : qué se hacía de los manjares que consumían si no los evacuaban? : ah, hombres de poca fe! : ahí mismo os quería llevar! : pues si el metabolismo del reino vegetal es distinto del de los animales y humanos, qué tiene de extraño que el del Hijo de Dios y su excelsa Madre sea también diferente? : donde el ojo del diablo secreta corrupción e impureza, el del Señor exhala armonía y fragancia : basta comparar el volumen y forma de vuestras partes traseras con los de las estatuas y representaciones sagradas para advertir a simple vista su diversa función : en un caso, la línea ceñida y leve, etérea, de un órgano deliciosamente superfluo, exquisitamente ornamental : en otro, la curva descarada, afrentosa que pregona su vil parentesco con la obscena materia : ah, quién pudiera ver el Ojo dulce, nacarado, risueño que la Virgen recata bajo su manto azul celeste cubierto de oro y pedrería! : sólo los bienaventurados gozan de tal privilegio y todo un Dios se recrea en su graciosa belleza : las expresiones más arrebatadas de los místicos no alcanzarían a describir de modo justo semejante prodigio de perfección : un segundo, una breve fracción de segundo os permitiría apreciar la diferencia : el abismo que separa su Encanto de vuestra desdicha : el ano salaz, la negra alcantarilla por la que vertéis vuestro estiércol, porquería y cochambre : el demonio se expresa a través de él y por eso os demoráis en la inmundicia de la defecación y os entregáis sin pudor al vicio de la sodomía : pero no todo el mundo es así : afortunadamente todavía hay clases : y el Señor, en Su sabiduría infinita, ha dispuesto que las criaturas terrestres se alcen, en orden y proporción a sus méritos, de la vida animal y sus secreciones impuras : unos, con el ojo nefando abierto sobre las miasmas de la zanja pública : otros, depurándose poco a poco en un excusado pulcro y recoleto : hasta llegar al ideal de los santos y bienaventurados del Paraíso, cuyos residuos, nos dice San Bernardo, se transforman en un líquido refinado y suave, parecido al bálsamo de benjuí y la esencia de almizcle : Dios, por medio de su Divina Intercesora, eleva paso a paso a sus criaturas al estadio superior y odorífero, y hoy, recompensando los servicios de esa santa y devota familia que alimenta y da albergue a tantos y tantos esclavos, le ha permitido subir un peldaño más de la empinada escalera que conduce del hedor al perfume, del cuadrúpedo al ángel, y lo ha probado ante el mundo con un sencillo y edificante milagro : el acto de expeler sin zumbido ni furia, de un modo noble y asép-

tico : testigos sois del hecho como yo : bendigamos a
Dios y démosle las gracias!

qué clase de música se interpreta en los Cielos? : Bach,
Haendel, Mozart, Beethoven? : sonatas, lieders, óperas,
sinfonías? : los informes de que dispones son escasos
y poco fidedignos, si bien el aspecto juguetón y travieso
de los querubines reproducidos en las láminas de colores de los libros de piedad de tu infancia alimentan la
sospecha, casi la certidumbre de una cierta inclinación,
quizás un faible por la música italiana : esos aires lige-
ros, un tanto pegadizos, destinados a ilustrar en los
programas de actualidades la vertiginosa cadencia de una
prueba ciclista : cuando coro y orquesta se lanzan con
brío a la ejecución del tema en pos del primer violín :
modulando arpegios y trinos, trémolos y staccatos que
arrebatan también de entusiasmo al público del teatral
paraíso : cazuela de la Scala, cúspide de musical teogo-
nía! : a no ser que, con esa oscura vocación castrense que
le impulsa a frecuentar los cuerpos de guardia, la Monja
Alférez, la Nao Capitana exija un popurrí castizo de jo-
tas y de zarzuelas : pero nada autoriza semejante supo-
sición y deberás confesar tu completa ignorancia : Rossi-
ni, Chapí o Brahms : qué más da? : en cualquier caso,
el Deo Gratias que entonará el capellán será una breve
y jubilosa antífona : grata sin duda al oído del Hacedor :
pero incapaz de conmover a la gorda explosiva, presta
a embestir desde la cubierta vistosa del disco : adelantando el busto inmenso, cetáceo con ansiedades y
temblores de jalea de flan : émula de aquella otra divi-

nidad camp que emitía rugidos de fiera sobre las negruras solemnes de un piano de cola : en trance de reclamar la sabrosa fruta por la que el padre común fue
expulsado del paraíso : la eterna manzana brillante y
lustrosa que se ofrece al mordisco con rubores mentidos : la banana aún mejor : la piña tropical : la sugestiva pera : abriendo vorazmente los labios enormes :
secretando saliva como el perro de Pavlov : reclamándola entera : hasta estallar de pronto como fiero volcán : torbellinos de lava, deflagraciones, fumarolas :
aullidos interminables de étnico orgasmo que la orquesta
prolonga con delirante intensidad : y el ejemplo cundirá
con sibilina lógica : sin atender a los latines de la antífona, los negros se ponen pañuelos de colores en el
cuello y en la cintura y rumbean y guarachean citando
a las hembras con aleteos de la mano, las palmas abiertas y el dedo pulgar apoyado en el bulto de la bragueta,
como si les hicieran burla : las esclavas se incorporan
también, agitando e insinuando sus partes y el batey
se convertirá en una pista de baile, decorada y vestida
como para una verbena de sanjuán : ella, la gorda, extiende sus brazos poderosos abarcando a la dotación
bajo su descomunal patrocinio y, al punto, familia y
domésticos desertarán del estrado con el piano, los muebles, el trono y el watercloset : hablará el capellán

os habíamos quitado las hembras para evitaros la ocasión de pecar y aumentar de paso vuestro rendimiento
y, con pravedad obstinada, habéis persistido en el vicio :
vuestra maldad es demasiado profunda y sin duda no

tiene remedio : no obstante, qué bello habría sido el espectáculo de unas almas inocentes y blancas bajo el modesto disfraz de una piel morena e indigna! : todos hacendosos y castos, ajenos a los deleites torpes, con el ánimo puesto en Dios y el sublime sacrificio del Hijo : pues el buen pastor lo ve todo y avizora vuestra conducta con celo de mayoral : el Ama del Cielo os habría alentado con sus oraciones y sus mayordomos y domésticos celebrarían vuestra mansedumbre y piedad, vuestros tesoros de humildad, resignación y ternura : aunque negros, teníais la posibilidad de ser honestos : y para ayudaros a triunfar en vuestros propósitos pusimos cerrojos y candados en los barracones de las hembras : justamente, a fin de que no os incitaran a fornicar con la flaqueza común a las mujeres de su especie : tratando de que no vivieseis con ellas en punible y dañado ayuntamiento : pero vuestra natura ha eludido con astucia solicitudes, cuidados y diligencias : y a hurto de nuestras miradas habéis seguido procreando hijos afrentados e infames, de calidad oscura y origen infecto : sin pararos a pensar en el tiempo que el embarazo roba al amo y los gastos que acarrea la cría de la negrada : el pobrecillo, siempre con vuestros problemas a cuestas! : y luego os quejáis de que don Agustín no está contento : cómo queréis que lo esté si os conducís de esa manera? : pecando y pecando : porque cualquier lugar es bueno para vosotros : en los campos de caña, junto al trapiche, en los arroyos, tras el tumbadero : lo sé, me lo han dicho : siempre con el tabaco fuera, apuntando con él a las negras en cuanto os volvemos la espalda : y ellas ostentan sus cosas también : hacen como que orinan, se abren en compás, os las enseñan! : pero el otro Mayoral vigila de Arriba y, aunque es manso y benigno, acaba poniéndose bravo : no basta ofender su vista con vuestra color sucia, vuestras narices romas y vuestros belfos gruesos : encima ennegrecéis el alma con horribles pecados : el Padre está en su hamaca, en la casa solariega del Cielo y quiere saber qué hace la dotación del ingenio y pregunta a la Virgen Blanca : qué hay de esos negros de Lequeitio, allí en la parte de Cruces, los esclavos de la firma Mendiola y Montalvo? : se portan bien? : son obedientes? : cumplen sus metas? : redimen las culpas mediante el trabajo? : y el Ama, la pobre, qué ve? : pues lo que hacéis mismamente ese instante : mirando a la hembra que se abre y defeca, la negra que orina, las nalgas al aire! : y vosotros desabotonados también, esgrimiendo, orgullosos, los diablos tiznados : y ve como jugáis con ellos y los manoseáis y hacéis toda clase de suciedades : y el Padre, en la hamaca, enciende su habano y empieza la ronda de sus preguntas : son respetuosos? : son sufridos? : son humildes? : son buenos? : rezan diariamente sus oraciones? : ofrecen ejemplos de pureza y recato? : siguen con fidelidad los santos preceptos? : la Virgen Blanca hace como que no oye y cambia de tema : niña Adelaida toca el violín, dice : un vals que ahora está de moda : el señorito Jorge mira con sus telescopios : don Agustín repasa los libros de cuentas : porque os está observando y si le explica al Amo lo que de verdad hacéis se pondrá un demonio de bravo : pues aunque es de noche y la campana ha dado ya señal de reposo y recogimiento, os ve cuando os escurrís hacia el almacén y os juntáis con las negras y les dais a tentar vuestros diablos : niña Fermina recita un poema precioso de Alphonse de Lamartine!, dice

la Virgen : uno que empieza pourquoi gémis-tu sans
cesse, ô mon âme? : el Amo de Arriba se abanica bajo
el mosquitero y bebe un trago de ron West Indian, pero
sigue pensando en vosotros, los negros de Lequeitio :
han cortado la caña para la molienda? : han limpiado el
trapiche? : cuidan bien de los tachos y pailas? : dale
que te dale, sin olvidarse de nada : quién bate los caldos? : quién activa los fuegos? : quién lleva las hormas
a los tingladillos? : quién carga y extiende el bagazo? :
y la Virgen Blanca llora en silencio y se cubre el rostro
con las manos porque es noche cerrada en Cruces y en
vez de dormir y restaurar las fuerzas para bien del alma
y provecho del cuerpo os entregáis a toda clase de orgías
y de aquelarres : y el dichoso Padre que insiste aún :
dime, hija, los morenos esos rezan el Pater Noster, Ave
María, Credo, Artículos de Fe y Obras de Misericordia? : saben que la esclavitud es un don del Cielo y el
ocio les expone al pecado? : niña Fermina recita j'ai
cherché le Dieu que j'adore partout où l'instinct m'a
conduit, dice la Virgen Blanca : don Agustín examina
los estadillos semanales de la dotación! : niña Cecilia
realiza primorosas labores de bordado! : la pobrecilla
quisiera ayudaros, decir al Amo del Ingenio de Arriba
que, a pesar de ser negros, os esforzáis sinceramente
en ser buenos : pero, qué queréis que haga? : el Hijo
Mayoral vigila también y anota en el Libro todas vuestras faltas : aunque la noche es prieta, no conseguís
fundiros del todo con ella : el sudor, los gemidos y ese
olorcillo agrio que despedís os delatan : qué mordiscos,
qué jadeos, qué abrazos, qué apreturas, qué resüellos! :
ni las fieras ni animales del monte son tan desenfrena-
dos : ellos, a lo menos, no pecan : son brutos del todo,

carecen de alma : vosotros tenéis una : flaca, abatida y enferma pero, a fin de cuentas, regenerable : y por eso trabajáis de sol a sol : para salvarla : y en vez de adelantar y mejorar su linaje camináis para atrás como los cangrejos : la Virgen quisiera cerrar los ojos y taparse las orejas, porque el Amo se ha levantado ya de la hamaca y está aguzando el filo de su Collins y si se asoma a la terraza y os ve bajará como un rayo para castigaros : por eso se hace la distraída y repite los versos de Lamartine y tararea el vals de niña Adelaida : pues lo que ve en el almacén asustaría a los mismísimos diablos : no es siquiera la cópula normal, el acto creador que excusan los cánones : la propagación de la especie es un fin noble, aun tratándose de hijos oscuros y cuitados : lo que sucede allá clama venganza al Cielo : sois pécoras salvajes, de naturaleza fallecientes y contra natura usantes! : obligáis a voltearse a las negras y buscáis sus partes traseras, abriendo túneles corruptos en su negrura infame : y aún peor : exigiendo que se arrodillen delante, acercando la caña quemada a los belfos e introduciéndola dentro : para que saboreen sus dulzuras y escurran hasta la última gota de melaza : no me digáis que no porque hay testigos : los ojos desorbitados, trémulos, posesos, gozando como brutos animales! : y ellas, Señor, y ellas! : qué meneos, qué roces, qué caricias, qué risas, qué agasajos!

el capellán parece a punto de asfixiarse : enrojece, transpira, jadea, lanza espumarajos de rabia : la descripción de los vicios nefandos del almacén trae a sus labios una

florida fraseología latina destinada a paliar con un velo
de tenue pudor, tal vez con un precario barniz de cultura, la cruda y espantosa realidad de los actos : cunnilingus, fellatio, osculos ad mammas, coitus inter femora,
immissio in anum! : las expresiones brotan de su garganta con visible dificultad y, para aclararlas, las completa con gestos epilépticos y convulsos, con ademanes
frenéticos de los brazos

dividirás la imaginaria escena en dos partes : dicho mejor : en dos bloques opuestos de palabras : a un lado
substantivos, adjetivos, verbos que denotan blancor, claridad, virtud : al otro, un léxico de tinieblas, negrura,
pecado : el Amo del Ingenio de Arriba se columpia
en la hamaca con traje y panamá idénticos a los del
bisabuelo, afila su espléndido machete Collins y fuma
un cigarro habano tras el lienzo de gasa de su mosquitero : la Virgen Blanca atiende a las tareas menudas pero
esenciales de la Casa Solariega, consciente de un señorío
que va en lo interno más que en el externo, con galas
y vestidos candorosos sobre su esbeltez rubia y pálida :
criollitos alados alejan graciosamente a las moscas con
suntuosos flabelos
Marita, hija, no me oyes?
sí, Papá
no sé qué tienes hoy : parece que se te suba el santo al
cielo
es verdad : debe de ser el calor
te estaba preguntando por la dotación de Lequeitio : qué
hora es allí?

30

mi reloj marca las diez y media en punto
han tocado ya retreta y silencio?
sí, Papá
y dónde están los esclavos?
dónde quieres que estén? : pues en los barracones
duermen ya?
supongo que sí
a lo mejor te equivocas como la otra vez : anda, asó-
mate a mirar un momento
el Ama sale al pórtico colonial de la mansión y apunta
a los almacenes del batey con unos gemelos de teatro :
pese a lo denso de la noche se vislumbra : rostros tosta-
dos, manos oscuras, miembros sombríos, cuerpos de éba-
no : todo es azabache, luto y carbón : la respiración
entrecortada de las cópulas sugiere un banquete de fieras en las negruras propicias de un sigiloso cubil : ase-
gurándose de que el Bisabuelo no la ve, se dirigirá al
capellán con un susurro
qué están haciendo?
él boquea desesperadamente como un pez fuera del agua
y se llevará las manos al cuello intentando aliviar el
sofoco : la cólera ha cedido el paso al desaliento y tristeza : su aspecto es el de un Ecce Homo
Señor, aparta de mí este cáliz!
qué cáliz?
no, era sólo una cita
no veo nada : esos gemelos están cada vez más borrosos
mejor es así!
hala, cuenta, que llevo prisa
no, no, no puedo
no seas pelma!
mis labios se resisten a pintar esa clase de escenas

hijo, no me vengas ahora con remilgos
no me atrevo
hazlo por Mí
es algo horrible!
entonces dímelo en latín
el capellán se santiguará varias veces : las visiones atroces del almacén parecen haberle perturbado el juicio :
haciendo un violento esfuerzo sobre sí mismo hablará
con voz temblorosa, pausada por intermitentes sacudidas

> membrum erectum in os feminae immissint!
> socios concumbentes tangere et masturbationem
> mutuam adsequi!
> penis vehementis se erixet tum maxime cum
> crura
> puerorum tetigent!
> anus feminarum amant lambere!
> sanguinis menstruationis devorant!
> coitus a posterioris factitant!
> ejaculatio praematura!
> receptaculum seminis!

interrupción, oquedad, silencio : como cuando dejas de
escribir : el Ama sacará un pomo de sales del corsé y
se lo harás aspirar con avidez para que no se desva-
nezca : los gemidos de la dotación son cada vez más
roncos y, horrorizada, intentará cubrirse los oídos : el
Bisabuelo, en la hamaca, comienza a dar señales de impaciencia
Marita!
ahora mismo voy!

el Ama se compone rápidamente el rostro y lo rocía con
un pulverizador de perfume antes de regresar al salón :
con su siempre benigna disposición para los negros, in-
ventará inocentes mentirijillas
hace una noche divina! : dan ganas de sentarse en el
cenador del jardín y contemplar las estrellas con el telescopio del señorito Jorge
por qué te has demorado tanto? : tropezaste con al-
guien?
con el padre Vosk
y qué te ha dicho?
que los esclavos están descansando
sabes si han rezado las oraciones de la noche?
sí, creo que sí
y los actos de fe, esperanza y caridad?
también
y las deprecaciones para obtener una buena muerte?
sí, y el Padrenuestro para las almas del purgatorio y la
oración al santo Ángel de la Guarda
muy bien! : ojalá perseveren! : me están entrando ganas
de visitar el barracón y bendecir su sueño
no, que atraparás frío!
no decías que la noche es estupenda?
se acaba de levantar un viento muy fuerte
me abrigaré
no, no te muevas aún, quiero recitarte un poema
angustiada, corre al gabinete de lectura de niña Fermina y vuelve con un volumen en cuarto, primorosamente
encuadernado en piel
ese Alphonse de Lamartine verdaderamente me chifla :
conoces "Le papillon"?
no

pues espera, que te lo leo
Marita, hija, ya sabes que no entiendo bien el francés
no importa: te lo traduciré luego
el Ama del Ingenio de Arriba lee lentamente, con el
mismo refinado esmero que pone al declamar niña Fermina

> naître avec le printemps, mourir avec les roses
> sur l'aile du zéphyr nager dans un ciel pur
> balancé sur le sein des fleurs à peine écloses
> s'enivrer de parfums, de lumière et d'azur

el Bisabuelo la escucha embelesado y, merced al piadoso estratagema, se olvidará una vez más de los ne-
grísimos pecadores de Lequeitio : obedeciendo a una
discreta señal de la Niña, los criollitos le servirán su
ponche favorito, con ron destilado en Massachusetts,
agua, azúcar y unas gotas de limón
qué bien pronuncias el francés!
verdad que sí? : es que ese Lamartine me inspira, sabes? : es un poeta lo que se dice tremendo : además,
tiene un fondo muy cristiano : te leo otro, Papá?
los que tú quieras, Fermina, los que tú quieras

seguirás sin interrumpirte, paseando la mirada por el techo abuhardillado y las baldosas verdes del fregadero,
los grabados, recortes de prensa, el libro con el dibu-
jo del evaporador al vacío, las fotocopias del catecismo
del presbítero Duque de Estrada destinado a los negros,
hollando con el bolígrafo de un franco cincuenta la
aborrecible blancura de la holandesa, dando tiempo a que
el infeliz padre Vosk se recobre del susto, sacuda el pol-

vo de la sotana y sombrero de teja, carraspee para aclararse la voz, ensaye sonrisas dulces, extienda paternalmente los brazos sobre la contumaz dotación del ingenio

pues, hijitos, para qué creéis que os han traído desde las selvas remotas de África sino para redimiros por el trabajo y enseñaros el recto camino de la salvación cristiana? : no os alarméis por las penalidades que os toca sufrir : esclavo será vuestro cuerpo : pero libre tenéis el alma para volar a la morada feliz de los escogidos : por eso enviamos nuestras cañoneras y bergantines y os hicimos cruzar el agua salada : con grillos y cadenas, para que el demonio no os instigara a volver a una vida silvestre y jíbara, a la maligna ociosidad de los más brutos animales : defendiéndoos a vosotros contra vosotros mismos : a fin de que un día pudierais sentaros a la diestra del Padre, absortos en la dicha y arrobo de mil visiones sublimes : con el alma blanca como el blanco superior del azúcar : el Amo del Ingenio de Arriba os mirará con semblante risueño y nadie os echará en cara la color prieta, el pelo pasudo, la nariz roma, los bembos bestiales : allí concluirán de una vez vuestras tribulaciones y miserias : la Virgen Blanca os sentará a su mesa y os brindará con sus propios manjares : en lugar de desmedrar en la negrura infecta y sobrellevar eternamente sus taras, adelantaréis poco a poco en linaje espiritual y mejoraréis la calidad dañina y sombría de vuestras almas : el Amo de Arriba se ha apiadado de vuestra condición y os rescatará de la triste oscuridad en que vivís a través de una vida de purga

35

y de penitencia : qué perspectiva embriagadora y reconfortante! : la esclavitud es la gracia divina en virtud de la cual ingresaréis en el Cielo con una blancura exquisita y sin mácula : el Hijo de Dios, como el mayoral, cela día y noche vuestra tarea : y así como mayoral de acá inspecciona el corte, alza y tiro, sin descuidar a las viejas y criollitos que recogen la caña extraviada, y va luego al batey y vigila la Fawcett y pasa revista a los esclavos paileros y fornalleros, a los que avientan los panes, los secan, los seleccionan, los envasan, así Mayoral de Allá lleva cuenta diaria de vuestros actos : de nada se olvida, todo lo apunta : como maestro azucarero es también : igual igualito que messié La Fayé : lo habéis visto con su bombín y chaqué cuando examina las ollas en la casa de purga? : sólo él conoce los secretos del azúcar, la clase de caña que sirve mejor, el grado oportuno de concentración, la cuantía de cal necesaria al guarapo : así Maestro Azucarero de Arriba sabe los escondrijos y arcanos del alma : quién trabaja con el corazón alegre y quién por miedo del látigo, quién acepta las penas con resignación y quién las soporta a regañadientes : cuanto hacéis, decís o pensáis inmediatamente lo registra : diariamente va a ver al Padre y le muestra la hoja de servicios : don Agustín, en el ingenio, lleva cuenta de los recién nacidos, enfermos, muertos, huidos y accidentados : el otro Amo también. lee las cartillas del Mayoral y vigila a la dotación desde Arriba : en los conucos y en el batey, en el trapiche y en las calderas, en los almacenes y el secadero, en el alambique y las herrerías : quién lleva los bueyes, quién corta la leña, quién tira la caña, quién saca el bagazo : un día se acabará el mundo y será como el santo del amo y el aniversario del señorito y las niñas : pues del mismo modo que don Agustín castiga y perdona conforme a los consejos del mayoral, Dios condenará o salvará según las cartillas y libros las almas de los esclavos : las blancas a un lado y las prietas al otro : unas para envasar y mandar al Cielo, otras para botar al Infierno o enviar a la Casa de Purga : el alma acendrada y limpia, cristalina y perfecta del negro dócil, del esclavo manso es como la azúcar blanca, con sus granos brillantes, sin escoria ni inmundicia alguna : pero ningún alma es así : todas tienen suciedades como la raspadura o esa azúcar verdosa que sale de los tachos : y para limpiarla deben atravesar un largo y severo proceso de purga : primero, las almas cuecen en las pailas como el guarapo en el tren jamaiquino, de una caldera a otra, a fin de decantarse, clarificarse, adquirir su punto de meladura : en cada olla los caldos se concentran y evaporan, pierden sus asperezas y residuos : habéis visto las heces que suelta el guarapo en forma de espuma amarilla? : así se depura y clarifica el alma día tras día y año tras año merced al dulce yugo que os impone el trabajo : y con todo, hijitos míos, al llegar al tacho la meladura no es buena aún : hay que llevarla a la enfriadera, batirla duro hasta que cristalice : pues con el alma es lo mismo : también debemos separar las mieles del azúcar, meter éste en las hormas y purificarlo : la mansedumbre, el aguante hace escurrir las mieles verdes e impuras : poco a poco la azúcar de encima clarea, pero la simple voluntad y buen corazón tampoco bastan : verdad que hay que poner barro aguado, para que el agua filtre a través del pan y arrastre la miel adherida a los cristales? : pues igual hace el mayo-

ral con vosotros al imponeros tareas humildes e ingra-
tas : para que la color prieta del alma escurra y os
aclaréis : y así como la purga del azúcar dura treinta o
cuarenta días la del alma puede durar treinta o cuarenta
años : pero qué importa ese lapso irrisorio frente a la
gloria inmortal que os ofrece el Eterno! : no maldigáis
por tanto vuestra suerte ni os desconsoléis : todas esas
aflicciones son necesarias al blanqueo cumplido de vuestra alma : un día la sacarán al sol como el pan de azúcar y la pondrán a aventar : entonces vendrá el Mayoral
de Allá con el machete y abrirá el pan de un tajo, desde
la capa blanca de la base a la parte prieta de la punta :
y será como el día del Juicio Final : las almas negras se
perderán para siempre, como la azúcar quemada que
se bota : son los mascobados y cucuruchos, llenos de
suciedades e impurezas, que nadie querría comprar :
la parte media del pan, los azúcares quebrados que habrá que purgar y cocer de nuevo hasta que no quede
en sus almas vestigio alguno de pecado : y los terrones
claros de la base, los blancos buenos y superiores, los
esclavos que han cumplido con diligencia y celo todas
las tareas del mayoral : almas salvadas, árticas estepas,
eternos glaciares de nórdica blancura!

acometerás la descripción de un paisaje alpino : Me-
gève, Saint-Moritz, Andermatt? : Chamonix, Closters,
Saas-Fee? : el Bureau de Tourisme helvético te ofrece
su preciosa ayuda con una rica panoplia de estampas e
impresos : chalés de madera, navideños abetos, ver-
tientes nevadas de esquizofrénico candor : los repasarás

uno a uno, atraído por su vistoso despliegue hasta fijar tu atención en la fotografía en colores que ilustra las delicias de Davos : trineos ágiles tirados por ciervos deslizan suavemente por el camino y un viento inspirado pone en danza un sutil remolino de copos : los miembros de la eximia familia acamparán en medio con equipo adecuado al tiempo y la circunstancia : abrigos de armiño, níveas tocas de piel, manguitos y guantes forrados de visón blanco : el bisabuelo-nicolás y la zarina posan inmóviles, felices de abarcar con la mirada el símbolo inmaculado de su poder, la mentida, pero deslumbrante cosecha de azúcar : el zarevitz Jorge absorto en la contemplación de borrascosas cumbres a través de la lente de su telescopio : las granduquesas niñas acariciando el lomo de un venado o haciendo muñecos de nieve o a horcajadas de un docto y sagaz San Bernardo : todo límpido y albo, irreprochable, puro : sin ninguno de los vicios y achaques que el clima de los trópicos acarrea en los cuerpos aun más delicados y ebúrneos : manchas, transpiración, calor, polvo, picaduras de insecto : en la apoteosis de su sacarina e irradiante blancor : generosamente expuesto a la vista arrobada de la dotación que contemplará la diapositiva contigo mientras el capellán consulta aún las páginas de su catecismo y prosigue su tenaz adoctrinamiento de los negros bozales : tan romos de nariz, hélas, como botos de ingenio : mostrándoles la diferencia abismal que separa el bisabuelo del congo, el zarevitz del carabalí, las pistas de esquí de Davos de la zanja común de Lequeitio : indicando el camino de perfección, pero insistiendo en la gravedad de sus delitos y faltas vosotros tenéis la culpa porque no cumplís con las normas : vosotros sois muchos, mayoral uno nomás : hoy falta uno, mañana falta otro, un día hace uno una picardía, otro día la hace otro : todos los días tiene mayoral que aguantar : uno se esconde camino del monte, otro se agacha cortando la caña, otro descuida los panes de azúcar : ladinos y astutos mismito que jíbaros : buscando mil medios de no trabajar : y él debe tener el ojo en todo : en el molino, en las pailas, en el alambique, en el secadero : al cuido de que las cosas funcionen, bregando día y noche con vuestros engaños y diabluras : fulano que duerme junto a la fornalla, mengano que pausa bombeando los caldos, zutano que charla detrás del trapiche : todos los días, todos los días : que ni domingo puede reposar : pues debe mirar si limpiáis las canoas, raspáis las calderas, cargáis el bagazo, hacéis bien la purga : don Agustín sólo pide cuentas a él y, si se enoja, lo bota fuera : y vosotros no le ayudáis : por eso Mayoral de Arriba se pone bravo y, cuando menos lo esperáis, os castiga : y un día uno se ahorca y va derecho al Infierno o pierde un brazo en la Fawcett o se corta el pie con el machete o se cae en las pailas y lo sacan muerto : y a quién abronca el amo? : a la negrada? : no señor : al mayoral! : él apecha con todo : maquinaria y útiles, dotación, animales, vituallas : él es responsable de cuanto ocurre en el ingenio : suyos los sinsabores, disgustos, dificultades, tribulaciones, problemas : y encima os quejáis : de los turnos de trabajo, del látigo, de los perros, de la falta de sueño : pero

catad : las avecillas del cielo duermen menos que vosotros y nunca se lamentan : para qué queréis dormir
más? : mirad qué alegres están y cómo cantan de júbilo al rayar el alba : a quien madruga Dios le ayuda y
más vale negro despierto que pardo roncando : león
no duerme y es rey : el reló gira las veinticuatro horas
del día y si le dan cuerda no para : el que primero
amanece lleva el mejor bocado : y habláis todavía de
dormir! : el Amo de Arriba y la Virgen Blanca nunca
descansan : siempre mirando abajo, por el lado de Cruces, pendientes de ese ingenio de Lequeitio : ellos no
duermen cinco horas como vosotros, ni cuatro ni tres
ni dos ni una : toda la semana de guardia, de centinela, de imaginaria! : y tampoco murmuran de la comida :
de que sólo hay boniato y plátanos y pedazos de huesos
mondos, todo prieto y de muy mala vista : observad
a los animales de la granja : ellos no piden bacalao y
tasajo, mondongo, arroz, platos finos : jamás arrojan los
cazos si el rancho les desagrada : vais a ser peores que
ellos? : y aún queréis que mayoral aguante y sea manso : como si sus reservas de paciencia fueran ilimitadas,
como si no os tuviera demasiado consentidos! : pan malo,
decís : esperad, y se tornará bueno : el hambre hará
que lo encontréis incluso blando y candeal : nadie puede tener todo lo que quiere : lo que podemos hacer
es no querer lo que no tenemos y servirnos alegremente
de las cosas que se nos ofrecen : el vientre morigerado
y conforme con la escasez es la baza segura de la libertad : qué bello, si en vez de murmurar y maldecir vuestra suerte, meditaseis en aquellas profundas palabras
de Séneca en sus epístolas a Lucilio : he procurado acos-
tumbrarme de tal manera a todo aquello que es gravoso

y adverso, que no obedezco a Dios, antes bien consiento
en lo que me envía : le sigo por voluntad, no por necesidad : nada acaece que me halle triste y con el rostro
adusto : qué expresiones sublimes en boca de un paga-
no! : y vosotros, regenerados por las aguas bautismales
y con el camino de salvación bien trazado gracias a un
providencial plan celeste, os resistís a aceptar el sino y
obedecéis a regañadientes! : más feo aún : os insolen-
táis : camináis guapetones y altaneros y os dirigís al
mayoral con gestos ruines y amenazantes : luego gemís
si os tranca en el cepo y os arranca la piel a cuerazos :
que mayoral es malvado y castiga duro por cualquier
nonada : como si no lo tuvierais aburrido con vuestras
astucias y vuestras maldades! : demasiado manso es él! :
pero un día no aguanta y tira la patada : y en vez de
arrepentiros y pedirle perdón, apenas os suelta que em-
pezáis con vuestras rayas y círculos en las paredes de
los almacenes : preparando vuestras venganzas y hechi-
zos, con objeto de amarrarle dentro de la cazuela y traer-
le desgracias, enfermedades y daños

a la ceiba, a la ceiba! : es medianoche, la hora del diablo, y los esclavos se escurren a hurtadillas del barracón y atraviesan el dormido batey auspiciados por la
caótica y delirante geometría de los astros : los perros
yacen envenenados junto al abrevadero y los serenos
roncan en sus garitas, en el sopor de los polvos artera-
mente diluidos por los brujos en su ración diaria de
ron : noche tropical de la canción de Elvira Ríos, cálida y sensual, noche que se desmaya sobre la arena no,

sobre senderos y atajos que, más allá de las bagaceras, conducen a las lomas y montañas donde los cimarrones viven apalencados : orientándolos por la barroca profusión de bejucos y helechos gracias a un alfabeto esotérico, a un código cifrado tácito y clandestino : rumor de viento, zumbo de insectos, clamor de aves entretejen telaraña sutil de complicidades mientras la sacarócrata familia descansa confiando crédulamente en la talismánica protección del Ángel de la Guarda : pero no será así y la dotación lo habrá neutralizado también con el señuelo eficaz de su brillatsavarinesca gastronomía : un angelón mofletudo, atestado de tocinitos de cielo y delicatessen de Capucin Gourmand, sumido al parecer en las casi espeleológicas honduras de una profundísima siesta : sin advertir en todo caso las sombras furtivas que discurren bajo la copa tutelar de los árboles y su reptante, serpentina foliación : hasta el claro abierto por macheteros y leñadores alrededor de la altiva, solitaria ceiba : invocando a los poderes ocultos de la cazuela, alimentados ya por cuatro montoncillos de tierra, patas de gallina, carne de res, los cabos de cigarro del amo : el hechicero recita sus ensalmos y letanías y, bruscamente, los diablos accederán y el bisabuelo quedará amarrado : en las cazuelas pequeñas hay pelos de los cepillos y peines que usan la bisabuela y las niñas y una uña del pie del señorito Jorge : uno tras otro, los miembros de la familia correrán la misma suerte : los tambores sonarán frenéticamente y, obedeciendo a la fuerza de los conjuros, reaparecerán simbólicamente en el podio en la perfección de su soberana blancura : el amo, tras el velo nupcial de su mosquitero, repasando los libros de cuentas al dulce vaivén de la hamaca : la bisabuela, en el acto de cumplir sus devociones marianas, antes de servir la comida : el señorito Jorge, con sus esferas y telescopios : las niñas, en sus labores de bordado, lección de violín y declamación de poemas de ese Lamartine que sorbe los sesos a la Virgen Blanca : focos ocultos en las ramas de la ceiba proyectan sobre ellos brochadas de luz y, conforme a las reglas de la vieja preceptiva cinética, procederás a una rápida selección de los elementos del cuadro : buscando, con la pericia de un diplomado del IDHEC, el close-up ideal, el detalle esclarecedor, significativo : dedos crispados del bisabuelo cuando afila el machete, zarina mano marfileña que bendice la mesa, expresión goyescoborbónica de Jorgito papando moscas, acerico erizado de agujas de niña Telesfora, mejillas arreboladas de Fermina al recitar Lamartine, ademán rígido de Adelaida mientras interpreta a violín el romántico "Vals de las olas" : cogidos del brazo, se adelantarán al proscenio a colectar los aplausos y en ese preciso instante, con las cautelas de quien tiende la insidia, el hechicero trujamán suscitará la ominosa catástrofe : enfermedad, ataque, plaga, desgracia, accidente, guerra? : pero, mucho peor! : una transpiración abundosa comenzará a rezumar de sus frentes, sus sienes exudarán, la diaforesis embeberá paulatinamente el cuello de las camisas y las orlas de tafetán de los trajes : manchas oscuras, pringosas aparecerán en la chaqueta del bisabuelo a la altura de las axilas y el suave mador del escote de la zarina impregnará poco a poco el blanco satén de sus pechos : imposible contener la sudación! : inútil será abanicarse, salir al balcón, absorber bebidas sedantes, enjugarse la faz con un lienzo : las glándulas de la boca segregarán a su vez un humor acuoso y el líquido brotará de la comisura de los labios y escurrirá por el mentón : baba, espuma, saliva, flema se mezclarán con mucosidades y fluidos nasales en una sola masa dúctil y amarillenta que ninguna pañolería del mundo tendrá el poder de enjugar : un klínex, quién tiene un klínex?, exclamarán a coro las niñas : pues a pesar de que son todavía impúberes, tres máculas bermejas, simultáneas ultrajarán el acendrado blancor de sus faldas en el punto donde suelen demorar las miradas los estólidos hijos de Sansueña : denunciando a la tenebrosa asamblea la irrebatible floración vernal : y la primicia sangrienta empapará generosamente la tela y presentará de modo gradual los síndromes de una sabrosa hemorragia : misteriosa irrupción de la edad núbil, exaltada en todos los climas y latitudes con esplendentes sacrificios y fiestas! : incapaces de soportar el tantalesco suplicio, los negros más guapetones se precipitarán al proscenio : abrazándose a las rodillas temblorosas de las aún doncellas pero ya no niñas, levantarán ansiosamente sus faldas y aplicarán con avidez los labios sedientos al

en latín, en latín, suplicará la Virgen Blanca'

pero, aunque intentarás complacerla y escribirás sanguinis menstruationis lambent, te será imposible continuar : las declinaciones y verbos latinos son insuficientes : no es Cicerón quien quiere, y tu pobre bachillerato carpeto no te ha enseñado nada : volviendo a tu vernácula lengua, al romance vulgar y común proseguirás

moisíaco hontanar en que los rudos bebedores gustan de humedecer las fauces explorando con movimientos expertos y ágiles los salientes y recovecos de la peña :

de un tirón, sin detener un segundo la pluma : mientras las ex-niñas elevan los ojos al cielo con embeleso y arrobo de Madonnas : o como aquella santita de Alacoque en trance de recibir la Gran Promesa : he aquí este Corazón que tanto ha amado a los hombres, que nada ha omitido hasta agotarse y consumirse para mostrarles su amor! : con su sonrisa de angelical beatitud y la vista cautiva de mil visiones gloriosas : exigiendo reparación por los desprecios e ingratitudes del mundo : y asegurando abundantes y especialísimas gracias a sus verdaderos devotos : postrados de hinojos también, en voraz y refrescante deliquio : pero los amos del ingenio y el zarevitz contemplan la escena contigo y sus ojos brillan de horror en la hundida cavidad de sus órbitas : mon Dieu, quoi faire? : la fuerza de las cazuelas es realmente fantástica y cualquier tentativa de resistencia está condenada al fracaso : abrumados por el peso de la vergüenza, girarán sobre sus talones y os volverán dignamente la espalda sin conseguir otra cosa que revelar a la estupefacta asamblea la humillante coloración de sus hemisferios posteriores : la no-sublimada, no-oculta, no-inodora, no-aséptica explosión visceral que ninguna caja de caudales, sagrario o WC logrará escamotear : proclamando con ruido le mot de Cambronne : su irrefutable adhesión a la especie : a la doliente, acuclillada humanidad de los adictos a la zanja : y, aunque prevenidos por las risas se percatarán del desastre, será demasiado tarde para reaccionar : la plebeya viscosidad extiende sin cesar su radio de acción, infecta los pantalones, contamina las sayas : inútilmente se asirán a los bejucos colgantes y repetirán el gesto mágico de tirar de la cadena : la tromba divina no bajará : los técnicos

habrán vuelto a Inglaterra : y en medio del regocijo de
la dotación seguirán vertiendo la materia ignominiosa y
oscura hasta el momento en que las cazuelas pierdan
fuerza, la intensidad de los focos disminuya y, bruscamente, se produzca la desbandada : la huida de los esclavos en todas direcciones : alguno ha dado la señal
de alarma y la campana del ingenio toca a rebato : despiertan los serenos, acuden con los perros al llamado
apremiante del mayoral : gritos, voces, ladridos, luces,
silbatos : la cacería ancestral se organiza : la ínclita
familia duerme : hablará el capellán

y luego os evadís
desecháis los auxilios de nuestra luz
repudiáis la blancura
asumís las tinieblas de la barbarie
la opacidad original os atrae
con el sombrío esplendor de sus fiestas
cautelosos
nocturnos
buscáis protección y asilo
en abismos y simas oscuros
en la oriunda matriz de las cuevas
la noche os aconseja
con sigilo y astucia
y a ella os confiáis
como raudos y esquivos animales
con prontitud y viveza de salvajes
eludís nuestro desvelo en preservaros
de la vida cerril y la intemperie

la espesura del bosque os resguarda
y dificulta los planes de captura
vanamente os acosan
nuestras bandas y grupos armados
por sendas infestadas de peligros
malignamente os defendéis
con ardides y trampas sutiles
enterrando estacas en los caminos
disparando agudas flechas de madera
acometiéndonos de improviso con vuestras lanzas
ocultos en madrigueras y riscos
prevenís empalizadas y redes contra las yeguas de los
    rancheadores
emboscados en maniguas y esteros
os despojáis de las prendas de vestir para extraviar el
    olfato de nuestros perros
escaláis las abruptas montañas
con ayuda de empedernidos cimarrones
y en vuestros cubiles y antros
reinventáis la vida arisca, bravía de la hórrida selva
    africana
sordos a nuestras magnánimas ofertas de perdón
entregados de nuevo a la idolatría y el vicio
desdeñando los beneficios grandiosos de la esclavitud
la eterna redención mediante el trabajo
lo demás lo sabéis
la cólera del Cielo
el castigo divino
la justa e implacable venganza
no os lamentéis pues
si al descubrir vuestros palenques secretos
nuestros hombres os tratan con dureza y os cortan las

48

orejas y las mandan al amo
ellos rectos son
y sus sanciones
alegran el corazón del Mayoral y de la bondadosísima
   Virgen Blanca
por eso
al resistiros
les obligáis a emplear el machete en pago de vuestra
   insolencia
que nadie se llame a engaño ni les tilde de crueles
si decapitan a los jefes y exhiben sus cabezas por calles,
   paseos y plazas
para ejemplo de incautos
y escarmiento de necios
cubiertas de moscas inmundas
clavadas en la punta de una lanza

         comúnmente los aseguran poniendo la pierna
         izquierda de uno y la derecha de otro en un
         mismo par de grillos y suspendiendo éstos con
         una cuerda pueden caminar muy despacio : cada
         grupo de cuatro va unido por el cuello median-
         te una soga de cordeles retorcidos : por la no-
         che les añaden esposas a las manos y a veces
         las enlazan a las rodillas con una cadena ligera :
         otros slatees cortan un pedazo de madera de
         unos tres pies de largo y le abren una muesca
         lateral que sirve para encajar el tobillo del des-
         contento cerrando por ambas partes con una
         fuerte argolla de hierro

para seguridad del buque es preciso ponerles grillos y cadenas y encerrarles de noche en la bodega y aun de día en caso de tormenta : como muchos tienen hastío y el mareo y aflicción les hace aborrecer el ejercicio los obligan a comer y bailar con el látigo a fin de que presenten un aspecto saludable al llegar al mercado : también es necesario tomar precauciones contra la tentación de suicidio

los que están en venta aguardan en una especie de corralón : los compradores los observan atentamente los manosean les hacen saltar dar el pie contra el suelo y estirar las piernas y brazos : les obligan a volverse en todas direcciones les examinan la boca y los registran y ponen a prueba de mil maneras hasta asegurarse de que son fuertes y sanos

informados de que hay un mozo cimarrón oculto en la loma van allá armados de escopetas seguidos de una veintena de pedáneos : viendo venir el tropel de gente se atemoriza y coge una piedra para defenderse : se refugia en la quiebra de un peñasco donde no pueden alcanzarle : van por leña menuda la amontonan en la otra entrada de la hendidura le prenden fuego : arde hasta poner en carne viva al muchacho le fuerza a salir corriendo y arrojarse a un charco : mandan a otro negro que lo saque pero se resiste con encarnizamiento : le disparan varias veces con perdigones le lanzan pedradas : lo arrastran malherido y le obligan a arrodillarse : hace señas pidiendo que le den agua : se la

niegan y al punto que el hoyo está hecho lo
meten en él y lo cubren de tierra aunque todavía no ha muerto
la cabeza del fugitivo remata la estaca como un
insólito puño de bastón y las moscas se posan
en racimos sobre los ojos desmesuradamente
abiertos las fosas nasales los labios tumefactos
los huecos de las seccionadas orejas los cuajaro-
nes de sangre del cuello que resbalan por la rugosa superficie del palo

interrumpirás la lectura de documentos : frases extraí-
das de los libros y fotocopias se superponen en tu memoria a la carta de la esclava al bisabuelo resucitando
indemne tu odio hacia la estirpe que te dio el ser :
pecado original que tenazmente te acosa con su indeleble estigma a pesar de tus viejos, denodados esfuerzos
por liberarte de él : la página virgen te brinda posibilidades de redención exquisitas junto al gozo de profanar su blancura : basta un simple trazo de pluma :
volverás a tentar la suerte

eligiendo entre todas las negras a la gorda cachonda del
disco : pelo cuidadosamente ondeado, frente abultada
y tersa, cejas pobladas, nariz amplia y roma, dientes
grandes, blancos y brillantes, lengua ágil y rosa, piel
morena y bruñida : dos aretes dorados cuelgan de sus
orejas y parecen tintinear dulcemente mientras ella gua-

51

rachea con júbilo conforme al reclamo bilingüe escrito en la funda del high fidelity : humilde ahora, recatada, modosa : vacando a sus tareas domésticas en compañía de su esposo purísimo : a la espera sin duda de la insólita visita de la Paloma : disponiendo entre tanto los futuros pañales del niño : del para siempre bendito fruto de su vientre : tú mismo : en la oscura, modestísima choza donde el cónyuge ejerce su pobre pero decoroso oficio : con la elegancia innata, un tanto estilizada de esos pulcros peregrinos del "Mayflower" representados en el museo de figuras de Massachusetts : vestidos los dos con sencillas, primorosas túnicas : calzados con austeras sandalias : captados en el momento de manejar cepillo y escoplo, de realizar delicadas labores de aguja : animales domésticos rematan con su benigna presencia el apacible cuadro de honradez, alegría y trabajo : su selección ha sido particularmente esmerada : un buey amable y dócil, una oveja risueña, un resucitado platero de felpa, un corderillo manso : tu futura madre canta una ingenua canción de cuna y el providencial custodio fabrica un pesebre para los propicios animales de la casa : nada más? : sí : la siempre vigilante protección del santo Ángel de la Guarda planeando sobre la choza con las blanquísimas alas extendidas : los demás elementos no aparecen en la estampa y los añadirás tú : dos coronas brillantes, como anillos de Saturno, limitan el esplendente nimbo de sus testas en abierto, casi brutal desafío a la ley de la gravedad terrenal y un nuevo mensajero celeste, ajeno a las funciones de tercería, instruirá a la excelsa pareja en el intríngulis de los planes divinos : explicándoles gráficamente, por medio de luminosos símiles, los misterios

52

de la Encarnación y de la Trinidad : os habéis fijado
en lo que pasa cuando os ponéis delante de un espejo? :
al mismo tiempo que llegáis a él, se representa vuestra
imagen dentro : y si tanto os complacéis en su vista,
que os besáis a vosotros mismos en el cristal, deja-
réis marcado un círculo opaco con el beso que os die-
reis : entonces, en un solo y único espejo se juntan
tres cosas diferentes : vuestra persona, vuestra imagen
y el círculo opaco formado por el beso : vosotros sois
la causa de la imagen y el círculo opaco procede a la
vez de vuestra persona y de la imagen producida en
el espejo : y así como un rayo de sol, al atravesar un
vidrio azul cielo, queda tan azul como el mismo cristal
por el que pasó, sin romper ni gastar en lo más mínimo
su color, así también al bajar Alvarito a este mundo
para redimir del pecado a todos los parias de la tierra,
pasará a través del cuerpo de su Madre, tomando de su
carne y de su sangre, sin romper ni disminuir su inmaculada y virginal pureza : el alígero catequista se esfuma
con un sutil estremecimiento de pluma y tu futura madre reanudará sus exquisitas labores y el dichoso varón
proseguirá la manufactura del augurado pesebre : el mensaje ha alumbrado la nativa oscuridad de sus mentes y
ambos meditarán por espacio de horas en los profundos y admirables arcanos desvelados por las palabras
del ángel : ella teje que teje mientras el esposo instala
el pesebre y toma las necesarias disposiciones de anfi-
trión para acoger a la Paloma : elaborando amenos, pla-
centeros nidos con plumaje de ave : distribuyendo columpios livianos, tacitas de alpiste, limpios y holgados
bebederos : sin descuidar detalle para que se aqueren-
cie y se sienta cómoda : en especial, un mullido y suave

edredón donde la visitada madre podrá incubar, llegado
el día, su ilustre y codiciado huevo : y ella se asomará
a la ventana y atisbará el cielo tratando de distinguir
entre los pájaros que surcan el batey al raudo y ligero
visitador : las otras negras espían también, ocultas tras
persianas y celosías, escépticas en cuanto a la anunciada
venida, envidiosas de su singular privilegio
que qué sabrá creío la prieta étta dándoje aire de reina
con esa bemba susia que tiene y su pelo pasúo y esa
coló suya tan occura que no hay Dio que laclare que
nosotra somo meno queya y que va a adelantá empa-
tando con un cabronaso de blanco por mi madre benita
que ni pa calbón-calbón silve que te juro que te crusa
con eya de noche y como no yebe un candil ensendío
e que no le ve ni la cara!
pero ella se hace la sorda y desdeñará los malignos rumores, absorta en su atisbo del cielo : y he aquí que
el señero colúmbido descenderá suavemente a la choza
y volará en torno a la inminente madre con mil tiernos
y amorosos arrullos : sucesivamente se mecerá en los
columpios, se posará en el testuz del buey, picoteará alpiste en las tazas, visitará el bebedero : intercalando
sus movimientos esbeltos con breves e inocentes deyecciones que el aseado y servicial patriarca se apresurará
a eliminar : sus alas batirán ingrávidas junto a la ansiosa
boca materna y se desplegarán protectoras hasta velarle
hábilmente la faz : génesis singular, saltarina y acróbata
que la diestra Paloma ejecuta con inefables zureos mientras el humilde artesano vierte lágrimas de alegría y celebra arrobado el sublime misterio de tu Encarnación! :
enjugándose repetidas veces los ojos y volviendo inexorablemente a llorar : sin advertir con ello la aparición,

visible a través del hueco de la ventana, de la figura
imperiosa de Changó

Changó?

Changó, sí, Changó, nieto de Agayú e hijo de Yemayá y
Orugán, señor del rayo y el trueno : acatado de hinojos
por la galvanizada dotación a medida que cruza el batey del ingenio y se encamina a la choza investido de
los poderes y dones que le atribuyen los libros de san-
tería apilados bajo tu mesa : Santa Bárbara también :
pero macho y muy macho debajo de las sayas : busca
bronca, valiente, osado, come candela : con su bandera
sangrienta, el ágil caballo moro y la flamígera espada :
sus feroces labios profesan una mentida risa y el leo-
nino mostacho deslumbra sobre la faz curtida y morena : fúlgido, llameante, solar : con las flexibles guías
como puntas de látigo o colas de lagartija : apuntando
a los ojos rapaces que brillan al acecho de la atareada
familia y su doméstica image d'Épinal : de la madre cautiva del hechizo de la Paloma y del diligente patriarca
que llora y recoge con un paño finísimo los delicados
óbolos del visitador : tu maciza, irrefutable presencia
llena ahora el vano espacioso de la puerta y los man-
suetos animales del cuadro te observarán de hito en
hito y manifestarán inequívocos signos de inquietud :
removiéndose con desasosiego junto al navideño pesebre, fascinados por la fiera que brinca entre tus piernas atraída por el dulce señuelo de Yemayá : pero los
protagonistas del misterio no parecen percatarse de nada
y la atolondrada Paloma vuela del columpio a tu madre, de las tazas al bebedero, enfrascada a todas luces
en la práctica de sus briosas y abundantes deyecciones :
su hora ha llegado no obstante y bastará con un movi-

miento tuyo para aniquilarla de un zarpazo y reducirla a un minúsculo montoncillo de plumas : tus colmillos de acero triturarán sus frágiles huesos y la inocente sangre escurrirá de tus labios y realzará el suntuoso esplendor del bigote : cuando el desdichado cuerpo enriquezca tu bien resguardada presa, despedirás al mozo de las toallas y te aproximarás a Yemayá : sin mostrar repugnancia al incesto ni huir a la copa de la palmera : contemplando a tus anchas su frente sudada, sus párpados bajos, los labios ansiosos : pasmada aún por el volatinero virtuosismo de la ya difunta Paloma : pero presta a encajar la brusca acometida de la fiera : del hosco y dañino animal que orgullosamente ostentas, prevenido a la altura de la ingle : volviéndose con sabiduría ancestral y ofrendándole sus posterioridades enjundiosas : el brinco de la alimaña no se hará esperar y, aunque la guarida es estrecha, empujarás con todo el ardor de tu sangre, resuelto a obtener la victoria : la vedada posesión materna se llevará a cabo en la más peregrina de las posturas : las láminas de una edición ilustrada del Kama-Sutra te inspiran con sus músicas variaciones del tema : solistas y virtuosos, flautas, contrabajos, tercetos que parecen recorrer toda la gama conforme a los allegros, adagios, graves, ma non troppos, andantes de algún portentoso maestro : con esa expresión eternamente vacía, un tanto nirvánica de los obreros sometidos a las vertiginosas cadencias de una fábrica taylorizada de Detroit : eligiendo la posición más compleja, decidido a superar sus proezas gimnásticas : las pródigas disposiciones del dios te garantizan el triunfo y, manteniéndola en vilo gracias a una sutil conjunción de rodillas y codos, proseguirás tus incursiones audaces mientras el otro tú aguarda dentro la inmediata creación de su cuerpo : inmaterial aún, pero presintiendo ya la vecindad del ser y su futuro, deslumbrante sino : el sombrío y violento animal se ha aposentado del todo y asistirás gozoso a sus embestidas : a las bélicas, impetuosas cargas : viéndole revolcarse y morder y desplegar cruelmente las garras al tiempo que la embobada madre prosigue su esotérico dúo con la casi digerida visitadora, embaucada sin duda por el leve rumor de plumas que, fuera ahora, ladinamente agitarás tú : simulando carantoñas, arrullos y mimos, imitando con la uña el roce del pico y con los labios un tenue batimiento de alas : amor mío, alma mía, rey mío, Paloma mía, eres Tú? : y tú : sí, mi negra, sí, soy yo, tu Palomica, el mejor de los Tres, el santo patrono de la Federación Colombófila : y los arrobos y éxtasis de la visitada ascenderán gradualmente de tono hasta alcanzar himalayescos paroxismos : su primitivo gorjeo, parecido al canto de la abubilla, devendrá poco a poco la llamada, mezzo grito, mezzo balido con que los emplumados excursionistas tiroleses se saludan unos a otros en las montañas de su país y culminará en el estentóreo rugido que, según la leyenda, profirieron Sir Edmund Hilary y su fiel sherpa Tensing en el instante de hollar el techo del mundo, allí en las alturas de la nieve eterna : e instalado en la negrura del nefando sibil acecharás con existencial impaciencia los lentos, caudalosos espasmos que engendrarán milagrosamente tu cuerpo : gracias a tu docta provisión de liberar la fiera y dejarla pastar en esa cercana umbría que toda la cristiana grey autorizadamente visita a fin de asegurar en los días fastos la ordenada propagación de la especie : obligándola a explayarse unos segundos en la insulsa morada y rendir el alma allí de tristeza y fastidio : pero el gene se abre camino navegando contra corriente y llegará al destino fijado con matemática exactitud : al materno óvulo que, fecundado por él, te concederá al fin el ser y constituirá el punto de arranque de tu arriesgado periplo : nueve meses aún! : el tiempo de madurar y crecer en la esfera mullida del huevo : ignorando todavía con precisión tu color, roído por la ansiedad de descubrirlo en el espejo : la ilusionada madre espera también entregada en cuerpo y alma a la costura de pañales del Niño : las otras negras siguen murmurando, muertecitas de celos, pues la noticia de tu venida ha cundido ya y los adoradores acuden de todas partes con sus presentes humildes : un cestillo de fruta, una taza de caldo Maggi, un bote de leche condensada, media docena de huevos : y tu madre les agradecerá con una son-risa y proseguirá sin interrupción sus labores : las señas de la visita comienzan a ser patentes : el traje de la estampita le cae más y más estrecho y determinará hacerse otro sin vergüenza ni ostentación : evitando las holguras de la puritana ocultación y el orgullo descarado de vuestras hembras cuando parecen desafiar la opinión hidrópicas de engreimiento : sin dar en ninguno de los extremos merced a unos viejos pero siempre útiles patrones de "Elle" y "Le Jardin des Modes" que son un dechado de gracia, modestia y economía : activamente emprenderá sus maternos quehaceres sin saber que tus devotos se disponen a sorprenderla con un fabuloso regalo : la adquisición a plazos, mediante una tarjeta de compras, de una Singer último modelo con su correspondiente bono de garantía : todo resuelto ya! :

la anunciada epifanía se acerca y la negrada se reunirá
en el batey pendiente de lo que ocurra en la choza : los
horóscopos de los mejores astrólogos designan unánimemente tu hora y deberás concentrarte a fondo para
no marrar la salida : con la tensión del funámbulo que
camina sobre la cuerda floja o el saltimbanqui que em-
prende el triple salto mortal : brincarás fuera! : y no será
necesario abrir los ojos ni precipitarte a mirar al espejo : te joderás! : rostro pálido aún, señorito, blanco
de mierda : abucheado al unísono por la indignada dotación : cortado para siempre de los parias y los metecos : ni Unigénito ni Mesías ni Redentor
usted?
     no me haga reír!
          con su defecto?

II

1

cuando las voces broncas del país que desprecias ofenden tus oídos, el asombro te invade : qué más quieren de ti? : no has saldado la deuda? : el exilio te ha convertido en un ser distinto, que nada tiene que ver con el que conocieron : su ley ya no es tu ley : su fuero ya no es tu fuero : nadie te espera en Ítaca : anónimo como cualquier forastero, visitarás tu propia mansión y te ladrarán los perros : tu chilaba de espantapájaros se confunde con la de los habituales mendigos y alegremente aceptarás la ofrenda de unas monedas : el asco, la conmiseración, el desdén será la garantía de tu triunfo : eres el rey de tu propio mundo y tu soberanía se extiende a todos los confines del desierto : vestido con los harapos de tu fauna de origen, alimentándote de sus restos, acamparás en sus basureros y albañales mientras afilas cuidadosamente la navaja con la que un día cumplirás tu justicia : la libertad de los parias es tuya, y no volverás atrás
ávidamente te asirás a tu anomalía magnífica

2

entre todos los mendigos del zoco, escogerás al más abyecto : la harka africana exige de ti una entrega total, sin reservas y has decidido asumir tu prometeica,

devoradora pasión hasta sus últimas, delirantes consecuencias : belleza, juventud y armonía son accesorios
excusables que adornan asimismo el amor permitido y
te desprenderás inexorablemente de ellos para abrazar
los más viles y ominosos atributos del cuerpo fraterno
e ilegal : vejez, suciedad, miseria te absorberán en im-
petuoso remolino, con la fuerza irresistible del vértigo :
orines, mugre, llagas, supuraciones serán el alimento
cotidiano que con orgullo solitario consumirás : Ebeh
no llega quizás a la treintena, pero las plagas y enfermedades propias de una pobreza extrema han estigmati-
zado su persona con las señales indelebles de la decrepitud : su cráneo rasurado es una llaga viva, costras
purulentas y bubas emergen entre los vellones de una
barba grisácea sin afeitar : la sífilis hereditaria le ha
privado tempranamente de la vista y los cornetes y alas
de la nariz, y sus vestidos harapientos cubren apenas las
cicatrices y heridas antiguas que se extienden del cuello
hasta el empeine del pie : cuando te acerques a él,
tanteará minuciosamente tu rostro con sus rapaces garras antes de ensanchar en una sonrisa su oquedad des-
dentada y ceñir ansiosamente tu pecho con la cetrera
imperiosidad del neblí : dunas movedizas esfumarán la
huella atormentada de tus caricias y vuestro abrazo
implicante adoptará poco a poco la ondulada configuración del desierto : combate de aves de presa que
desgarran mutuamente sus carnes envueltas en el súbito
frenesí de sus alas acariciantes! : con el acero de sus
picos curvos y espolones afilados hundido en las pal-
pitantes entrañas, en medio de los circenses clamores
de la multitud : sedienta de sangre también a medida
que el cuerpo a cuerpo alcanza su paroxismo y aplica

a los furores de la pasión su crudo y riguroso remedio :
provocando acá más bien el asco y piedad combinados
del vistoso grupo turista que asiste prudentemente a
la escena desde los palcos y la gradería : franceses brotados directamente de las páginas de Madame Express,
familias gringas de clase blanca y media, italianos gesti-
culantes y gárrulos, algunos estólidos hijos de Sansueña :
recién desembarcados todos del jumbo-jet con su panoplia fotográfico-cinética y el atavío común del planeta
de los monos cifrado en el poema fulgurante de Ben
Xelún : prevenidos también contra las trampas y peligros del dudoso país y la doblez proverbial de sus
oscuros y malignos habitantes
attention aux BICOTS
ils sont voleurs et puants
ils peuvent vous arracher votre cervelle
la calciner et vous l'offrir sur tablettes de terre muette
vuestro abrazo voraz atrae sus virtuosas miradas repro-
badoras e ilustra perfectamente a sus ojos los abismos
de escarnio, inmundicia y pecado de la temible estirpe
agarena : horrorizados, pero misericordiosos se incli-
narán sobre ti con sus cámaras, y, tras captar la cópula
bárbara para el futuro museo mondo-canesco de sus re-
cuerdos, tratarán de aliviar tu bajeza y tus lacras con
una magnánima lluvia de monedas
oh, comme c'est dégoûtant!
take a look
I can't, it's so horrible
ils s'enfilent entre eux en public!
tíos guarros!
si a meno fossero giovani
l'Arabo è vecchio e spaventoso

tu crois qu'ils comprennent le français?
essaye de leur parler
Monsieur, vous n'avez pas honte?
fusilarlos, sí señor, fusilarlos
ah, los buenos tiempos!
it turns my stomach
io credevo che soltanto i ragazzi
oh, snap it!
please, don't move
try again
gentuza, eso es lo que son!
excusez-moi, Monsieur, je suis sociologue et je mène une
enquête sur
disgraziati!
honey, we're so happy together
guarda, carina, che porcaccione!
qu'est-ce que vous pensez du mariage? n'avez-vous pas
nostalgie d'une famille?
el matrimonio, sí señor!
la pareja, el hogar, los niños
à quel âge vous vous êtes rendu compte que
I'm getting sick
una fotografia ancora
une thèse sur les déviations psychologiques et sexu-
elles de
te das cuenta de nuestra suerte de haber nacido nor-
males?
cuando pienso que habría podido ser como ellos
calla, chato, que se me pone la carne de gallina
avez-vous reçu une éducation quelconque?
oh!
what's up?

regarde, ils jouissent!
un momentino, per carità
look at this
andiamo, è troppo òrrido
nos van a estropear la luna de miel
no te preocupes, cielo, ahora mismo vamos al cuarto y
fabricaremos un nene
sí, hazme un niño rubito!
cuando el babélico gentío se dispersa, una última pareja
de curiosos tomará un primer plano en color del cuerpo duplicado del delito : los dos son bellos, armonio-
sos y jóvenes e intercambiarán una cómplice sonrisa feliz que galardonará la soberana perfección de sus dientes

3

en el centro del lecho nupcial y su resplandeciente col-
cha, contemplarás detenidamente a tu implacable enemiga
la risueña
vernal
fecunda
Parejita Reproductora
todas las naciones, sin distinción de ideologías ni cre-
dos, alimentan su mito, iglesias y gobiernos unánimemente la ensalzan, los diferentes medios de información se sirven de ella para fines de promoción y propaganda : su imagen ocupa la pantalla panorámica de
los cines, se repite obsesiva en las páginas infinitas
de los diarios, emerge a lo largo de autopistas y pasillos

de metro, se multiplica hasta el delirio en el ojo ciclópeo del artefacto : la acendrada blancura y perfumado aliento de la pasta dentífrica subrayan su natural armonía, crema facial y máquina de afeitar eléctrica contribuyen a su bienestar, el aroma mentolado de los cigarrillos la estimula y embriaga, aparatos electrodomésticos robustecen la solidez de sus vínculos, detergentes instantáneos, pasmosos le aseguran una radiante felicidad : compañías aéreas y agencias turísticas la encuadran en un vasto, sugestivo despliegue de paisajes, monumentos y playas : tendida boca arriba, realza con su presencia escueta el decorado tentador de alguna isla paradisíaca : mar transparente y azul, cocoteros airosos y lánguidos, arena mullida y fina, cabañas polinesias en forma de sombrero vietnamita, algún sonriente barquero indígena con un gauguinesco collar de flores : una exquisita bebida IN refresca deliciosamente sus fauces, balsámica crema antisolar suaviza su piel dorada, andrékostelanezesca música de transistor acuna sus sueños de dicha, la simétrica disposición de sus cuerpos propicia el mutuo arrobo feliz tras la bisada protección de unas especulares gafas ahumadas : captada ante un grupo de nobles ruinas, en plena y diáfana posesión de su pierrecardinesca, clubmediterránea panoplia, ofrece la estampa de una alegría sin nubes, al alcance de todas las bolsas : camisas y jerseys unisex, pantalones que combinan con ingeniosidad sus colores, cronométrica ayuda de la industria relojera suiza, última cámara prodigio de la feraz inventiva nipona : nativos tercermundistas discurren en los lejos sobre camellos o borricos y se pierden entre palmeras u olivos, tras pardas colinas o dunas de miel : pues todo, todo, todo coadyuva a su singular esplendor y agrega pinceladas sutiles de esbeltez a su belleza paradigmática : lápices de labios, klínex, desodorantes : coca-cola, cerveza helada, whisky on the rocks : neveras, magnetófonos, automóviles : viajes, siquiatra, tarjetas de crédito : gimnasia, dietas, curas de relajación : y en vez de envejecer y marchitarse, enfermar o morir de accidente, medra y rejuvenece, continuamente se perfecciona y, llena de admiración por sí misma, busca el medio de perpetuarse conforme a los cánones del rito sacramental : el surtido de modelos es copiosísimo y garantiza el fausto y suntuosidad de la ceremonia : la novia está encantadora con su vestido de crep blanco y su velo de tul ilusión sujeto por un tocado sencillo y original : acompañada de su padre, llegará al templo en una artística carroza tirada por dos soberbios corceles y, concluido el emotivo acto, se trasladará con el apuesto marido al conocido restaurante donde un laureado chef de cuisine ha dispuesto un suculento y refinado ágape : y frente a los escaparates de Galerías Preciados, la Samaritaine, Macys o Blomingdale, el abigarrado, denso gentío que invade las junglasfaltadas aceras entre premuras y apretones propios de las rush hours se detendrá a observar con envidia el lujoso modelo de King-size bed destinado a cerciorar a la feliz pareja una larga vida hogareña llena de amor, prosperidad y ventura : an extrafirm lace-tied mattress that assures proper support and lasting comfort : venta al contado o a plazos : completed with matching balanced foundation boxspring : no dude un segundo! : its construction provides sleeping easy : conviertan sus sueños en realidades! : this week only at savings that are terrific : decídanse, qué caramba! : this quilted, extra-

69

firm favorite is for you! : los curiosos se atropellan al
otro lado de la luna del escaparate y, abriéndote paso
a fuerza de codos, examinarás también, con la nariz pe-
gada al cristal, los demás elementos del sensacional dor-
mitorio : un lujoso tresillo de cuero, una araña vene-
ciana de seis brazos, dos mesitas de noche con su correspondiente lámpara de cabecera, un exquisito mueble to-
cador, una consola con un inmenso ramo de nardos y
lirios blancos : una reproducción virginal de Murillo
añade un elegante toque al conjunto y, haciendo pendant, una imagen del Redentor que, al cruzar frente a
ella, persigue a quien la contempla con una muda, aso-
ladora mirada de tristeza y dolor, preside la escena sobre el mismísimo lecho nupcial : la Parejita ha llegado
ya : el novio, con sombrero de copa y chaqué, lleva
a la desposada en sus brazos y el rubor y el sonrojo de
ella, aunque paliado por la delicadeza del velo, esmalta
con suavidad sus mejillas : gravemente, la depositará en
el centro del edredón donde ad majorem Dei gloriam la
santificada procreación tendrá lugar : los suspiros de los
protagonistas subrayan la importancia trascendental del
acto y, con inocente pudor, se volverán mutuamente la
espalda mientras comienzan a desvestirse : a cada lado
de la regia cama, extenderán sobre el correspondiente
sillón las simbólicas prendas que les abrigan y adornan :
la emoción que les embarga es manifiesta y, a pesar de
la brechtiana distanciación del cristal, ganará al público
que te rodea y te fulminará a ti : todos los vates han
cantado el milagro genésico y tú, desdichado, qué? :
amores improductivos, placeres nefandos, cópulas infames, y para de contar! : ha llegado el momento de rege-
nerarte y tañer armoniosamente la lira! : los adjetivos

más luminosos del idioma acudirán en tropel a tu pluma y te convertirán en un novel, nobelable bardo de la patermaternidad! : tus lectores suspirarán tranquilizados, los críticos te aplaudirán, los manuales de ense· ñanza ofrendarán orgullosamente tus entrañables sentimientos humanos a la rendida admiración de las generaciones futuras! : el aura de la histórica responsabilidad te subyuga y mirarás alrededor de ti en busca de guía e inspiración : diversas florestas poéticas te brindan amablemente su musa y abrirás una al azar : qué hermoso hubiera sido vivir bajo aquel techo, los dos unidos siempre y amándose los dos! : tú siempre enamorada, yo siempre satisfecho, los dos una sola alma, los dos un solo pecho, y en medio de nosotros, mi madre como un Dios! : la lectura te arrebata de entusiasmo y la voz aflautada de Vosk te incitará a continuar : anda, majo, sigue con el ritmo, verás qué fácil es : pero la Parejita se ha desvestido del todo y los gloriosos sucesos del tálamo re· claman ahora toda su atención : sentados en una esquina del lecho, bajo la combinada protección de la Madonna y el Redentor, los cónyuges leerán en voz alta una selección de encíclicas referentes al sacramento de matrimonio y sus fines antes de consultar la edición ilustrada del "Manual de vida sexual sana" que con la muy aggiornada bendición del Gran Mago se autoriza a los recién casados de hoy : para asegurar un acuerdo armonioso que, sin descuidar el generador objetivo, permita a los futuros padres una suave, morigerada satisfacción : las láminas en colores ofrecen un vasto muestrario de posturas propicias a una fecundación segura y la Parejita las estudiará con indulgente, comprensible mimo : gozosa, estremecida, turbada : presintiendo ya la minúscula y leve penetración que orientará al gene por su consabido periplo y colmará, al cabo de nueve meses, sus ansias atávicas : las posiciones tres, dieciséis y veinticuatro parecen relativamente abordables y decidirán ponerlas en práctica con metódica precisión : en cuclillas, uno frente al otro, realizarán diversos ejercicios gimnástico-respiratorios con objeto de aliviar su tensión nerviosa y facilitar la conveniente relajación de los tejidos : la rica experiencia del manual debe permitirles una ejemplar conjugación del verbo amoroso, y las miradas del gentío acecharán con impaciencia el ángulo donde convergen los ombrasolados muslos del novio, aguardando las señas irrefutables de su disposición : no ostensibles aún a primera vista, quizá en virtud de ese poderoso autodominio característico de quienes controlan disciplinadamente su cuerpo merced al férreo magisterio del yoga : sereno, al parecer seguro de sí mismo, proseguirá por espacio de una hora los movimientos inspiratorios-expiatorios que flexibilizan los músculos y favorecen la oportuna afluencia sanguínea en el instante crucial y óptimo : pero a pesar de sus crecientes signos de fatiga y el nerviosismo incipiente de la fiancée, el flujo tumulario no se producirá : ninguna dilatación augural destaca en el vértice de la ingle y el rostro aniñado del novio expresará poco a poco una curiosa mezcla de desconsuelo y bochorno : manual, encíclicas, gimnasia y yoga no bastan : inútilmente ensayará nuevos ejercicios respiratorios, apurará las láminas de colores del libro, espulgará doctrinas conciliares : la perspectiva de los muslos seguirá ignominiosamente despejada y, a medida que el presente de indicativo se encalla y la esperanza del futuro se aleja, la amatoria conjugación pasará a los melancólicos tiempos condicionales y deslizará tristemente al pretérito imperfecto de subjuntivo

si yo hubiera	tú habrías
si tú hubieses	yo habría
si nosotros hubiéramos	tal vez habríamos
si nosotros hubiésemos	jamás habríamos

la voz pasiva y los modos compuestos no caben en el nupcial paradigma y, por falta de nihil obstat, los deberás descartar : la tribulación de la Parejita resulta cada vez más lastimosa y en vano repetirán gerundios e imperativos : irregular, quizás defectivo, el verbo no se alzará : y mientras solloza al unísono el irremediable participio, la confusión y desmayo de sus semblantes hará mella en el público de la acera y contaminará poco a poco la mole ingente de la ciudad : los exorcismos de tu floresta poética no surten efecto alguno y la arrojarás, despechado, a la alcantarilla más próxima : por unos instantes te sentirás totalmente perdido y caminarás cabizbajo y sin rumbo por entre la fauna cerril de Manhattan : pero el destino no te desampara y, al elevar los ojos al cielo mientras aguardas las luces del tráfico, serás bienaventurado testigo de una brusca y fulgurante Aparición

4

la moderna teoría de la información y los progresos espectaculares de la cibernética nos ayudan a situar sus preferencias : países de economía tribal y arcaica, predominantemente agropecuaria : mesetas y páramos esteparios quemados por el fuego del estiaje, barridos por los cierzos invernizos : comunidades pastoriles, semibárbaras, de natalidad abundante e índice de escolaridad casi nulo : gusta de los riscos y quebradas que permiten lucir con esbeltez sus ingrávidas dotes de gimnasta : del árbol solitario, el prado escueto, la fuente cristalina propicios al credo popular, al canto de la antífona : de las cuevas recatadas y húmedas creadas por geológica acción del agua subterránea, decorado ideal de sus agüeros y levitaciones : le agrada abrirse paso por las nubes y flotar entre velos y algodones, competir con el sol muerto de envidia y obligarle a retirarse cabizbajo, elegir las estrellas más brillantes y adornarse con ellas las orejas : no desdeña los golpes de sorpresa y actúa, de preferencia, ante los niños : los escoge cuando aún no saben letras e ignoran todo del radar y la píldora : es pródiga en bondades y sonrisas, promete socorros y mercedes, anuncia revoluciones y seísmos, formula deseos caprichosos : su corona y su manto rivalizan con los de las mejores reinas de juguete y, al hablar, se expresa en el idioma del país, con una aguda y cristalina voz, versión moderna, dicen los cinéfilos, de la inolvidable Shirley Temple

5

pero tú ya no eres niño, ni analfabeto, ni pastor, y la milagrosa aparición que te convoca desde la flecha del Empire State Building es el glorioso King-Kong : recién liberado de las cadenas de su burlesca exhibición en Broadway, ha trepado a la punta afilada del rascacielos y entretiene sus juguetones ocios atrapando a zarpadas los helicópteros que vuelan hacia el techo de la Pan Am : sin advertir, los muy incautos, que su presencia no es un novedoso reclamo de la industria turística en esta hora difícil de la crisis del dólar, sino una brusca y esplendente realidad : despojados de su carga de pasajeros, los aparatos se estrellan como libélulas en el tráfico hormigueante de las aceras y tu faunesco tutor celebra, jocoso, el pánico y confusión : las raptadas doncellas tiemblan de inconfesable dicha sobre su vasta palma velluda y el antropomorfo las observará con arrobo y rozará delicadamente sus muslos con el extremo de su dardo lingual : buscando el exquisito néctar periódico como esos oseznos golosos, peritos en miel de abeja, que introducen el hocico en las colmenas sin reparar en la cólera del insecto ni su mortificante picadura : mientras ellas suspiran y gimen y se derriten interiormente de gozo al contacto del avasallador fuego húmedo : soñadoramente, contemplarán la fabulosa dimensión de sus atributos murmurando entre dientes la máxima erróneamente atribuida a San Agustín : aquel bellísimo credo quia absurdum contra el que se insurgió con mezquindad San Buenaventura : sin decidirse a renunciar, como el chusco personaje del cuento, a la vertiginosa y descabellada idea : absortas, como él, en una contemplación que se prolongará horas y horas antes de renunciar tristemente a la locura : mas la hazaña les tienta y las doncellas maldecirán a gritos la angostura de un destino irrisorio que les priva de la forma superior del conocimiento : del bíblico, el total, el inmediato : imposible,

75

imposible : toda la vaselina del mundo no alcanzaría a operar el milagro! : los desdichados novios asisten, corridos, a la sobrecogedora exhibición de facultades, y la vergüenza, el despecho y la envidia ensombrecerán paulatinamente sus rostros : su inferioridad respecto a tu mentor es a todas luces irremediable y las doncellas la advierten también y se abandonan con altivo desdén a comparaciones inútiles y humillantes : a diferencia de la superequilibrada heroína del film, capaz de pasar sin ira ni desconsuelo de los brazos del ilustre raptor a las de un prometido mínimo y lamentable, la revelación panorámica de la cumbre las traumatizará hasta el fin de sus días anulando las posibilidades de un hipotético retorno a la normal : la gnôsis ha sido demasiado fuerte : en adelante, el exiguo despliegue conceptual, la aburrida cadena de silogismos les resultará odiosa : el sólido materialismo de King-Kong les perseguirá adonde quiera que vayan con la evidencia palmaria de sus contundentes razones : y el viaje nupcial a París, aconsejado por los mejores doctores, agravará todavía su estado mental : la tour Eiffel, el obelisco de la Concorde mantendrán vivo el recuerdo de la visión lancinante y, en vez de olvidar y resignarse, descartarán con desprecio y con asco los insulsos, miserables goces de la marital escolástica : bajo el Arco de Triunfo, soñarán en la apertura indispensable a la praxis : en la súbita y brutal irrupción de la filosofía germana, tan similar a aquella otra más próxima que, encarnada en el sigfridiano monstruo y su superior preparación artillera, dio al monumento su razón de ser durante la debâcle viril del año cuarenta : identificándose allí con el simbólico emblema de su entrega absoluta al orangután victorioso : grabado para siempre en su retina en la plenitud de su convincente poder : eternamente presto al salto dialéctico, cualitativo : con King-Kong, tu señor, que apunta al centro de su femínea mismidad con el escueto rigor de su admirable imperativo categórico

6

seguirás su ejemplo y glorificarás la potencia amorosa del simio : poniendo tu pluma al servicio de su desmesura magnífica, entronizando sus prendas con todos los recursos de la insidia verbal : mediante la sutil, emponzoñada subversión de los sacrosantos valores lingüísticos : sacrificando el referente a la verdad del discurso y asumiendo a partir de ella las secuelas de tu delirante desvío : tu maravillosa soledad de corredor de fondo : el desafío insolente al orden real : dejarás que la Parejita se reproduzca entre educados bostezos y conciba y dé a luz un asqueroso niño : el fláccido e inepto engendro de la almibarada canción : será pequeñito? de pelo muy rizado? : la radiosolicitada letra no importa : sus diversos orificios anobuconasales expelerán secreciones hediondas que corromperán poco a poco la atmósfera del hogar familiar modelo y harán necesaria la intervención sonora de ambulancias y bomberos dotados de sanitario equipo y máscaras antigás : el tibio amor productivo te llena irremediablemente de tedio y ensalzarás sin remordimiento ni escrúpulos el placer solitario y baldío, el nefando, el insólito, el ilegal : inspirado por la grandiosa majestad de King-Kong, cantarás a partir de

ahora lo indecible, aberrante y enorme : sacando a la
diáfana luz del día los monstruos que aterrorizan las
mentes mezquinas durante el sueño de la razón : cópula infame, seminal derroche que aúna la azarosa conjugación de los cuerpos en pródiga y exaltante consunción
común! : soñando con la vorágine crepuscular de un universo extinto, donde el áspero y crudo amor que te
propone el simio auspicie toda suerte de crímenes al amparo y estímulo de su imperiosa ferocidad

7

en el subsuelo actual de Manhattan, a lo largo de la
laberíntica red de sumideros y túneles que socava el
perfil exterior de la isla, una colectividad no menos in-
teresante y compleja que la computerizada por los so-
ciólogos, se ha implantado, vive y tiende a extenderse
por las densas tinieblas de su laguna Estigia : coco-
drilos, caimanes, lagartos, iguanas infestan en número
creciente las nauseabundas cloacas y, adaptándose a las
insólitas condiciones del medio, se metamorfosean lentamente en función de su sombría existencia nocturna :
nuevas especies anfibias, de voracidad monstruosa, se
multiplican con sigilo y sin suscitar la menor alarma, a
los pies de la ignorante y confiada ciudad : reptantes,
lucífugas, tortuosas, se alimentan de sus residuos he-
diondos y aguardan la ocasión de abandonar su vida
parásita para asomar vengadoramente a la luz del día :
descolgándote por escalerillas herrumbrosas, orientándo-

te por un dédalo de pasadizos rezumantes, asistirás a los
espasmos de su cópula fría y a la ovípara eclosión de la
prole : como el ojo del cíclope, tu inspiración brilla
siempre de noche y el deseo de ser como ellas anida, insaciable, en lo más recóndito de tu pecho : largo, flexible, con el cuerpo cubierto de escamas durísimas, boca
grande y armada de dientes agudos, patas traseras pal-
meadas, cola aplastada y apta para la natación : abandonando tu ilusorio papel de rey y señor de la Creación
(marcha vertical, lenguaje articulado, alma inteligente y
sensible) por el implacable rigor de la fauna maldita :
oscuridad e inmundicia serán también tu guarida y un
día, a través de la boca de las alcantarillas y todo el
urbano sistema de abastecimiento y desagüe, te infiltra-
rás con ella hasta la cima de los rascacielos y cooperarás
a la invasión de viviendas y pisos por los conductos de
los fregaderos, retretes y baños : cabezas astutas y mó-
viles brotarán de la taza del excusado en el instante
en que el homínido se dispone a apoyar sus recoletas
asentaderas, y la sorpresa le hará retroceder de terror,
como al excursionista incauto que alza una piedra con
su bastón y descubre debajo un nido de víboras : pero
los reptiles son tus amigos y tu profunda familiaridad
con ellos te procura satisfacciones incomparablemente
superiores a las de la eterna casuística (artística, social
o moral) de la bípeda especie : el descenso en la escala animal será para ti una subida : tú llevas en la
frente el signo de Caín y aunque, herético entre los
herejes, no participes de las preces y comuniones de su
liturgia ardiente, por respeto a los ancianos enturban-
tados que exhiben sus artes suasorias en los folletos
turísticos marroquís, enaltecerás no obstante con tu

palabra el gremio clandestino, noctívago de los encantadores de serpientes

cuando la noche clausura las actividades productivas, discretamente razonables, de la atareada ciudad, los adoradores del bicho emergen de su habitual letargo diurno y, tras atisbar con cautela las aceras desiertas, discurren furtivos por las zonas solitarias y umbrosas, sin atender al crepuscular derroche de propaganda de los adversarios de los ofidios

ATENCIÓN : SON MUY PELIGROSOS

ATACAN A SUS PRESAS INYECTANDO VENENO

SU MORDEDURA SIEMPRE ES GRAVE Y A MENUDO MORTAL

A VECES ESTRANGULAN A LAS VÍCTIMAS ENTRE SUS ANILLOS

SU LONGITUD ALCANZA HASTA CATORCE METROS

la cordura envidiosa de los paterfamilias no hace mella en su ánimo, y cortando en zigzag por las esquinas del miedo a fin de despistar a los eventuales perseguidores, explorarán los lugares sombríos y húmedos en que el odiado y temido animal habitualmente se encova : las cavernas desconchadas, musgosas, donde la subterránea acción del agua inventa goteras, cascadas y estalactitas, pobremente iluminadas por una bombilla enferma, del tipo de las que suelen alumbrar calabozos y jaulas en los sótanos de las comisarías : allí, al amparo, casi con la complicidad de la penumbra, acecharán pacientemente la brusca irrupción enigmática para rendirle de hinojos

el sólito homenaje de pleitesía : saboreando su recia
virtud con el gesto solemne de quienes cierran los ojos
de arrobo cuando el mágico deposita el candoroso talis-
mán en su lengua : arrodillados también, si no en el
suelo, en tosco y humilde reclinatorio : inmersos en la
beatitud de su sublime pero incomunicable experiencia :
sin olvidar, después, tampoco, los consabidos ejercicios de acción de gracias : los actos de deseo, ofreci-
miento y humildad que los manuales de preparación
aconsejan : mas el frenesí de la noche apremia, y abandonando el recogimiento y soledad de la cripta, prose-
guirán con diligencia incansable el periplo aleatorio de
sus visitas : por las zonas aguanosas y oscuras propensas
a su secreta y absorbente actividad : sin olvidar la natural fragosidad de los parques donde el taimado y cruel
animal intuitivamente se oculta : guiándose merced a un
misterioso sexto sentido por senderos y atajos estrechos
hasta dar con el verde seto que le sirve de nido y encubre
a los ojos del mundo la rendida genuflexión : órdenes,
amenazas, conjuros no consiguen disuadirles de la búsqueda, y entregados a sus devociones agrestes desdeñan
la vecindad del peligro con gozosa temeridad : sus bati-
das ignoran los rigores del tiempo, las leyes y reglamen-
tos de veda, el histérico aullido de los coches-patrulla :
inquisitoriales linternas alancean la noche por encima de
sus cabezas y el rumor hosco de las pisadas magnifica
y exalta los riesgos de su liturgia sacramental : la cumplida ejecución del exorcismo les llevará finalmente a las
zonas pantanosas y bajas, y a hurto de sus miradas, te
colarás con sigilo tras ellos por entre inmunda y reptante
vegetación : a través de estratos superpuestos por los
que miríadas de sombras errantes discurren con fan-

tasmales togas, desdibujadas por lamparillas anémicas y
emanaciones de vapor : desde basilar piscina probática
a tenebrosas ergástulas que de ordinario albergan la
robusta disposición del soberano bicho : el ofidio alevoso, tenaz, cuyo silbo detecta el consumado cazador
aparejando diestramente el oído : sí, está allí, y todo
induce a creer que aguarda la llegada del incauto para
inmovilizarle mediante el veneno de su boca voraz o la
asfixia sutil del amoroso abrazo : la mezquina prudencia
incita a la huida, pero la cinegética pasión se impone
y endulza los temores a un encuentro mortal : su pasión
es una forma superior de milicia y todas las cautelas las
mandará al carajo : obstinado, incansable, domesticará
de nuevo al reptil con los recursos magistrales de su sabiduría ritual y pesquisará aún los restantes cubiles del
antro, ansioso de apurar hasta el fin las posibilidades de
su ministerio, como esas almas sedientas de perfección
que alargan escrupulosamente la ejecución de sus rezos
después, mucho después de concluidas las ceremonias del
culto : la adoración se prolongará toda la noche y el
día siguiente, cuando llegue el crepúsculo, el espartano
ciclo recomenzará

9

someterás la geografía a los imperativos y exigencias de
tu pasión : desde las callejuelas de Riad Ez-Zitún hasta
los aledaños de la Gare du Nord, dispondrás de los elementos del decorado que en lo futuro encuadrará a
tus huestes : el sibilino encantador de serpientes de la

plaza de Xemá-el-Fná convoca a turistas e indígenas tocando rítmicamente el tambor y te agregarás al anillo de espectadores tratando a duras penas de disfrazar tu emoción : lentamente te has despojado de los hábitos y principios que en tu niñez te enseñaron : no cabías en ellos : como culebra que muda de piel, los has abandonado al borde del camino y has seguido avanzando : tu cuerpo ha adquirido la reptante flexibilidad del ofidio y la mera visión de la enemiga fauna suscita en tu fuero interno imágenes suntuosas de violencia verbal : vuestro contacto será el del cuchillo : el grito lancinante de la alienada que atraviesa titubeando el vestíbulo de la estación crea alrededor de ella un espacio sagrado inaccesible a los curiosos ajenos a su delirio y, siguiendo su ejemplo, fundarás en el abrupto desafío a su lógica tu propia invulnerabilidad : el porvenir de su mundo no te importa y ninguna consideración humanitaria sobornará tu conciencia : desconfía de ti : no basta con echar por la borda rostro, nombre, familia, costumbres, tierra : la ascesis debe continuar : cada palabra de su idioma te tiende igualmente una trampa : en adelante aprenderás a pensar contra tu propia lengua

10

descenderás una vez más a la cripta : la inexorable saña contra tu antigua grey y el placer de asistir a su afrentosa burla alentarán tu teje y desteje por el tráfago oscuro del corredor hasta los no auríferos, no revolucionarios edículos : contoneándose, abanicándose exageradamente a causa del calor o alzando las solapas de sus fourrures con cuitado estremecimiento de frío, intercambiando información en lenguaje histérico, empolvándose el rostro, componiéndose el pelo, emitiendo risillas, gorgoritos, suspiros, los cofrades discurren junto a sus centinelas hieráticas buscando ansiosamente su príncipe : su agitación extrema es la respuesta obvia a la no menos extrema represión de la tribu : fuerza centrífuga superior a la ley de gravedad comunal los ha impelido tal meteoritos errantes a la remota, subterránea basílica : esquirlas de gaditana explosión esparcidas por la rosa de los vientos, convocadas allí por un azar del destino! : el solo de la flauta las imanta y a él consagran su culto : míralas bien : su temeridad menosprecia los límites : sus antífonas, comuniones, plegarias se suceden al ritmo febril de quienes se saben condenados al alba y aspiran a sorbos la vida : más de cuatro siglos de estigma y baldón, cárcel, tormento, pira (desde el feroz, rencoroso decreto de la reina frígida y los autos de fe de su grotesca prole) han configurado la endémica tensión que los distingue de los restantes activistas del gremio : cadáveres a plazo de hitleriano ghetto (haces de leña, sambenito, mordaza, escapulario blanco, coroza de llamas), su reto delirante se extiende a todas las jurisdicciones del mundo : atavismo secular les impulsa al énfasis teatral y la hipérbole cuando componen altivamente el personaje de la triste prisionera de Tordesillas : la juandeorduñesca víctima del amor : en la grandilocuente interpretación de la actriz que encabezaba el reparto de la película : celando con manirrota ostentación de ademanes la ausente inmovilidad de su rey : el hermoso flamenco de blanco plumaje en el pecho y rojo

84

sangriento en la espalda reproducido en las láminas de colores del sólito manual escolar : bípedo, vertebrado, de sangre caliente, corazón con aurículas y ventrículos, buen nadador y, según se tercie, nidófilo o nidífugo : adosado al muro, como los de su laya, con visible, calculado desdén : orificios nasales, ojillos penetrantes y vivos, boca quizá sin dientes, cigarrillo en el estuche del pico : alirroto, zancudo, parece descansar sobre un pie mientras recoge a trechos el otro y apoya indolentemente la suela en los desconchados y grietas de la pared : y con el mudo asenso de guardas y cortesanos, la no boreal aurora multiplica los demenciales gestos, envuelta en el nimbo de admiración y piedad de su trágicoesplendente sino : sus ojos brillan de picardía bajo el sutil velo negro, el burdo maquillaje se despinta y escurre, irrisorio, por la comisura de los labios : elevando hasta éstos el índice desplegado, murmurará una y mil veces que el rey no ha muerto, que nada más se ha dormido : con esa peculiarísima dicción de la pléyade de imitadoras que, huyendo de los rigores del país, florece, a mil leguas, en el recato y humildad del paraje : la historia es justiciera a veces y la Católica madre contemplaría horrorizada el rudo espectáculo : el desquite del execrado hermano y sus vilipendiados amigos : la escena diariamente se renueva sin cronista ni bardo y el omnímodo poder de tu minúscula actividad artesanal te deslumbra : el soliloquio fantasmal de las locas vengará la memoria del rey : bruscamente, anularás centurias de infamia de un simple trazo de pluma

11

MAIS DIEU CREA LES ARABES
vosotros sois
lo dijo textualmente
la gente mejor que se ha conocido entre los hombres,
mandáis lo justo, prohibís lo injusto y creéis en mí
textualmente en las páginas del Libro prestado por un
compañero, después de uno de vuestros habituales encuentros, en una de las perspectivas de asfalto de la
cada día menos Luminosa Ciudad
y el amor que hallarás junto a ellos será ardiente y
estéril como las planicies del desierto : lejos de las
grutas fungosas y húmedas que abrigan la nocturna
actividad del agua soterrada : todo límpido acá : cuerpos nudosos, flexibles, cuya sinuosa trabazón evoca a
distancia la escueta convexidad de las dunas : cuando la
calina emborrona sus formas obtusas y el soplo abrasador del simún remata la labor de esfumino invistiendo
al leonado paisaje de brusca palpitación animal : curvas y más curvas imbricadas en recio oleaje, comunidad
promiscua que elásticamente se acopla sin deformarse,
simultaneidad de tensiones y abrazos en la cálida y ma-
leable textura : irradiaciones serpentinas que corren sobre
la piel vibrátil y esculpen delicadamente sus líneas con
sobriedad magistral : sin artificios ni adornos femíneos :
florestas, vergeles, umbrías, prados rientes y amenos :
sólo músculo y piedra : deshecha, corroída, erosionada
por la acción sostenida del viento : sin lluvia seminal
que la fecunde : seca, seca! : la verdura es esfuerzo y

premio : el tronco solitario de la palmera indica la presencia invisible del pozo, pero no beberás en él : la saciedad común a los simples te asquea : el brote robusto del árbol desbarata sus leyes caducas, con orgullo bastardo apaciguarás lentamente tu sed : su savia amarga te basta : qué importa ladren los perros? : la caravana pasa : el desierto te invita de nuevo, vasto y tenaz como tu deseo, y te internarás en la maciza configuración de su implacable pecho cobrizo : brazos montuosos amurallarán la línea del horizonte, aislándote misericordiosamente del mundo fértil y hostil : paso a paso, sobre el escudo de su abdomen liso, alcanzarás el oasis más próximo gracias al fino instinto de los meharís : Anselm Turmeda, Père de Foucauld, Lawrence de Arabia? : entre los tuyos al fin, inmerso en su densísimo caldo humano, reconocible apenas bajo la barba grisácea y el polvo y suciedad de tus prendas : las gafas de sol te protegen y substraen tu vista de lince al celo curioso de las miradas : tus ojos han perdido la mansa dulzura de la adolescencia y el brillo maníaco y fijo con que indagan la vecindad de la presa turbará el reposo del nazareno que imprudentemente se arriesgue a espiarlos : el muladí que delira por los zocos de África es la negación del orden que rige su mundo y cautelosamente lo designará con índice acusador : su desgarbada silueta es engaño, una severa profilaxis se impone : infando, tránsfuga, renegado, sodomita, perverso? : peor, mucho peor! : es sembrador de vientos : y como dice el refrán

12

quien siembra vientos, recoge tempestades
proferida mil veces por gargantas mesuradas y cautas,
   la advertencia no alcanzará a los fugitivos de tu especie, a quienes la centrífuga, vedada pasión ha impul-
   sado hasta estas orillas pedregosas y áridas.
los barítonos del orden viejo tronarán en vano desde
   los púlpitos de sus comités, institutos e iglesias, y armados con el dardo preciso del verbo, apuntaréis bur-
   lonamente al mascarón de su respetabilidad oronda y
   al curvo e inflado perfil de su hidrópica suficiencia
a su espíritu de autoridad y jerarquía, fundado en pro-
   hibiciones y leyes, opondréis la subversión igualitaria
   y genérica del cuerpo parado, desnudo
el sexo, sí, el sexo
el recio tallo erecto vehiculando savia hacia el capullo!
la risa os servirá de ballesta
con su ayuda corrosiva y feroz, deshincharéis la fatuidad
   de los globos y expondréis su mezquino e irrisorio temor a las realidades del mundo
una a una
arrancaréis sus miserables caretas
pájaro en mano
pero sin desdeñar los cien que vuelan
los obligaréis a encuerarse también y los someteréis
   al escarnio cruel de vuestro vengativo discurso
oídnos bien
las trampas de vuestra razón no lograrán apresarnos
moral

88

religión
sociedad
patriotismo
familia
son ruidos conminatorios cuyo sonoro retintín nos dejará
  indiferentes
no contéis con nosotros
creemos en un mundo sin fronteras
judíos errantes
herederos de Juan sin Tierra
acamparemos allá adonde nos lleve el instinto
la agarena fraternidad nos atrae y en ella hallaremos
  refugio
abandonad la monótona cantinela
la consabida, secular amenaza de vergonzosas ruinas y
  calamidades
después de nosotros el diluvio?
SEMBREMOS TEMPESTADES!

III

no como ahora
cuando la saña acumulada mezquinamente se desborda
en el hermético recinto de sótanos y comisarías, la humillación física del ser odiotemido (objeto inconsciente
de su envidia y tal vez de un oculto deseo), la porfiada
repetición de los golpes encarnizándose en el fantasma
de la propia angustia (sin conseguir exorcizarlo no obstante), los gritos ahogados de la víctima y el resuello
feliz de los proboscídeos uniformados (animándose entre
sí con recias emisiones vocales), los sale race dégueu-
lasse pouilleux ordure saloperie (modulados en el idioma
de Villon y Descartes), la inútil tentativa de respuesta
(quizá la torpe huida), la brusca decisión del mastín
jefe de esgrimir el revólver (invocando legítima defensa),
la sólita, reglamentaria voz de alto (proferida tres veces), la detonación de las balas, la confusión, los chillidos,
el pánico de los mastodontes, el concierto febril de los
testigos, las distintas versiones sucesivas, los comuni-
cados rotundos a la prensa, las contradicciones que sal-
tan a la vista, las malditas preguntas sin respuesta, el
huraño silencio embarazado
en gran escala entonces
cuando la inmunda jauría de l'Allergie Française imponía abiertamente su ley en la calle (cacheo común, reda-
da masiva, discriminatorio toque de queda) y docenas y
docenas de cadáveres maniatados (con el orificio de una
bala en la sien o las equimosis de la estrangulación) apa-
recían flotando en la mansa corriente del río bellamente
cantado por los poetas, bajo esos mismos puentes evo-

cados por chansonniers al son melancólico de acordeones y de guitarras (el consejo municipal de la ciudad votaba entre tanto el presupuesto necesario a la alimentación de las palomas y blanqueo de los monumentos y edificios públicos, los niños poblaban los maravillosos jardines y parques urbanos de dulces y musicales gorjeos), justo en el punto en que el odio irreductible a tus propias señas (raza profesión clase familia tierra) crecía en la misma proporción que el impulso magnético hacia los parias y toda la violencia impuesta en nombre de la grey civilizadora (a la que exteriormente aún pertenecías) aumentaban el foso abierto entre ti y ella y fortalecía el sentimiento de traición y desvío que aguileñamente anidaba en el interior de tu pecho, contemplando con solidario orgullo su reto abrupto mientras ascendían en grupos compactos por las bocas del metro, eran apriscados a culatazos y puntapiés en la negrura de los coches celulares y, al resultar éstos insuficientes, permanecían con los brazos alzados detrás de la nuca en las vastas aceras de esa place de l'Étoile que tout à coup était devenue jaune y revivía el bochorno del pasado ghetto a menos de un cuarto de siglo de distancia

pero de nuevo ahora

no en el sutil laberinto de pasillos y túneles ideado quizá por un topo enfermizo en su insomne delirio praguense

(crujido lastimoso de los portillos de cierre automático, NICOLAS FINES BOUTEILLES demencialmente multiplicado en los escalones, planos indicadores de la red de autobuses, consignas de seguridad que nadie lee, reclamos de DU BON, DU BON, DUBONNET entrevistos a la súbita y rauda iluminación de los vagones, solicitaciones tentadoras de una próspera sociedad de consumo con su rico surtido de modelos de automóvil, viajes organizados, papeles higiénicos casi acariciantes, quesos miríficos, elixires sublimes, prendas de ropa interior exquisitas o paternales, benignas instituciones de crédito bancario expuestos sobre un fondo de paisajes-souvenir, parejas felices y muchachas sexy, cuando la feraz inventiva del abolido mayo sembraba las paredes de inscripciones burlonas y cínicas, cómicas, feroces, insolentes, dubitativas, alegres, introduciendo un germen destructor, corrosivo en la consabida beatitud polícroma ni tras el previsible, posterior reflujo de los sacrosantos valores, propicio más bien al maligno, tortuoso rencor de la no siempre, hélas, silenciosa mayoría, al eructo moral del impoluto ciudadano medio, al apenas furtivo ademán de la mano eurócrata y pálida que, a cubierto de toda sospecha, formula con lápiz, pintura o carmín las sombrías imágenes que atormentan sus sueños

MORT AUX BOUGNOULS

RATONS = SYPHILIS

UNE FEMME QUI COUCHE AVEC UN ARABE EST PIRE QU'UNE PUTAIN)

fuera, fuera

cuando la sangría (exudación?) veraniega ha desembarazado a las arterias urbanas de sus manufacturadas toxinas y la abotagada ciudad recobra por unas pocas semanas su primitiva silueta núbil : prodigiosa cura de adelgazamiento agosteño que invita a la libre contemplación del cuerpo sin varices ni grasa y atrae al solitario forastero emboscado en retaguardia a un nuevo y exaltante periplo : no al común, consabido paisaje de la ubicua multitud en movimiento : el rostro anónimo y neutro de la hidra de infinitas cabezas : el decorado más bien

de un viejo film de los treinta para enamorados que se
besan junto a la boca del metro : ancianos sentados en
los bancos públicos, caminantes ociosos, un coro in-
ofensivo de l'Armée du Salut, tal vez una apacible partie
de pétanque : la calina traza espirales sobre la calzada
desierta y, abandonada por sus propios hijos, la ciudad
os pertenece de pronto, a ti y a los metecos
(lejos de los gregarios adoradores del sol, las caravanas
familiares hacinadas en campings, el bronce mentido de
las pieles, los lagartos tendidos junto a las piscinas, la
resignada grey productora de hijos, los automóviles con-
ducidos como pequeños tanques)
lentamente, te encaminarás hacia la zanja de obras públicas que, como el reguero de muerte de un avión, ha
desventrado el alquitrán de la acera y descubierto la tierra oculta debajo, esparciéndola a lo largo del trayecto
paralelamente a la pasadera de tablas dispuesta para
los viandantes por la que te aventurarás mientras los modestos artífices se afanan a tus pies con sus picos y palas
y la trepidación del taladro a lo lejos acribilla tus oídos
con el impacto sordo de la metralla : morenos deplus-
valiados de la zanja común, en contacto directo con la
materia burda, el desahogo ruin, la visceral emanación
plebeya? : mucho antes de tu abortado nacimiento en
el seno de la limpia y virtuosa familia, con el gesto imperativo del mayoral, como en los tiempos dichosos del
bisabuelo? : pesadilla renuente y atroz que obstinadamente te acosa con su indeleble estigma a pesar de tus
viejos, denodados esfuerzos por liberarte de ella : la
cuartilla virgen te brinda de nuevo posibilidades de redención exquisitas, junto al gozo de profanar su blancura : basta un simple trazo de pluma : recrearás sus

cuerpos
movido por la violenta pasión que te inspiran, sin escamotear su certeza con una escueta descripción linear ni
destruir su realidad magistral mediante la ilusoria operación de nombrarlos : imponiendo su existencia física en
el papel gracias a una suntuosa proliferación de signos, al
cúmulo exuberante de figuras de lenguaje : echando
mano de todos los ardides de la retórica : tropos, sinéc-
doques, metonimias, metáforas : tendiendo hasta el límite los músculos de la frase, enzarzándote con ella en
implicante cópula, luchando a brazo partido con las es-
curridizas palabras : rigurosa trabazón de nudosos y
ceñidos sarmientos que dulcemente seguirás de reojo
con la misma sumisión consentida con que el comple-
mento escolta al verbo! : tronco arriba, pasada la car-
nosa floración de los labios, hasta la hircina frondosidad
de los babilonios pensiles : empuñando con fuerza el bolígrafo, obligándole a escurrir su seminal fluido, man-
teniéndolo erecto sobre la página en blanco : en brusco,
sincopado movimiento : plenitud genésica entre tus
manos : sus cabezas sobresalen del hoyo a la altura de
tus zapatos y tu mirada se demorará en ellas, dócil a su
magnetismo animal : el neblumo de la urbe no empaña
su brillo : sus prendas de trabajo no disfrazan su radiante
calidad de hijos del desierto : cuerpos envueltos en el
rigor y dureza de sus creencias, aferrados a su instinto de
vida como a un axioma neto e incontestable, dejarás que
su presencia se imponga con la claridad cegadora de un
aforismo : embebiéndote poco a poco de su espíritu nó-
mada, de su cálida, bienhechora esencia solar : independiente y libre también como un jeque beduino : dueño
del aire, los vientos, la luz, los vastos espacios, el inmen-

so vacío : arriba, el cielo incoloro y sutil, y abajo, la
arena, inmaculada, como un refulgente glaciar
las sombras movedizas de los camellos se perfilan en tierra a la rauda cadencia del trote mientras avanzáis por
la estepa jordana alertas a la línea del ferrocarril : con
los aún frescos laureles de tu victoria en Aqaba, investido ante la harka de un poder carismático, exaltado por
las señas cercanas del enemigo : poseído del mismo ardor
que tus hombres, expresándote en su brusco dialecto,
resuelto to imitate their mental foundation y camaleónicamente take on the Arab skin : la fama publica ya
tus proezas de experto destructor de locomotoras otomanas y darás la señal del asalto con una leve presión
del índice en el gatillo : el cohete luminoso rehilará
sobre el convoy dislocado, se abalanzarán los jinetes a
la riquísima presa, relincharán los corceles como si hubieran barruntado el festín : la degollina se llevará a
cabo con la implacable precisión de un rito : soldados y
pasajeros serán despojados de su hacienda, sus cuerpos
sustentarán la cruda voracidad de los buitres : encara-
mado al techo de los vagones, sobre tablas semejantes
a las de la pasadera de obras públicas, iniciarás un ágil
paso de danza celando con el rabillo del ojo tus propias
sombras chinescas : movimientos y ademanes esbeltos
nimbados de tutelar mesianismo enardecerán la pasión de tus huestes hasta un verboso delirio! : res-
pondiendo a sus vítores y clamores con una gallarda
oscilación del revólver en tanto que brincas de un techo
a otro cubierto con los rubores y galas de tu disfraz :
blanco de la cabeza a los pies, recatado por velos y gasas
de fiancée, con el inspirado candor del agudísimo mago
vaticano : saludando desde lo alto del bal(vag)ón a la

armada de fieles, galvanizando sus fuerzas dispersas, incitándoles a nuevas y más fructuosas aventuras : bailando y bailando sobre las tablas con aire de prima donna, pontífice y travesti : los descarrilamientos se suceden a ritmo acelerado y el balazo alevoso de un rezagado te conferirá un espectacular bautismo de sangre : máculas bermejas ultrajarán el acendrado blancor de la tela con su viscosidad impura, pero tu aleatoria carrera de artista no se detendrá aquí : profeta del viejo sueño libertario al servicio de la expansión imperial inglesa? : o juandeorduñesca víctima del amor en los sibiles luxoriosos de Tordesillas? : nuevo Frégoli, proseguirás tu veloz metamorfosis saltando de una a otra cinta sin abandonar por eso un instante el surco genitivo de la escritura : con el asenso mudo de guardas y cortesanos multiplicarás los demenciales gestos envuelto en el halo de admiración de tu trágico-esplendente sino : tus ojos brillan de picardía bajo el sutil velo negro, el burdo maquillaje se despinta y escurre irrisorio por la comisura de los labios : elevando hasta ellos el índice desplegado, murmurarás una y mil veces que el rey no ha muerto, que nada más se ha dormido : no en el cavernoso subsuelo del cine sacudido por los temblores del metro aéreo : sobre las tablas que cubren la armazón de madera de los vagones y súbitamente se prolongan junto a la zanja brindando, solícitas, un paso oportuno a los peatones : lejos de la ruda y capciosa estepa jordana : en la jornada de estío parisiense que generosamente irradia sus ondas sobre los esclavizados operarios de la obra aferrados a sus útiles de trabajo mientras, repuesto de tus espejismos y trampantojos, avanzas al filiforme compás del bolígrafo por las calles desiertas de la ciudad : como

El-Orens antes de su secreta misión en Deráa, tocado con níveo turbante, flotando en el vuelo de su gandura : tu afán de experiencias nómadas por todo el ámbito del Islam te conducirá naturalmente a batir el propio campo del enemigo : por la cercana rue d'Aboukir, en busca de los alminares de Istanbul, a los acordes de la "Marcha turca".

embarcaciones de todos tamaños y figuras, en vaivén
incesante entre una y otra orilla, en ruta hacia el Bósforo o las riberas de la mar de Mármara
sirenas melancólicas, arpegios, despedidas
voces levantiscas e hirientes, pulso sonoro de la ciudad!
las gaviotas hienden el aire tenue, planean sobre las cúpulas bizantinas, se columpian, descienden, suben, se
inmovilizan, piruetean de nuevo : harás como ellas y ro-
zarás con el pico de tu alfombra los alminares dorados de
las mezquitas, ganarás de un vuelo la columna de Constantino, te posarás en la onírica torre de Bayaceto : el
destechado Gran Bazar ofrece el diablo-cojuelo espectáculo del bullicio humano, de la cancerosa proliferación de mercancías : artesanía ancestral y monótona
que ignora aún las leyes de oferta y de demanda y
repite la misma y obsesiva operación (cero, noria, vals
circular) hasta la náusea : infinidad de objetos idénticos
que se acumulan y desbordan a lo largo de travesías y
arterias, perturban la circulación, reclaman en vano la
atención del viandante : cuando los altavoces de Solimán
el Magnífico difunden la oración de los almuédanos los
pájaros brujulean y huyen por toda la rosa de los vientos
en raudo y ensordecedor torbellino : es la hora de las
abluciones en el pórtico de Nurvosmaniye Cami y te
inmiscuirás en el gentío que fluye por la pendiente :
prolijo laberinto de escaleras, pasajes y patios que orien-
tan (extravían) hacia el edificio de Correos y el Bazar

Egipcio, el puente Karaköy y los muelles de embarque :
almacenes y tiendas, puestos callejeros, gritos, pregones,
recuas de acémilas, bicicletas, triciclos, timbres, bocina-
zos : promiscuidad de varsoviano ghetto hecha de zumbido y de furia, alimentada de su propio frenesí delirante :
voces guturales, punzadas acústicas, derroche vertiginoso
de gestos : fauna circense, común en este pueblo de pastores primitivo y agreste, escasamente industrializado :
un ciego abandonado a la inspirada cautela de su bastón, una familia de seis miembros milagrosamente mon-
tada sobre un borrico, un Buster Keaton ciclista con un
pastel rococó de merengue en equilibrio encima del
cráneo : un viejo camina horizontal, doblado bajo la
carga de un voluminoso armario de luna y un camión impaciente le hostiga sin parar con el claxon, repitiendo
hasta el paroxismo los primeros, conminatorios acordes
de la marcha de "El puente sobre el río Kwai" : alguno
ladra con convicción sabuesa los méritos e indulgencias
de un vasto surtido de peines : otro declama un regio
monólogo sobre la abierta, invertida sombrilla que abarca su colección de corbatas : dos vendedores airados
gesticulan y comienzan a insultarse por señas mientras
sus incomprensibles frases perecen de muerte violenta,
víctimas de la ferocidad del tráfico : una masa compacta
de peatones bloquea todas las salidas y la mirada nau-
fraga en una pesadilla tenaz de muñecos, de sandalias de
plástico
evadirse, escapar!
tu ingrávida alfombra levitará sobre la maravillada asamblea, cobrará rápidamente altura, dibujará espirales he-
licoides en torno a las murallas bizantinas y los mármoles
rojos y blancos del palacio de Constantino Porfiro-

géneta
a mil doscientos metros y siete siglos y pico de distancia, los naturales de la ciudad polemizan sutilmente en el
ágora sobre la abstracto-concreta cuestión del sexo de
los ángeles
(materia escabrosa y difícil como pocas antes de la es-
clarecedora intervención de Cinecittà y la rauda y fructuosa visita del blondo mensajero celeste a una aburrida,
somnolienta familia de la alta burguesía de Milán : los
partidarios del sexo tenían razón : la fúlgida bragueta de
Terence Stamp y los arrobos sucesivos de los visitados
no permiten ningún asomo de duda al respecto)
la bizantina contienda moviliza todas las energías y el
icono de la Virgen conjura en vano el peligro en la
parte más expuesta de la muralla : los genízaros asaltan
ya, el módico tiempo apremia! : los mercenarios luchan
desesperadamente en la puerta de Edirna! : un grupo
de arqueros de Sansueña participa en la titánica (otá-
nica?) defensa, fácilmente identificables por su atuendo y la gravedad compuesta de sus palabras : habla
peninsular codificada e inmóvil, acumulación de prover-
bios y de frases hechas, vasto panteón de secular ex-
cremento idiomático! : los lugares comunes brotan sin
retención de sus labios, y astuta, pérfidamente confun-
dirás sus lenguas
en país de riegos el huerto es ley, dice uno
hasta el cuarenta del cayo no te quites el rayo, dice otro
la cerveza es la madre de todos los quicios, dirá un
tercero
sus órdenes oscuras e ininteligibles siembran el desbara-
juste en su bando y precipitan el barroco desastre : la
asiática horda penetrará en la moribunda capital del

imperio y ninguna fuerza humana la podrá detener :
todo se irá al carajo!
(pero no, tú deliras, y el poeta alejandrino lo sabe
la ciudad en donde has gastado tus días subsiste y a ella
estás condenado
            en sus mismas callejas errarás
            en sus mismos suburbios llegará tu vejez
            bajo sus mismos techos encanecerás
inútilmente, esperarás a los bárbaros)

sobre las cúpulas y alminares de la islamizada Bizancio
alcanzarás por fin el puente Karaköy y su armonioso,
concertado caos : el río de vehículos en medio de la
calzada y, en las aceras, la densa multitud, hosca e im-
penetrable : centenares, millares de turcos de mirada
felina y bien pobladas cejas, tocados con la inevitable
gorra chata masivamente importada por Atatürk : las
mujeres caminan junto a ellos, preñadas de ordinario,
y los niños contemplan, aprensivos, la móvil silueta de
los barcos que aflojan con lentitud las amarras y se alejan suavemente de los embarcaderos : hacia Usküdar, el
Bósforo, la mar de Mármara : o más lejos aún : pasado
el ovidiano Helesponto, hacia las islas cantadas por
Homero, a la nocturna Iskandiría de Cavafis : mientras,
en los cafés del dique flotante, los asiduos fuman apara-
tosamente el narguile, conectados con las vasijas y tubos,
con un curioso aspecto de centauros amables o incurables asmáticos : obligados, por prescripción médica,
a algún complicado sistema de respiración artificial :
viajeros impacientes asedian los botes en donde los pes-

cadores fríen y empanan mújoles y doradas y el reconocible vendedor de hashish, con su disfraz de film Carné-Prévert, susurra misteriosas palabras al oído de un turista inglés pelirrojo, virginal, escandalizado : sugestivas propuestas onírico-bursátiles que el borroso heredero de Kipling fingirá no escuchar, apresurando el paso cada vez que el aprendiz de Gabin se empareja con él, se desabotona la inefable chaqueta y le muestra, el tiempo de un guiño, los pequeños cilindros tentadores, oscuros, amazacotados : a cincuenta, cien, doscientas liras pieza : escala móvil, vasto abanico de precios, al alcance de todas las clases sociales!

o le propone más bien una instructiva, provechosa visita a las acogedoras academias de la Alageyik Sokak : apuntando con el dedo hacia la exótica y turbia calleja púdicamente oculta tras el respetable edificio de la Banca Otomana : hello, mister, young girl to fuck? : el imberbe turista vacila : su rostro aniñado, vagamente piscícola deviene poco a poco del rojo sanguino de sus cabellos y los victorianos ojos azules reflejan el previsible naufragio : cederá, sí, cederá : el gancho le lleva ya del brazo, con familiaridad obscena, y la extraña pareja se perderá en el vaivén del gentío, hacia la parte alta, y más pecaminosa, de la ciudad : en tanto que tú prosigues tu paseo por el muelle, objeto de la solicitud de limpias y vendedores, hasta dar con el quiosco de bebidas en donde un esplendoroso grupo de sátrapas aguarda probablemente la salida del barco de las islas, en la plena y solemne posesión de su bizarra magnificencia : sus radiantes vestidos brillan con luz autónoma y la abundancia y fulgor de sus estrellas diseña una diurna constelación ignorada de los astrónomos : barí-

tonos gondoleros de vuestra precaria, revocable Atlánti-
da, orondos y seguros de sí mismos bajo la esbelta, bienhechora tutela de una graciosa sombrilla nuclear! : la
ostentosa dignidad que encarnan les veda, al parecer,
el coloquio y, trocados en pedernales estatuas, contemplan el clausurado horizonte con centinela fijeza, grave
e inconmovible : los curiosos participan, como tú, en
el concurso y, al cabo de reñidas discusiones, decidirán
otorgar el premio al hierático coronel Vosk : tu ex-
compatriota acogerá el fallo con una modesta sonrisa,
estrechará algunas manos y volverá a posar la suya entre
los cintajos, como el paradigmático caballero del Greco
vaya, vaya, dice : conque somos paisanos! : me creerá
si le digo que es usted el primero con quien tropiezo
en estas dichosas tierras?
el coronel luce sus dientes de oro bajo el escueto, horizontal bigotico y, a la vista de tu ejemplar del "Herald
Tribune", se interesará, con respetuosa inquietud, por
el alarmante estado de salud del moderno émulo de
doña Inés de Castro
reinar después de morir! : una obra sublime! : yo vi la
película y me entusiasmó : sentada en el trono, como
si estuviera viva! : recibiendo el homenaje de los cortesanos! : qué admirable ejemplo de continuidad!
Vosk declamará unos versos del ínclito drama de Ferrei-
ra : luego, apartándose del grupo de mílites, te conducirá por la abrupta escalera hasta el salón de primera del
barco
la muerte física o capitis diminutio de un gran hombre
es un simple accidente sin consecuencias, dice : el cuerpo subsiste, cataléptico o momificado, y esto es lo principal : su autoridad se mantiene, los notables le pre-

sentan sus respetos, el pueblo le venera : las cosas siguen como antes!

como antes?

exactamente : como antes : el cadáver está ahí, grandioso, invulnerable, y el país entero se comporta como si no hubiese muerto, para evitarle un disgusto en el caso hipotético de resurrección : un grado de madurez política verdaderamente excepcional! : usted piensa como yo, no es cierto?

yo? pues verá : en realidad

sí, sí, piensa como yo! : lo sé, lo intuyo, lo adivino, lo siento : igualito que yo! : dos almas gemelas : qué encuentro extraordinario!

su mano enguantada busca el contacto con la tuya y deposita en ella un disco dorado con su correspondiente cintajo y una borrosa e indescifrable inscripción en latín

tenga, un pequeño obsequio

se lo agradezco mucho, pero

mi querido amigo, no hay pero que valga : suyo es : se lo queda usted y santas Pascuas : un modesto recuerdo de nuestro encuentro : puramente simbólico : algo normal entre dos viejos luchadores como nosotros, no le parece? : aquí vivimos aislados y su opinión me interesa : ayer recibí todo un paquete de prensa del país : el retraso postal es enorme : quince días o más! : por esto le pregunté a usted por las últimas noticias : el condenado idioma inglés no me entra y no estoy al tanto de lo que pasa : por cierto, qué dicen en su periódico del gran escándalo de los Beatles?

qué escándalo?, balbuceas tú

cómo, no está usted al corriente?

107

le dices que no, que no estás
pero si toda la prensa habla!
no estás, no estás
si es la noticia del día!
no estás, no estás
si no se comenta más que esto!
no estás, no estás!
increíble, murmura él : verdaderamente increíble!
su mano esboza un breve ademán de retirar el regalo,
pero se detiene a medio camino, cambia de idea
está bien, le perdono : al fin y al cabo es la primera vez :
confiemos en que no se repita!
humildemente le aseguras que no, que no se repetirá
bueno, pues, volviendo a lo que decía : uno de los Beatles, el más sinvergüenza, se hizo fotografiar desnudo
con su amante japonesa, desnuda también!, y ella dijo
a los periodistas que esperaba un hijo de él! : no estamos casados, dijo ella, pero no importa : le amo : y se
besaron directamente en la boca!
hay una larga pausa
qué desenfreno!
el coronel te mira con ojos desorbitados y, tras asegurarse que nadie escucha, aproxima confidencialmente
su butaca a la tuya
y este país : qué me dice usted de este país?
prudentemente, le dirás que, en efecto, hay mucho,
pero mucho que decir, sobre este país
sí señor, dice él : tiene usted razón!
razón?
sí, toda la razón!
ah, toda la razón!
toda, toda la razón! : ha adivinado usted su secreto!

su secreto?

sí, su secreto! : la clave de su personalidad! : su impulso motor! : su epicentro!

retenida celosamente en su boca, la palabra rueda por fin

el sexo! : en todos lados el sexo! : ni mi esposa ni yo podemos salir a la calle!

no?

no! : ni de noche ni de día! : absolutamente! : a ninguna hora! : a ninguna calle!

ninguna?

ninguna, mi buen señor, ninguna! : en los cines : sexo! : en los teatros : sexo! : en las salas de fiestas : sexo! : y en las revistas! : y en las aceras! : y en los periódicos! : y en los escaparates! : en todas partes lo mismo! : sexo, y nada más que sexo!

en todas partes?

sí, en todas partes! : en la televisión! : en las librerías! : en los jardines! : en las galerías de arte! : la semana pasada, justamente, tuvimos que ir a la inauguración de una exposición de pintura y, sabe usted qué vimos?

no

sexo! : en la primera sala! : sexo! : en la segunda : sexo! : todo sexo! : nada más que sexo!

nada más?

nada más! : hasta el punto que al llegar a la tercera sala, mi esposa, la pobre, me llevó aparte y me dijo : si todo es como lo que acabamos de ver, a mí ya me basta : si tú te tienes que quedar con los otros, quédate, pero yo me voy a casa

y se fue?

nos fuimos!

se fueron?

nos fuimos! : abandonamos el vernissage! : el sexo del vernissage! : los grabados! : los óleos! : las acuarelas! : los gouaches! : el sexo! : a casa! : derecho a casa!

el rostro del coronel Vosk se enardece a medida que habla y las venas azules de su frente parecen a punto de estallar : estallarán? : por qué no? : todo es posible en la página! : cuando el barco fondea en el puerto de Heybeli, se despedirá gravemente de ti y, en compañía de los demás barítonos, se encaminará compuesto, muy rígido, hacia los obtusos edificios de la Escuela Naval

el correo prosigue su isleño periplo y te apearás en el muelle de Buyük Ada : los apresurados viajeros escampan en todas direcciones como insectos amenazados de inminente destrucción : harás como ellos y alcanzarás enseguida la plaza : a derecha? a izquierda? : a la izquierda mejor : pasada la heladería-bar, el almacén de objetos turísticos : hacia una explanada de dimensiones mucho más vastas en donde un symposium de gatos famélicos orquesta sus plañideros mayidos bajo la toscaninesca batuta de un rubio ejemplar atigrado : insolente, matón, con superiores aires de chulo : los cocheros bostezan de hastío en los pescantes de las calesas y escogerás sin vacilar al de catadura más canalla : al galope, al galope! : por la serpenteante cornisa de la isla, junto a otoñales balnearios dormidos, entre decrépitas villas otomanas : chalés moriscos de la confiada burguesía del viejo imperio, con miradores y cúpulas, balaustradas fantasiosas e inútiles, estrafalarios quioscos de recreo : megalomanía de comerciantes y banqueros cifrada en una folletinesca colección de tarjetas postales en color : jardines de trovador italiano brotados de la enfática musa de D'Annunzio : descoloridos, crepusculares palacios de madera : vetustas casetas de baño con presidiario, rayado disfraz : aprisa, cada vez más aprisa! : el feroz calesero golpea al animal con la fusta, los cascos despiden chispas, el traqueteo de la rueda cubre apenas el agitado resuello de la respiración : la carretera zigzaguea como una víbora, se ciñe el escueto cantil, trepa por la alegre colina, bordea las ruinas de un monasterio copto : al galope, todavía al galope! : el animal da muestras de ahogo y cansancio y el cochero blasfema en su idioma poseído de inexplicable furor : los crueles tormentos que inflige avivan el brillo de su mirada y sus miembros adquieren de súbito una insólita, descomunal dimensión : huracanados, gigantescos, enormes! : su cráneo, afeitado, deviene asolada llanura, sus impulsivas cejas se expanden como frondosos helechos del trópico! : y crece, crece aún : las orejas, los brazos, el vientre, los atributos! : su voz estentórea levanta el eco de un trueno, un verdadero terremoto de risa agita sus montañosas espaldas : al galope, siempre al galope! : ebrio de vino sin duda : azotando los suelos con las guías colgantes de su bigote, envolviendo y estrangulando con ellas a alguna Isadora incauta! : los cadáveres permanecen atrás, cubiertos de polvo y hormigas, con las lenguas lívidas por de fuera : viejos y viejas sobre todo, alguna que otra mujer encinta : sin interrumpir jamás la carrera! : por las pendientes frenéticas, desbocadas, atajando por los aires cuando es necesario

111

el paisaje del lugar no te inspira : volverás a Beyoglü
al caos, al ajetreo, al espesísimo caldo de Beyoglü
al puente Karaköy, por el pasaje subterráneo que orienta-
ta hacia la Gran Escalera, cuesta arriba, camino de la
torre de Gálata, para torcer a la derecha, antes de llegar
a ésta, por una callejuela bordeada de diminutos cafés
hasta el puesto fronterizo de la Alageyik Sokak guardado,
como sólito, por un majestuoso Plutón que se hurga
las encías con un palillo encapsulado en su exigua ga-
rita de aduana : los eventuales clientes se embocan en
rebaño por la puerta del zoo y un altoparlante difunde
mezzo voce los identificables acordes del mass-mediati-
zado "Concierto de Aranjuez" : ofrenda musical que te
enorgullece y exalta mientras desciendes los primeros tra-
mos de la escalera e intentas abrirte paso entre los
curiosos que se apiñan ante las jaulas : turcos de gorra
chata, felinos ojos, bien pobladas cejas que contemplan en arrobado silencio la variadísima fauna de cuadrúmanos : gorilas, chimpancés, micos, orangutanes que
fuman, leen, discuten, comen, hacen calceta : o permanecen sentados, sin hacer nada, cruzados de brazos,
abiertas las piernas, desafiando con burlona altivez la
pobreza codiciosa de los homínidos : algunos muestran
al sonreír el sistema dentario completo y el agreste pastor de Anatolia sucumbe y se deja coger por el rabo :
otros se rascan inquietamente el cuerpo con las ágiles
extremidades prensiles : los más pacientes aguardan
en los mugrientos sofás o ponen a calentar la tetera :
desde el límite previsor de las rejas, centrarás tu atención
en un enorme, borroso ejemplar que ronca, bosteza,
tal vez eructa indultado suavemente por la penumbra :
sus pechos velludos desbordan el muro de contención

del escote y sus bíceps se comban, magníficos, para ajustar las argollas doradas que cuelgan de sus orejas : su caso no ofrece dudas : es el rival de King-Kong! : internándote audazmente en la jaula, le ofrecerás un puñado de cacahuetes : el crédulo orangután los atrapa con ademán confiado y, aprovechando su ocupación momentánea, le pillarás por sorpresa : acercarás los labios a los pezones, los amasarás con los dedos y absorberás el líquido espeso que brota con fuerza y a sacudidas, amargo y abrasador como un géiser : cuando, advertido de tu veloz felonía, procurará reaccionar, será demasiado tarde : tu recia, inflexible virtud tantea ya las honduras de la entrepierna, junto a la hircina guarida y sus secretas anfractuosidades : esplendente reencarnación de Changó, poseerás a la impoluta Madre Común en la más peregrina de las posturas : sin hacer caso de sus escandalosos chillidos de virgenhembra, desgarrando su túnica de muñeca y acometiéndola por detrás : trabados en violento cuerpo a cuerpo, rodaréis al fin sobre el catre : el caudal y calidad de su géiser superan a los de las mejores nodrizas gallegas y, a medida que saboreas y tragas, sentirás que te vuelves invulnerable como caballero Galaor : Queen-Kong estrujará en vano, con rabia, tus amables, viriles esferas : la empuñadura no surte efecto, el Santo Grial te protege, en adelante puedes jugar : te arañará/le arañarás, te morderá/le morderás : feliz del suave, indoloro contacto de sus colmillos en tus preciosas partes al tiempo que tú desgarras las suyas inmundas y le arrancas puñados de pelo : heridas de muerte, las hidrópicas tetas se deshinchan como dos fantásticos globos : su fortaleza escapa sin retención por el géiser y, asegurado de tu victoria, acentuarás la

guerrera presión sobre la madriguera inferior : poco a
poco, las extremidades prensiles de la Visitada renun-
cian al estrangulador abrazo: sus ojos de rímmel descubren su estupor vidriado y, para rematar tu castigo,
machacarás con furia sus dientes : tu advenediza presencia colma la negra oquedad de la gruta, las estalactitas musgosas reciben el seminal torrente de fuego :
Queen-Kong cabalga a horcajadas sobre el liliputense
bidé y tú recogerás con cuidado los maxilares dispersos
y confeccionarás un rosario con ellos para conmemorar
tu ruda victoria sobre los hominosos cuadrúmanos del
lugar
cuesta arriba otra vez, entre las tenebrosas gorilas del
zoo
ligero y veloz, sutil
invicto
abriéndote paso a fuerza de codos
lejos de los herr-otomanos er-otomanos hair-otomanos
escaleras abajo
en la vertiente panorámica de Beyoglü
sorteando la densa circulación de la encrucijada por el
paso subterráneo de peatones
camino del puente Karaköy
a través de luculenta pescadería bosfórica, de su orea-
da sucesión de bodegones
hacia el dique flotante
tras los viajeros que toman el buque al asalto, navegando con ellos, en reglamentado zigzag, a lo largo y a lo
ancho del Cuerno de Oro, bajo las ruinosas murallas bizantinas y los mármoles rojos y blancos del palacio de
Constantino Porfirogéneta
el sol colorea aún los alminares y cúpulas de Istanbul,

114

las riveras del Bósforo y la mar de Mármara : la niña
Adelaida interpreta a piano, con gran sentimiento, la
marcha alígera de Mozart, y un cansancio enorme, de
dios fracasado, se apodera de ti
dueño y señor de cosas y palabras, harto de Turquía
y los turcos, en este día inaugural del verano de 1973,
1351 según el calendario de Hégira, los aniquilarás a
todos de golpe, dejarás de escribir

EL OCTAVO PILAR DE LA SABIDURÍA

asumirás las prerrogativas grandiosas de tu disfraz : por
la huérfana, desnuda planicie anatolia : camino de Damasco y de la escueta humillación de Deráa : a lomo de
caballo y en vísperas de revelación cuasi paulina, al acecho de la estentórea imprecación divina que dará con
tus huesos en tierra y te convertirá en prosélito ciego
del opio melifluo de la humanidad? : o de la catártica,
montaraz rebelión minuciosamente descrita en tu sobado
ejemplar de los "Siete pilares"? : con el atuendo protector de tus amigos alárabes : oculto, defendido, invulnerable tras el vuelo versátil de la gandura, y tu lacio, estro-
pajoso cabello al amparo del vistoso Kufié : borrando en
la medida de lo posible las huellas de tu anterior, mezquina existencia : desembarazado por fin de tu importuna personalidad inglesa gracias al hábil empleo de un
árabe fuertemente dialectal : a lo largo de la ruta secular
de los invasores, por el antiguo y devastado crisol de las
tres religiones, aguardando el momento de rebasar los
límites de tu angosto destino e insertarte en el vasto
universo beduino en el vértigo y calor de la acción :
saboreando la lenta respiración del desierto que parece
brotar desde las orillas del lejano Éufrates en compañía
de tu amado Dahúm : arduo el trayecto y la jornada
larga, acamparás antes de que anochezca en los aledaños
de Qalaat Simáan : junto a las ruinas abandonadas de
la basílica que atalaya las muertas ciudades de la Alta
Siria, testigo caduco de ofrendas y peregrinaciones : en

el octógono central, de alas cruciformes, edificado en el mismo lugar de la erecta y maciza columna : identificándote con aquel porfiado Estilita que, desdeñando la mundana gloria, se retiró a las inaccesibles alturas en busca de superior perfección : resistiendo allí, por espacio de veintisiete años, a las incitaciones de un risueño y ambiguo diablo investido de los poderes y gracias de la humana coquetería : descansando un único pie sobre el piso cimero del capitel, con empaque y gravedad de ave diurna, a unos dedos escasos del aleve y falaz tentador : sin atender a las promesas letales de su sonrisa, a la fresca y jugosa solicitud de la procaz, desmesurada lengua : con los brazos aspados al cielo y los labios absortos en el rezo de una oración : pero la remota soledad de la cumbre te brinda compensaciones secretas y tu locura aparente se justifica : el diámetro y longitud del fuste de la columna, la pulida superficie cilíndrica que te sirve de apoyo bastarían para colmar por sí solos los más extravagantes sueños de dicha de la devota grey de King-Kong : agréguense a ello los éxtasis y arrebatos de la altanera visión, y la penitencia se trasformará en bienaventurado jardín de delicias : ermitaño, no : sibarita : virtuoso de puertas afuera y entregado en realidad a los placeres de un culto ignorado, nocturno a los atributos de tu fiero señor

raíces sexuales del poder político : o raíces políticas del poder sexual : ejercicio de dominio absoluto en cualquier caso sobre cuerpos insensibles y nulos, cómplices expresos o tácitos de arbitraria y omnímoda volun-

tad : manipulación desdeñosa de seres privados de todo
vestigio de humanidad y cuyos gritos de aprieta-la-tuerca,
vivan-las-caenas, refuerzan la ilusión de un ceremonial
que escenifica la renuncia a su propio destino : su mansa,
aceptada condición de objetos : el placer de su abandono
a un vasto desierto, desolado y baldío como un resplandeciente glaciar : to plunge crudely amongst crude men
satisface las pulsiones de tu goce secreto y marca tu empresa de liberación de los pueblos sometidos al yugo oto-
mano con una indecente huella que los apologistas exclui-
rán púdicamente de sus biografías, temerosos de descubrir, por obra de tu sinceridad abrupta, los fundamentos
ocultos de la ominosa noción de Poder : serpentina presencia que subyuga y que castra, imágenes de coacción
insertas en el trasfondo del alma que acompañan al César
en su elevación y caída : tiranía monolítica, destructiva,
que se remonta historia arriba, te dices, como cuento de
nunca acabar

super flumina Babylonis: en transhumante búsqueda de
your self-expression in some imaginative form: abandonando el grato refugio de la simeoniana columna para
explorar el campo enemigo de Antioquía a Bagdad : sobre el cuerpo yacente del antiguo poder devastado :
tronco arriba, por la vasta planicie del omoplato, hasta la
bruñida extensión del vigoroso cuello, escrutando el
enigmático rostro de esfinge desde el mogote de la nuez
de Adán : con el sueño de unidad nacional arábiga al
alcance de la mano como quien dice gracias a tus innatos

119

dones de estratega y al pérfido, interesado auxilio del craso capital inglés : pero renunciando provisionalmente a los lauros de la campaña para orquestar la gama de tus emociones en una incierta, experimental sinfonía, artística y moralmente atonal : atentados, pillajes, razzias, descarrilamientos servirán en adelante de pretexto a los juegos sutiles de la escritura como el vano heroísmo de Vercingetórix a la rítmica prosa latina de los "Comentarios a la guerra gálica" : disueltos los hechos en sueño brumoso : a merced del artificio retórico y la insidiosa tiranía textual : descubriendo, con candoroso asombro, el margen que separa el objeto del signo y la futilidad de los recursos empleados para colmarlo : tus pretensiones de autenticidad son difícilmente verificables y ni lágrimas, juramentos ni sangre establecerían su relación imposible con la esquiva, huidiza verdad : la habilidad del relato suplanta la dudosa realidad de los hechos, tu victoria de artista consagra la gesta inútil del militar : descartarás, pues, con desdén la gloria fundada sobre la impostura y decidirás abandonar para siempre tus hueras presunciones de historiador : renunciando a las reglas del juego inane para imponer al lector tu propio y aleatorio modelo en lucha con el clisé común : sin disfrazar en lo futuro la obligada ambigüedad del lenguaje y el ubicuo, infeccioso proceso de enunciación : conmutando desvío rebelde en poder inventivo : recreando tu mundo en la página en blanco : la liberación de Damasco no apremia y, escalando a la testa del cuerpo islámico, te demorarás una vez más a tus anchas en la frondosidad de los babilonios pensiles : su enmarañado boscaje celará el fervor de tu entrega, desde sus guías recias e hirsutas atalayarás la greña que cubre el áspero y rugoso mentón! : panorama más tentador no pudiera ofrecerte el diablo, y el vértigo de la pasión te fulmina : en el reposo del guerrero hallarás el octavo pilar de la sabiduría : ciegamente te precipitarás en el ardiente volcán de los labios

INCURSIONES EN EL PAÍS NUBIO

río arriba o río abajo : subiendo o bajando : al engreído compás de la vela que diestramente zigzaguea entre especiosos decorados naturales : casuchas humildes, bostezo de cuevas, acopio de palmeras, lentos campos de caña : como inmerso en pesadilla renuente y atroz : por paisajes brotados de las viejas fotografías de la mansión, a lo largo de pasillos sombríos, en el albor crepuscular de tu infancia : las imágenes se engarzan en tu memoria al ritmo de una linterna mágica y te agregarás al rebaño políglota esforzándote en solapar tu emoción : ruinas, ruinas, babélica arqueología, barítonos cicerones parleros hasta la náusea : en la vasta perspectiva de sombreros, cámaras de cine, guías turísticas, gafas ahumadas de los grupos que se descruzan y cruzan bajo la altanera protección de las macizas columnas : el enturbantado guardián te reclama con ademanes furtivos y, abandonando el hato promiscuo, decidirás seguirle los pasos : sonrisa blanca que sella el cónnive acuerdo tácito, preámbulo necesario de vuestro oscuro periplo! : la danza del candil ilumina la esbelta configuración de su mano mientras culebreáis en silencio por túneles y galerías : su cuerpo eficaz se insinúa bajo el vuelo alcahuete del galayeh, sus densas cejas subrayan el brillo agreste de su mirada : tenores y vicetiples declaman todavía en lo alto nombres fechas informes fideos de erudición serpentina y el musical contrapunto os escolta a medida que bajas y bajas hacia el dominio funeral de Plu-

tón : feliz de dejar atrás jubones y gorros de pluma
de los sólitos grupos de trovadores : la bizarra exhibición del bel canto que se extingue lentamente en sordina : atento tan sólo a los gestos felinos de tu mentor :
hundiéndote con él más y más abajo, asistiendo al vértigo
de tu propia caída : la textual subversión de su cuerpo
aniquila los hueros discursos y el último trémolo de la
diva morirá entre las fauces abiertas del cavernoso mastín : tu salvaje alegría de ahora es la del condenado : el
remolino te ha sorbido hasta el fondo : lo sabes : no
volverás a subir

imagínate arriba entre tu antigua fauna : prócer florido
del ínclito establishment local, magnate sutil de egregio
consorcio ultramarino, enmedallado paquidermo de pom-
poso comité ejecutivo, arcángel risueño de remoto paraíso fiscal : inscrito tal vez, con los comparsas resucitados
de tu niñez, en selectivo cursillo de management para
industriales : enclaustrado con ellos en neogótica aula
de alguna pulcra institución universitaria de Massachusetts : los VIP memorizan contigo los sublimes consejos
del computer y resolverán ponerlos en práctica con
diligente y servicial prontitud : firmar la carta de des-
pido del empleado más antiguo de la casa sin tener en
cuenta abnegados servicios ni circunstancias familiares
dramáticas, acostarse y dormir toda la noche con sueño
suelto, libre de escrúpulos y remordimiento : jeune
loup al fin, dueño de capitales y vidas, promotor de
empresas e iniciativas, eficiente y sagaz ingeniero de almas! : con los deslumbradores atributos inherentes a

tu nuevo status : tarjetas de crédito, viajes en jet, equipo
y avíos anunciados en las páginas en color de "L'Express", cupé rojo con señora que fuma en su interior ta-
pizado : soñando en trepar todavía más y más alto y
acampar en la ártica soledad de la cima : forjando tu temple de invicto capitán de la industria merced a pruebas
más arduas que las del carnegiano cursillo de la Nueva
Inglaterra : eliminar al propio genitor deteriorado por el
uso y convertido en fuente de inútiles pérdidas, arro-
jarlo sin ceremonia alguna a la taza del excusado y, saboreando mentalmente el ahorro de la audaz y emprende-
dora medida, tirar con firmeza de la cadena : los grandes
del mundo te reconocerían admirados por uno de los
suyos : jamás, jamás te apearías en el andén : maquinista
de la potente locomotora de su mirífica revolución industrial, el tren te llevaría, oh caro, carísimo Herr Álvaro
Krupp, a todos los confines de la tierra

pero el subsuelo africano te basta mientras prosigues el
ritual de las suras absorto en los labios del trujumán y
te abandonas a su hechizo sonoro con agreste y brutal
alegría
    oh infieles
    no adoro a quien adoráis
    ni adoráis a quien adoro
    no adoraré a quien adoráis
    ni adoraréis a quien adoro
    quedaos con vuestra religión, yo tengo la mía!
las voces de los tenores empañan con gorgoritos y trémolos la limpia ejecución de los rezos y la europea fa-

rándula absorberá su masiva inyección de cultura con
balidos fuera de lo común : poco a poco s'indebolì l'au-
torità centrale e, nel corso del secondo interregno, vi fu
l'invasione degli : o : at the end of a shaft hewn into
the rock : o : ce n'est qu'à l'avènement de la onzième dy-
nastie, originaire de Thèbes, que l'empire : o aun : die
Könige des Neuen Reiches werden in Tal der Königs-
graber zu Theben begraben : hasta que los distintos
coros irrumpen en el sibil donde os refugiáis y, a la
vista del infando espectáculo, observan un ponderoso
silencio
(REACCIONES POSIBLES
          hacen como que no ven
          mudan el color de la faz
          carraspean o tosen
          se santiguan
          hablan de corruptela moral)

según los guías del Museo de El Cairo, los enanos gallar-
damente representados en los relieves y pinturas fúnebres gozaron a lo largo de la historia de la suprema protección faraónica : su localización, captura y transporte
eran objeto de reglamentación esmerada de parte del real
intendente y todos los gastos corrían a cuenta del
erario estatal : mayordomos y domésticos debían cuidar-
los y agasajarlos, frustrar cualquier tentativa de huida,
impedir que se arrojaran al río y fueran arrastrados por
la corriente : recibidos con pompa y solemnidad, eran
adiestrados en el desempeño de elevados oficios y cargos
y apareados según sus preferencias y gustos, con enanos

del mismo o diferente sexo : se les confiaba de ordinario la guarda del vestuario real : su talla les impedía usar a escondidas la indumentaria de los amos o lucirla por mercados y plazas en sus frecuentes arrebatos de vanidad : otras ventajas : presupuesto más reducido para gastos de alimento y equipo, una habilidad proverbial en achaques de burla e ingenio : otra aún : y no la menor : la comodidad : cuando Putifar o su esposa despiertan del rijo y torpor de la siesta e invocan con dulces murmullos su experta colaboración : su cabecita lisonjera y sutil campea a una altura óptima y no les resulta necesario arrodillarse ni ponerse en cuclillas: los jeroglíficos lo omiten, pero es un verdadero festín: un metro veinticinco se adapta fielmente a la horma y evita incluso al artista la faena de humillar la cerviz

desde las cero horas de la madrugada de hoy te proclamarás en estado de amor con los nubios : sus cuerpos de ejército te asedian fundidos en la espesura de la noche y las operaciones defensivo-ofensivas se desarrollarán vertiginosamente conforme a la estrategia convencional del blitzkrieg : asiduo lector de Von Clausevitz, emprenderás tus belicosos designios con la metódica precisión de un monoculado oficial del Estado Mayor prusiano : conjeturando la ubicación de su arbitrio mientras esgrimen, feroces, los raudos y agudos venablos : con el arco de la espalda en tensión, prestos a arrojar las saetas que apuntan escuetamente hacia ti y amagan acribillarte en erizo : trabado en sucesivos cuerpo a cuerpo, tus garras prensoras los sujetarán hasta conseguir ,desarmarlos : has cambiado una tierra fértil de jardines y prados por otra rodeada de setos espinosos : la esteparia aridez veda la idea misma del fruto y su pobreza desnuda te embriaga : tu imperialismo amoroso no conoce fronteras y, como régulo, basilisco o animal fabuloso, verterás la plenitud de tu sed en el rigor implacable de la contienda : sin descanso, armisticio, cuartel! : amansando por turno su contumaz orgullo, saboreando sin prisas su áspera entrega : barqueros de felucas que escurren sobre los músculos lubrificados del río o agrestes moradores del monte que sojuzgan el territorio hostil : sin descuidar la inocencia núbil del mozo a quien el brinco de la fiera no espanta : prolongando las escaramuzas y encuentros que conducen paso a paso a tu fin : a la exquisita sumisión aceptada : to the servitude that calls to you with its unwholesome glamour : la voz del almocrí que salmodia su rosario de suras coránicas llega hasta el camarín donde yaces envuelto en efluvios de kif : insaciable, extenderás a la totalidad del país las incursiones de tu guerra santa

poderes omnímodos de la escritura!
con un simple bloc de papel y dos bolígrafos sin capucha (la carrera de uno concluyó hace escasamente un minuto, agotada su fuerza genésica), recluido en la minúscula habitación donde habitualmente trabajas (una cocina adaptada a la elaboración de tus extrañas recetas), sin más ayuda que una guía políglota del país y un retrato borroso de tu alter ego (y la voz de Umm Kalsúm a lo lejos, grave como un poema de Cavafis) has navegado

(y harás navegar a quien te lea) desde la hormigueante Alejandría del poeta hasta los moisés-rescatados templos de Abú Simbel, divagado por la mansa corriente del río conforme al soplo inspirado del viento, admirado la doble hilera de esfinges acribilladas por las máquinas fotográficas de los sight-seeing tours, asistido a un cursillo para executive directors a una distancia de cinco mil leguas, recitado Allahu Akbar con las manos apoyadas en las rodillas y el tronco horizontal al suelo, hecho el amor a ciegas, seguido el discurso de un cicerone sobre los usos en la corte del faraón, fumado una pipa de kif en el propicio jergón de un barquero

y sus artes suasorias se extenderán a cuantos acepten caer en sus redes, olvidando por unos instantes la lóbrega mezquindad de sus vidas : singular civilización la vuestra, condenada a vivir por procuración! : productor y consumidores marcados por un mismo e indeleble estigma, como actores distintos de idéntico juego : exhibicionistas y, a la vez, Peeping Toms

VARIACIONES SOBRE UN TEMA FESÍ

desoriéntese en Fez
ayune de sol a sol atento al clamor abrupto de la sirena
entre en una mezquita y cumpla las abluciones rituales
recite de hinojos algunos versículos del Corán
fume unas cuantas pipas de kif
disuelva varios gramos de maxún en un aromático vaso
    de hierbabuena
tome un petit taxi, apéese en la plaza Comercio, bordee
    el muro del cementerio israelita, cruce de la Melah,
    siga la calle mayor de Fes-el-Xedíd, deje a su iz-
    quierda la somnolienta guardia de Dar-el-Majcén, ab-
    sórbase en la contemplación de las viejas norias del
    río a la sombra de los jardines de Buxelúd, tuerza a la
    derecha por la explanada de los autocares y, tras pasar
    bajo el arco en herradura de la gran puerta, sumérjase
    en el río humano que discurre por la pendiente de
    Tala, extravíese del sólito itinerario e intérnese en el
    dédalo alambicado de los pasillos y callejuelas
si su tenaz sentido de orientación no le suelta e incons-
    cientemente le guía a lo Pulgarcito sembrando en
    su memoria el recuerdo de salutíferos puntos de refe-
    rencia
decídase usted
dé todavía un paso más
despréndase del binomio opresor espacio-tiempo
abandone su irrisorio papel de cruzado que aspira a
    colonizar el futuro para compartir la suerte común

a quienes bien o mal viven en precario e incierto presente

brujulee enteramente a ciegas, sin perro, lazarillo o bastón

acuerde poco a poco su pulso interior a la palpitación sonora de la Medina

camine, camine siempre

y cuando una fatiga deliciosa le venza e ignore de pronto quién es usted y dónde está y, sobre todo, por qué camina

entre a la ventura por cualquier puerta, pronuncie el saludo ritual, tantee las paredes del habitáculo

recuéstese sobre las pieles y alfombras donde reposan los moradores

y

sin quitarse nunca la venda

haga vorazmente el amor con la primera persona con quien tropiece

(el sexo y la edad no importa

resérvese la sorpresa)

ah!

si es usted refinado

agite la mezcla bien

y añada conforme a sus gustos unas pocas gotas de licor y una guinda

hay acaso algo mejor sentado, tan absoluta y universalmente admitido, tan sólida y eficazmente argumentado, tan irrefutablemente establecido, más unánimemente acatado, menos puesto por nadie en tela de juicio, más avalado, en fin, por el asenso secular y común de toda la gran masa de los mortales que la supremacía del goce amoroso (físico, dinámico, funcional) en brazos de la cabecilla montaraz de una harka o una centinela del Xich el Malakí el Maghrebí, preferentemente del Tercio de Regulares? : sólo un demente, un malvado o un necio osarían sostener lo contrario! : conforme a los anales y fastos eclesiásticos, el último iluso que se atrevió a hacerlo fue condenado ad perpetuam rei memoriam por los más afamados teólogos de la Cristiandad reunidos en Basilea unos meses antes de la mortífera epidemia de peste y las luchas intestinas que dieron al traste con el poder de la dinastía merovingia y sus grandiosos sueños imperiales : su imprudente e infantil contumacia le llevó a los extremos de pretender leer ante aquella docta e imponente asamblea un tratado en dieciséis volúmenes, escrito en un latín tan macarrónico como extravagante, titulado "Brevis Demonstratio ad Reverendos Ministros Verbi Dei contra impiam et perversam Doctrinam impugnatoram Superioritas Amore in Virginis Placentis", en el que, con ayuda de algunos grabados y láminas en colores, trató de acreditar su peregrina teoría en medio del tole indignado de los presentes, quienes castigaron su porfiada estultez decretando la pena de muerte, si bien, teniendo en cuenta la notoria perturbación de sus facultades, fue conmutada a última hora en una jocosa exhibición del reo con orejas y rabo de asno por las plazas y mercados de la ciudad, tras la cual, el desdichado, según las crónicas y documentos de la época que de pasada tocan a su persona, arrastró una vida miserable y errante por todas las capitales de Europa, fue mozo y palafrenero de un príncipe lituano acogido a la protección del gran bailío de Brujas, frecuentó durante un tiempo las sociedades patrióticas clandestinas escocesas, creó una pequeña secta disidente embebida en el espíritu de los Rosa Cruz, llegó a formar parte de un conventículo medio masónico, medio espiritista dirigido por un coronel mexicano que adhirió después al movimiento insurreccional cartagenero y se vio obligado a emigrar a Creta, colaboró en diferentes publicaciones y hojas sueltas siempre con la idea obstinada de exponer su estrafalaria doctrina sin conseguir, al parecer, más que media docena de prosélitos de clase social humildísima, se hizo luego utopista libertario, polemizó sobre un tonel de Hyde Park con un oscuro discípulo de Fourier, tuvo contactos fugaces con los movimientos autonomistas valdentinos y jurasianos, intentó fundar vanamente comunidades de adeptos en Borgoña y el Nivarnés, fue procesado por estupro y abuso de confianza en Lausana, peroró en los clubs jacobinos de París, encabezó una partida de cuáqueros en las estribaciones de la Alpujarra, recibió dinero y socorros de una institución filantrópica inglesa, vendió ejemplares del Evangelio que George Borrow había traducido al caló, urdió vagas conspiraciones frustradas y se asoció con un extraño judío tangerino a fin de promover un culto esotérico, nebuloso e inclasificable sin obtener por ello nuevos secuaces hasta que, vencido por la edad y los disgustos, fue a parar, cubierto de mugre y andrajos, a una ínfima posada de la villa de Burgos, en donde le asaltó una agudísima fiebre de resultas de la cual murió, sin haber querido revelar su identidad a persona alguna, abrazado a una vieja y asenderada maleta en la que, según nos cuenta don Marcelino Menéndez Pelayo, ocultaba preciosamente bajo un amasijo de pape-

les y cartas amarillas los dieciséis volúmenes inéditos de
su insensata "Brevis Demonstratio"

si amor te solicita rebelde a toda norma, dale franca
acogida, no le niegues el pan : premia la labor ciega del
cuerpo con unas monedas de plata y sal de nuevo a la
caza imposible de la ciudad amada y sus sombras esquivas : en un decorado quimérico de alminares mezquitas escuelas coránicas, albornoces velos chilabas re-
catarán las imágenes inseguras que tu memoria no podrá
jamás reconstituir : itinerarios dudosos, periplos inciertos
por una maraña inextricable de callejuelas tenazmente
ovilladas sobre sí mismas : infinidad de babuchas de colores se apiñan como mitras en los exiguos comercios
laterales y la sólita actividad de los artesanos te escol-
tará hasta los arabescos del sepulcro de Mulay Idrís :
los devotos rozan con la mano la abertura circular de
la placa de cobre, un personaje de "Las mil y una noches" dormita sobre su mercancía en la penumbra vespe-
ral de una tienda : en zigzag, en zigzag siempre a través
de patios túneles caravanserrallos rasarás con cautela los
salientes y entrantes de la Karauín : por el oscurísimo
callejón de las Siete Vueltas, hundiéndote en la angostura cerril de sus uterinas sinuosidades : recovecos, escondrijos, curvas de un camino versátil que culebrea de
modo arbitrario sin conducir finalmente a salida alguna :
los mucharabis fronteros llegan casi a rozarse y el cielo,
en lo alto, es el filo remoto de un evanescente cuchillo :
seguirás el ejemplo del alarife anónimo y extraviarás al
futuro lector en los meandros y trampas de tu escri-

tura : alzarás bloques de piedras sonoras, las substraerás a la tiranía del razonable uso y les permitirás crecer y agruparse, atraerse, excluirse, dóciles a los campos magnéticos y afinidades secretas que imantan la búsqueda aleatoria del zahorí : su cópula feliz será la mejor brújula : su choque hará brotar el flujo de chispas que alumbra bruscamente el arco voltaico : investido de los poderes sutiles del mago, pondrás tu imaginación al servicio de nuevas e insidiosas arquitecturas cuyo sentido último será el del aleve callejón fesí : captar al intruso ingenuo, seducirlo, embaucarlo, envolverle en las mallas de una elusiva construcción verbal, aturdirle del todo, forzarle a volver sobre sus pasos y, menos seguro ya de su discurso y la certeza de sus orientaciones, soltarle otra vez al mundo, enseñarle a dudar

EL FALO DE GHARDAÏA

el faro de Ghardaïa? : ọ el falo de Ghardaïa? : desde la terraza que domina el ámbito cuadrangular de la plaza y su oficioso mercado, contemplarás una vez más la densa aglomeración de habitáculos congregada a los pies del esplendente símbolo : los hombres que en el decurso fantasmal de los siglos escaparon a estas soledades para preservar en su estricto rigor la pureza e inmutabilidad de los ritos lo erigieron como sólida y áspera afirmación de su fe en un terso, vibrante acorde de pleitesía : su planta recia y oblonga, exquisitamente cilíndrica, evoca a primera vista (espejismo sediento, herbívora ofuscación?) la chimenea inactiva de una gran fábrica : pero la industrialización que remoza el vasto país no ha alcanzado aún el oasis remoto y deberás admitir que se trata de un común alminar de mezquita : planea la voz del muecín sobre el tráfago inquieto del zoco y, orientándote en dirección a La Meca, decidirás mimar audazmente los deberes asiduos del musulmán : la ejecución de las preces del mediodía se realizará conforme al ceremonial consabido : la dócil textura de la chilaba se adapta a la elasticidad de los gestos y la amplitud de su vuelo no oculta la tensión de tu fiero secuaz : redimido del yugo ancestral, permitirás que campee y se alce al límite extremo de su fervor sin advertir el visible baldón de su anillo exterior incircunciso : la insolente, ominosa impostura suscita una reacción indignada e, intentando eludir el oprobio, huirás, tal un asesino, de la especiosa

137

ciudad : mas los pies te conducen, erróneos, por un insidioso dédalo de callejas y, al avistarte por la estrecha (ciclópea?) hendidura que descubre un único ojo, las mujeres que se cruzan contigo se detienen y te vuelven la espalda : castigadas a lo largo del muro, aguardan a que te alejes para seguir el trayecto opuesto, dejándote sumido en un piélago de perplejidad y confusión : el estigma que marca tu cuerpo, es el de un apestado? : de nuevo la propia alteridad te alucina y, escalando al teso de la colina, revivirás los delirios y raptos del Révérend Père de Foucauld

entera! : que me la den entera! : de Maison Carrée a Timbuktú, de Beni Abbés a Tuggurt, montañas lunares del Hoggar, planicies desnudas de Tademait, oasis miríficos de El Golea!

cette Afrique, ces missions d'infidèles appellent tellement la sainteté que seule obtiendra leur conversion : qu'il fait bon dans ce grand calme et cette belle nature, si tourmentée et si étrange! : il faut passer par le désert, et y séjourner pour recevoir la grâce de Dieu : c'est là qu'on se vide, qu'on chasse de soi tout ce qui n'est pas Dieu et qu'on vide complètement cette petite maison de notre âme pour laisser toute la place à Dieu seul : ferme tous les livres : ne prends jamais une plume : reste valet : et si un jour on ne veut plus de toi, retourne au Sahara, couchant dans quelque grotte : conversion! conversion! : tout dit de me convertir : tout chante la nécessité de me sanctifier : tout me répète et me crie que si quelque bien que je désire ne s'opère pas, c'est ma faute, ma très grande faute, et qu'il faut me hâter de me convertir : être du miel, un air léger et embaumé! : du velours! : quelque chose de tendre, de rafraîchissant, de consolant, de suave pour tous les hommes : des esclaves, des pauvres, des malades, des soldats, des voyageurs, des curieux : ne pas craindre le contact des indigènes ni celui de leurs vête-ments : ne craindre ni leur saleté ni leurs poux : ne pas chercher à avoir des poux, mais ne pas les craindre : faire comme s'il n'en existait pas : fermeté : désir d'aller jusqu'au bout dans l'a-mour et dans le don : et d'en tirer toutes les conséquences : je crois que c'est ma vocation : de descendre : pauvre, méprisé, abject : soif de mener enfin la vie que je cherche : Sainte Vier-ge, saint Joseph, sainte Marie-Madeleine, sain-te Marguerite-Marie, saint Pascal-Baylon, saint Augustin, saint Pierre et saint Paul, saints Mi-chel mon bon Ange, saints et saintes, saints an-ges, bonnes âmes du Purgatoire, priez pour les Petits Frères et Petites Soeurs du Sacré Coeur de Jésus, pour les Touaregs, le Maroc, les âmes du Sahara, tous les infidèles, et moi pécheur, afin que tous nous glorifions le plus possible le Coeur Sacré du bien-aimé Jésus

adelantando el busto inmenso, cetáceo con ansiedades y temblores de flan : en trance de reclamar la sabrosa fruta por la que el padre común fue expulsado del paraíso : la eterna manzana o la banana aún mejor, la piña tropi-

cal, la sugestiva pera : abriendo vorazmente los labios
enormes : secretando saliva como el perro de Pavlov :
reclamándola entera : de Tamanrasset a Orleansville,
desde el Níger a Argelia
sí, que me la den entera!

mientras el cuitado personaje declama, sin más testigos
(él cree) que la densa bandada de buitres que agorera-
mente se cierne en la remota cúpula celeste, permanece-
rás al acecho de sus palabras (ave rapaz tú mismo) aguardando el placer clandestino que el correr de la pluma
(del sexo) creará en el espacio textual : constelaciones
de signos que abrevian las pulsiones de tu (mi) yo más
íntimo (genético, germinativo, generativo, genésico) hasta abolir la mentida distancia en un mismo festín destructor : le Révérend Père de Foucauld continúa pos-
trado ante el faro de la ubicua, evanescente Ghardaïa e,
incorporándose con gesto resuelto, dispensará sus con-
suelos y gracias en apostolado diligente y veloz : limosnas, medicinas, socorros, lenitivas frases de aliento, bendiciones, caricias balsámicas : redimiendo esclavos, adop-
tando huérfanos, amparando viudas, acogiendo mendigos
y enfermos bajo su esbelta jurisdicción tutelar : ravi de
voir tant de monde, de distribuer beaucoup de remèdes,
de faire connaissance de beaucoup de gens, de circuler au
beau milieu des tentes : las expediciones del XIX Cuerpo
de Ejército al mando del general Caze extienden a los
más apartados confines el aroma de tu sublime misión
y, sin abandonar tu avizor escrutinio, te agregarás a la
columna compuesta de veinticinco tiradores sudaneses,

diez auxiliares Kenaka, capitán Théveniaud, teniente Jerosolini, intérprete militar Pozzo di Borgo, funcionario de telégrafos Combe-Morel, camino de Tamanrasset : las etapas del viaje son arduas y la acogida de los nativos dudosa, pero la firmeza de tus acompañantes allanará dificultades y obstáculos y propiciará la realización milagrosa de tu arraigado sueño ancilar : descendre au rang de valet : sumido en la vileza y la oscuridad : rodeado de seres groseros, brutales, holgazanes, mentirosos, ladrones, depravados, perversos : aceptando con ánimo todo sufrimiento, oprobio, violencia, insulto, maltrato : amando y obedeciendo por amor hasta ofrendarte en víctima : tu alma no ha sido purgada aún de sus innumerables delitos, e instalado a la sombra del acechadero asistirás (tú, desde fuera) al examen minucioso de tu conciencia, establecido según los cánones del viejo manual escolar : el "Primer libro del niño cristiano"! : la lista de pecados del pensamiento, palabra y acto, los sentimientos para excitarse a la contrición! : ante el Señor nada puede permanecer oculto, y el santo Ángel de la Guarda ha sido también testigo de tus miserables acciones : ha visto cuanto has hecho, y oído cuanto has dicho : debes por tanto pedir perdón : de rodillas, al pie del fal(r)o, repasarás el largo catálogo de tus crímenes : je n'ai pas eu une familiarité fraternelle avec les indigènes, j'ai craint la malpropreté et la vermine : y los golpes de pecho y humillaciones bajo la recia estructura del alminar : pero no es aún la abyección en que habías soñado : cada día quieres precipitarte más y más en el envilecimiento último : la disciplina está a tu alcance, flexible como una cola de lagartija y, despojándote del hábito de burdo paño, procederás a tu propio castigo

con entusiasmo feroz : habituando poco a poco tu cuerpo
al anhelado martirio : oveja en medio de lobos, sin ama-
go de defensa alguna, humilde y desbordante de gratitud : pero la vista de la sangre que brota enciende también la tuya y, saliendo de tu reserva prudente, le arran-
carás el látigo de la mano, entronizando un placer ubicuo en el ámbito de tu reino mental : ambiguo vaivén de
la pluma, cifra de tu asombroso poder! : él sigue todavía
de hinojos, avasallado por la fuerza de la mezquita, y se
volverá hacia ti sorprendido, con el rostro implorante y
feliz

quién es usted?, te dice

déjame, le dices : te ayudaré yo : me gusta verter vuestra
sangre : siempre que se presenta una ocasión, la apro-
vecho : cuando niño, me vestía de sicario para poder
azotarte en las procesiones

no recuerdo, te dice

es que he cambiado mucho, le dices : antes me llamaba
de otro modo y escribía en vuestra lengua

y ahora?, te dice

apostaté, le dices : mira el traje : me lo regaló el propio
sultán

el sultán?, te dice

sí, le dies : ahorqué los hábitos, me he casado y tengo
un hijo que se llama Mohammad : soy jefe de aduanas
del reino e intendente de palacio de Abu Faris Abd-al-
Aziz

su cuerpo se extiende de bruces, impetrando tu despótico
auxilio, y verificarás la calidad de la soga antes de pasar
a la acción

listo?, le dices

un momento, dirá él : no me ha dicho usted todavía su

nombre
me llamo Ibn Turmeda, dirás tú : y soy autor del
"Presente del hombre docto contra los partidarios de
la Cruz"
Padre, perdónale, porque no sabe lo que se hace, dirá él
aguarda, quieto, quieto, así, así, dirás tú : si eres bueno,
te lo leeré al terminar

nacido en ínsula próxima a la espaciosa y triste Península
(Allah la devuelva al Islam!), sorprendí siendo niño
(a los cinco, seis años de edad?), por una celosía indiscreta (era verano, hacía calor, debía de ser hora de la
siesta), la intimidad conyugal de mis padres (el tibio
amor productivo, tedioso y desaborido como una cena
recalentada), espectáculo cuya vil sordidez (realzada por
sus blandos, comedidos ayes) me hizo concebir un odio
violento, insaciable (brusco tal la tempestad que gloriosamente se fragua y abruma de silente, religioso terror
a los tripulantes del navío frágil) hacia la ordenada reproducción que sancionan las leyes y sus grotescos y
ruines comparsas : desde esa fecha temprana, a pesar de
mi edad escasa y tierna, comencé a soñar en desastres
grandiosos, y raudos, magnificentes cataclismos que, con
la inexorable fuerza de los que asolaron el antiguo Egip-
to, acabarían de una vez con mis progenitores y desem-
barazarían el mundo de su inane y absurda presencia : en
las grises y fúnebres veladas invernales compasadas por
el bisbiseo de sus oraciones, invocaba con oculto fervor
la aparición de alguna horda de enemigos que, tras destruir el mezquino poder bajo el que me ahogaba, se

ensañaría en ellos con sutil, refinada barbarie : imaginaba (sin certeza alguna) la existencia de tribus montaraces y agrestes, de textura corporal hiriente e inflexible como un cuchillo, cuyo rostro cobrizo, enigmático emularía en dureza con una piedra preciosa de cristalizaciones poliédricas deslumbrantes : seres despiadados, brutales, como aquel descrito por Amiano Marcelino en breves líneas inolvidables, cuando acomete al ejército godo con su puñal desnudo, degüella a un mozo e inmediatamente aplica los labios al cuello y sorbe vorazmente su sangre, sembrando el pánico y confusión en las filas de los enemigos : insensible a los cuidados y mimos con que mis procreadores intentaban comprarme, conjuraba la llegada de los verdugos que someterían sus cuerpos irrisorios y anémicos a los rigores de su placer áspero, sin perdonar aquel horado nefando que la mansueta, descolorida grey supersticiosamente preserva como un sagrario : asistiendo desde dentro de él, gozoso, a la embestida de sus hoscas y sombrías fieras : a las bélicas, impetuosas cargas que orgullosamente desdeñan la propagación legislada, viéndolas revolcarse, morder y desplegar cruelmente las garras mientras mis padres pedirían en vano clemencia y elevarían sus preces ineptas a una divinidad nula y sorda, egoístamente recluida en el ámbito (como un rentista o jubilado cualquiera) de su cómodo y mediocre retiro : hasta el momento sublime (tantas veces imaginado!) en que descubrirían mi traición luminosa y, con el ardor del neófito entregado a la causa de sus nuevos amos, participaría activamente con éstos en las delicias de su profanación : tales eran los sueños que me hostigaron día y noche durante años y años (aunque exteriormente adoptaba los aires de un joven

144

candoroso y sencillo), al término de los cuales, aprovechando un descuido de los míos, me embarqué en una galera genovesa, crucé los mares y me interné en el africano desierto presintiendo que aquí hallaría mis dueños y ejecutaría algún día con ellos mi demorado castigo : y abrazado a las rodillas poderosas de Ebeh, bajo la tutela de su cetro magnífico, le suplico que coadyuve mis planes y aguardo la llegada de cristianos de tu especie para blandir mi vergajo sangriento y, a través del dolor infligido a sus cuerpos, alcanzar simbólicamente a mis padres

describirás a Ebeh
alfanje en mano, presto a arremeter al enemigo con toda la fuerza de su robusto brazo? : o en el acto de someter otro cuerpo al placer imperioso del suyo, cuando el eco cruel de su risa irradia un sombrío esplendor?
hierático más bien : su presencia soberana, rotunda le exime de la necesidad del gesto mientras, con calculada economía de movimientos, se tiende sobre la piel de oveja en su tosca guarida de capitán : ojos impenetrables y duros, sigilosos, astutos, de fiera que emerge a la luz del día de lo hondo de un tenebroso cubil : rostro cerrado, anguloso, difícil, tallado violentamente a hachazos : cuerpo macizo y compacto, como un bloque cristalino, prismático, de majestad suficiente y pura : buscando (tú) inútilmente un asomo de piedad o ternura en la porfía con que reduce a los hombres a su dominio y distribuye su estricta justicia a puntapiés y golpes de látigo : secuaces y acólitos parecen resignados a su mandato y los

mozos que le regalan y sirven comparten el alivio gozoso de quienes han hallado refugio en una certeza final : asunción libre de una obediencia sin límite : conciencia de haber llegado hasta el fondo y no poder caer más abajo del rudo nivel animal : saboreando así las dulzuras del áspero trato : descubriendo una satisfacción fascinada en el vasallaje y degradación de su cuerpo : alegría en el envilecimiento y oblación al dueño de la carne y la sangre hasta el último uso : nada más? : ah, añadirás al retrato del jeque senusi algunos toques sutiles de inhumanidad : piel rugosa y curtida, rostro plagado de hoyuelos de viruela, dientes enfundados en oro, unas gafas ahumadas que exaltan el enigma indescifrable de la mirada : su sólida densidad mineral : en el momento preciso (por qué no?) en que, desvelando la contundencia del arma, la deja suelta e impone a la vista ofuscada del servidor : grandiosa, esplendente, altanera : aguardando sin prisas a que se desperece y se extienda para renunciar de pronto a la acometida y ofrendarla con magnanimidad al tragaespadas como anzuelo de su baja traición

YO/TÚ

pronombres apersonales, moldes substantivos vacíos! : vuestra escueta realidad es el acto del habla mediante el que os apropiáis del lenguaje y lo sometéis al dominio engañoso de vuestra subjetividad reductible : odres huecos, hembras disponibles, os ofrecéis promiscuamente al uso común, al goce social, colectivo : indicativos nucleares, herméticos, transferís, no obstante, vuestra unicidad cuando de un mero trazo de pluma os hago asumir el dictado de mis voces proteicas, cambiantes : la sintonía general que emitís propicia el escamoteo sutil fuera de la comunicación ordinaria : quién se expresa en yo/tú? : Ebeh, Foucauld, Anselm Turmeda, Cavafis, Lawrence de Arabia? : mudan las sombras errantes en vuestra imprescindible horma huera, y hábilmente podrás jugar con los signos sin que el lector ingenuo lo advierta : sumergiéndole en un mundo fluyente, sometido a un proceso continuo de destrucción : distribuyendo entre tus egos dispersos los distintos papeles del coro y orquestándolos a continuación conforme al vuelo inspirado de la batuta : el leve correr de la pluma en el espacio rectangular de la página : vuestras artes celestinescas de comodín postulan la onírica metamorfosis y, con la pericia cumplida del trujamán, dispondrás el orden ritual en que debe consumarse la escena : encarnando por turno la virtualidad de los contradictorios impulsos que gobiernan las acciones humanas : el afán de dominio absoluto y, simultáneamente, de aniquilación en un acto de ofrenda : juntamente caudillo y mártir : cadáver al servicio de cualquier causa y forjador de destinos y vidas según las pulsiones de tu voluntad : exorcizando demonios en lúdica confrontación sangrienta, sin más arma ni brazo que el discurso desnudo : transmutando la violencia en signo : barriendo su odiosa faz de la tierra : trocándola en motivo de proeza verbal

la comitiva se pondrá en marcha : a desierto traviesa, siguiendo el itinerario de los pozos en donde suelen acam-

par los beduinos, restaurando brevemente sus fuerzas
bajo un sol de plomo y tornando de nuevo a avan-
zar : por Anesnit, El Khenig, Usader, Tiloq, Tin Tanet-
firt : los hombres de la harka avizoran la ondeada trabazón de las dunas embozados en sus toscos pañuelos y !as
montaduras de sus camellos oscilan mientras huellan la
arena amarilla a la airosa cadencia del trote : inmisericor-
des al dolor silencioso del nazareno que, con una cuerda
al pescuezo, se arrastra penosamente tras ellos camino
de Tamanrasset : tropezando y cayendo, incorporándose
mediante grandes esfuerzos, dando otra vez de bruces en
el suelo, volviendo a levantarse : acatando su mísera
suerte con una inefable sonrisa a flor de labios : ator-
mentado y dichoso a la vez : los encuentros con el enemigo se suceden a ritmo fantástico y, después de un reñi-
do combate, los vencidos no obtienen cuartel : los cuerpos de los otomanos proclaman la pugnaz ansiedad de tu
encono e, indultando a los más bellos y jóvenes, el taimado Ebeh los acoge en su rústica tienda de capitán : pro-
digándoles palabras de aliento con objeto de ganarse su
confianza y adormecerlos en la dulce creencia de su benévola y paternal estima : con el semblante risueño de
quien finge apreciar las caricias y previene de hecho el
instante del golpe : candorosos, incautos, se abandonan
a sus suaves palabras y no saben cómo manifestarle su
vano reconocimiento : juramentos y protestas de lealtad
brotan con espontaneidad de sus labios sin percatarse de
que el destinatario tantea ya con sigilo la finísima piel
de sus cuellos buscando el lugar propicio al filo agudo del
arma : disfrazando la aleve intención con la disculpa de
un ademán tierno, de un lenitivo, bienhechor abrazo :
permitiendo que el ingenuo mancebo sonría y se acueste

148

con gratitud en su regazo hasta el punto en que desenvaina la daga y la esgrime con la rauda presteza del matarife : degollando a la víctima de un solo tajo : saboreando el inocente estupor de sus vidriosas pupilas : recibiendo en el rostro el impacto lustral de la sangre : la dureza mineral de sus rasgos asume una puridad cristalina y a delicious warmth swells through you a la vista del recio espectáculo : la embestida brutal de los harkis de Ebeh, los buitres que planean en negros anillos sobre los desventrados cadáveres! : asido todavía a su alfanje maculado de rojo, disparando con tics y gestos convulsos a los enemigos en desbandada : sin atender a las exhortaciones apremiantes de Alí, consternado por la histérica expresión de tu rabia : a Damasco, El-Orens, a Damasco! : ordenando en su lugar a la grey : ningún prisionero vivo! : vengando la afrenta sufrida en Deráa : la resistencia a los deseos del Bey : la ciudadela, para siempre perdida, de tu integridad personal : con el goce salvaje de revelar, a ti y a los otros, la irreductible verdad de tu ser más íntimo en un único acto de real comunión con el mundo : dejando que tu violencia interior se libere sin temor a las consecuencias : oponiendo su desmesura a la razón, su embriaguez a la ruindad de un orden precario, fingido : rematando sin piedad a indefensos heridos, apurando con febril, vertiginoso placer los proyectiles de tus cartucheras : seguro de lo que eres al fin : bajo la talismánica protección del diamantino Ebeh y su implacable refracción de cuchillo

TRAS LAS HUELLAS DEL PÈRE DE FOUCAULD

ansiado martirio de Tamanrasset, fúlgida apoteosis de tu carrera! : impulso visceral que perentoriamente conduce al lugar prescrito, soñado tantas veces desde tu ofrenda a la apostólica, misionera causa : al romano circo sobre cuyas gradas la neroniana multitud se impacienta, deseosa de presenciar el suplicio : las delicias del tormento infligido a la víctima antes de la entrega definitiva del alma : sustituido acá por la harka feroz de senusis al mando del anguloso, refractario Ebeh : en la plena y radical posesión de su brusca, diamantina dureza : de su sólida densidad mineral : con el cuerpo rigurosamente tallado, como roca de deslumbradoras cristalizaciones poliédricas, y un rostro seco y tajante, extraño a toda noción de piedad : el brazo que esgrimirá el látigo brilla con la nitidez del acero y el vivísimo dolor de los golpes te inundará suavemente de dicha : ah, mourir martyr, dépouillé de tout, étendu à terre, nu, méconnaissable, couvert de sang et de blessures, violemment et douloureusement tué! : mártires, profetas, apóstoles, cadáveres por obediencia perfecta! : la perfección del amor es la perfección de la obediencia! : entregado al fin, sin inhibiciones, al crudo y amoroso deliquio : a los arrebatos y éxtasis inefables que unen en arpegio común verdugos y víctimas, comisarios y oposicionistas, herejes e inquisidores : imitando hasta en el estilo la abrasadora sed de los místicos, su insaciable y mordiente voracidad : cerrando a continuación tu ejemplar de las "Oeuvres spi-

151

rituelles" para volver al desnudo paisaje sahariano : a los
rigores y escabrosidades de un estricto desierto de piedra, sin el ornato del color vegetal : mil leguas al norte
de Tamanrasset, tras recorrer en sentido inverso el consabido itinerario de los camélidos, de las antiguas, y ya
abolidas, caravanas de esclavos : cruzando el Trópico de
Cáncer a la derecha de las contrafuertes y alturas Hoggar, más allá de los montes oscuros que escoltan el páramo de In Amguel, hacia el macizo adrar de Tisnú y su
triple domo marmóreo : mesetas ceñidas de altas colinas
cuyos picos abruptos emergen como islotes en medio del
mar, bruscas escarpas violáceas, desfiladeros y pasos an-
gostos, barrancas de onírica roca negra : pasados los
circos lunares de Arak, las sierras que amurallan el horizonte de ued, los valles y cerros sombríos de áspera y
atormentada belleza : hasta alcanzar la yerma planicie
de Tademait y, por la pista calcinada y sinuosa, la con-
fluencia de Fort Miibel, al pie del enigmático territorio
Chaamba : estás ya en el palmar de El Golea y, con licencia de tus serviciales verdugos, treparás a la cima del
viejo castillo para otear por última vez el oasis : la aglomeración urbana hacinada a tus pies, los grupos escolares en construcción, el santuario con la tumba del
morabito, el cementerio y campo común donde los mu-
sulmanes celebran la Pascua : los eucaliptos del jardín
del Annexe, los edificios ocres de la administración, el
pozo artesiano que mana al borde de la carretera de In
Salah y, ocho kilómetros y medio hacia el norte, la cúpula de la iglesia de Saint-Joseph y los despojos del
Buffalobordj : al final del camino que lleva a la colonia
cristiana desierta y, por entre chalés devastados y en
ruina, al túmulo enarenado y maltrecho del Révérend

Père de Foucauld
(barrio oranés de la Calère, poco tiempo después del
grandioso desastre : inmuebles desventrados de la rue
Philippe, oquedades sin ventanas ni puertas, órbitas
oculares vacías : fábrica somnolienta de la catedral, plaza
de la Perla abandonada por sus habitantes : explosiones
de dinamita ennegrecen todavía los cafés de la place
Kléber, las fachadas de la rue Haute d'Orléans : todo
manchado, muerto, baldío : sólo algún anciano solitario,
perdido, que camina a ciegas, sin rumbo, como si fuera
sonámbulo
capillas cerradas, tabernas en venta, prostíbulos mudos
de los felices, beaugestianos tiempos de la brava Legión
cuarteles derruidos de Targuist, desolado e inerme Llano
Amarillo, pedestales sin estatua de Xauen
recobra el desierto sus viejos derechos
extienden las dunas sus ondas voraces
lento, irremisible proceso de degradación
vanidad de vanidades)
arrodillado, con la soga al pescuezo y las manos atadas
a la espalda examinarás las irrisorias cruces erosionadas
por el soplo contumaz del simún y las sepulturas medio
asfixiadas por el brazo felón de la arena meditando con
sosegada tristeza, a cincuenta y pico años de distancia,
en el fracaso lamentable, completo de la evangelizadora
misión : el egoísta y estéril placer del martirio : tu mísera
gloria usurpada : la perspectiva del lugar es amable en
otoño y el grito de alarma del centinela que anuncia la
llegada de los refuerzos enviados a liberarte no empaña
la postrera visión del palmar y la suave ondulación
serpentina que se explaya detrás de la iglesia, vasta e
inalcanzable : cuando el tiroteo comienza y el predesti-

nado ejecutor apoya la boca de su fusil en tu cráneo, la horizontal de tus ojos pillará justamente a la altura de la borrosa inscripción conmemorativa grabada en tu propia lápida

DANS L'ATTENTE DU JUGEMENT DE
LA SAINTE ÉGLISE ICI REPOSENT
LES RESTES DU SERVITEUR DE DIEU
CHARLES DE JÉSUS
VICOMTE DE FOUCAULD (1858-1916)
MORT EN ODEUR DE SAINTETÉ LE 1 DÉCEMBRE 1916
À TAMANRASSET
"JE VEUX CRIER L'ÉVANGILE PAR TOUTE MA VIE"
PÈRE CHARLES DE FOUCAULD

(segundos, días o años? : el tiempo se aniquila en el texto)
misericordiosamente, sonará la descarga

CON IBN TURMEDA, DE VUELTA A LA ZANJA

de un cementerio a otro
de inscripción funeraria a inscripción funeraria, brincarás al tunecino kubbeh que ofrenda los restos de frare Anselm al silente, recatado homenaje de la multitud musulmana : los fieles acuden de todas partes al renombrado sepulcro y el propio Ibn Turmeda en persona contemplará la escena contigo y acogerá complacido el fallo de la posteridad : su honrosa, perdurable inclusión en la lista de los morabitos : la sanción popular a su apostasía y proselitismo en favor del Islam
asidos con familiaridad de la mano, planearéis con cirujana delectación nuevas traiciones y felonías, insidias y partidas serranas : hermanados los dos en la execrada abjuración muladí : asumiendo hasta el vértigo las primicias de vuestra condición : sin inepto pudor quant au genre de jouissance!
liberados del anatema que envuelve el horado nefando y sus viscerales emanaciones impuras, ajenos al ideal de los santos y bienaventurados, cuyos residuos, nos dice San Bernardo, se transforman en un líquido refinado y suave parecido al bálsamo de benjuí y la esencia de almizcle, desdeñaréis en adelante el escalafón que conduce del hedor al perfume, del cuadrúpedo al ángel en beneficio de la corpórea deyección plebeya sobre las miasmas de la zanja pública, de la curva descarada, afrentosa que pregona su vil parentesco con la inmunda materia, de la amorosa promiscuidad con el estiércol, porquería

y cochambre que empareja la cara y el culo, el Ojo de Dios y el ojo del diablo

abandonando para siempre el ilusorio papel de reyes y señores de la Creación por la aparente humildad de las especies insectiles más ruines, impugnaréis la presunta superioridad del homínido con la lógica incisiva de los parásitos

nosotros, muy a pesar vuestro, vivimos y nos regalamos en el interior de vuestros hogares, casas y santuarios, dormimos en vuestros lechos, colchones, sábanas, edredones y almohadas, alimentándonos, cuando nos place, de vuestra propia carne, reproduciéndonos y desovando en vuestros mismísimos cabellos, axilas, barbas, penetrando en vuestras narices y orejas hasta impediros sueño y descanso, expeliendo sobre vuestros cuerpos y vestimentas residuos mucho más fétidos que los que vergonzosamente evacuáis en cuclillas sin tomarnos la molestia de cubrirlos como vosotros ni emitirlos en lugar excusado, sino muy al revés, a cielo abierto y a vuestra vista, emporcando las delicadísimas prendas que acabáis de lavar con jabón y lejía y vuestra piel perfumada con colonia y aseptizada con desodorante, estableciéndonos en las florestas y umbrías de vuestra madriguera inferior para asistir cómodamente de balde a las lides de lo que con tanta presunción denomináis el acto amoroso, el monótono, consabido ritual destinado a asegurar en los días fastos la ordenada propagación de la especie, cuando vuestro órgano, musical no, tedioso, torpemente se explaya en la insulsa, prescrita morada y rinde piadosamente su alma de tristeza y fastidio permitiendo que el minúsculo gene se abra camino contra corriente y llegue al punto fijado tras accidentado periplo, columpiándonos en los bejucos y enredaderas mientras ágilmente nos acoplamos por pares, cuartetos, docenas con destreza y elasticidad incomparablemente superiores a las vuestras, depositando los huevos donde nos agrada y restaurando en seguida las fuerzas merced a la gratuidad y abundancia de vuestra densa, nutritiva sangre, hundiendo simplemente en la epidermis nuestro labio dispuesto en forma de trompa en el mismo instante en que fingís suspirar de arrobo inefable o cabalgáis a horcajadas el aparatoso bidé, a fin de eliminar, con culpabilidad morbosa, la huella de vuestras secreciones y vuestros derrames, tácitamente resignados a que nosotros gocemos, comamos, bebamos y descansemos de gorra, ajenos del todo a vuestros tormentos y ansiedades, fatigas, trabajos, puesto que nada o casi nada podéis contra nosotros y, si ciega e inútilmente os rascáis, agraváis todavía vuestro dolor sin conseguir siquiera inquietarnos, mostrando con ello de modo bien claro que estáis al arbitrio de nuestros caprichos y sois a todas luces nuestros servidores, abajo, muy abajo en la escala zoológica, carentes de esa nobleza y dignidad especiales que vanamente pregonan vuestros sacerdotes cuando os llenan los oídos de panegíricos y discursos altisonantes con objeto de haceros creer que sois substancialmente distintos de las demás especies y Dios os reserva un paraíso exclusivo en recompensa de vuestras actuales miserias y penalidades, olvidándose de deciros, en cambio, que también ellos se dejan explotar por nosotros y, en el arcano y puridad del sanctasanctorum, descubren ignominiosamente sus

asentaderas como los morenos desplusvaliados de la zanja común en contacto directo con la visceral emanación plebeya, la materia burda, el desahogo ruin
reyes y señores, los hombres?
por favor, no nos hagan reír!

desde la zanja
desde la veraniega revelación de la zanja de obras públicas que, como el reguero de muerte de un avión, desventraba el alquitrán de la acera y descubría la tierra oculta debajo, esparciéndola a lo largo del trayecto paralelamente a la pasadera de tablas por la que discurrías ensimismado mientras los modestos artífices se afanaban a tus pies con picos y palas y la trepidación del taladro a lo lejos acribillaba tus oídos con el impacto sordo de la metralla
(cuando sus cabezas sobresalían del hoyo a la altura de tus zapatos y tu mirada se demoró en ellos, dócil a su magnetismo ànimal)
has recorrido de un extremo a otro el ámbito del Islam desde Istanbul a Fez, del país nubio al Sáhara, mudando camaleónicamente de piel gracias al oficioso, complacente llavín de unos pronombres apersonales prevenidos para el uso común de tus voces proteicas, cambiantes
has gozado del vasto, enjundioso trasero de la ilustre Queen-Kong
emulado la hazaña del Estilita en lo alto de la buñuelesca columna
combatido contra el ejército turco en la desolación de la estepa jordana

ascendido el valle del Nilo de Alejandría a Luxor
cruzado el desierto en compañía de Ebeh
sufrido cristiano martirio en Tamanrasset
azotado al Père de Foucauld en el tumulario alminar de
Ghardaïa
desde aquella memorable jornada de un estío parisiense
que generosamente derramaba el calor de sus ondas sobre los esclavizados operarios de la obra doblados sobre
sus útiles de trabajo
por los cafetines de la Goutte d'Or y callejuelas de Belleville, a través de la urbana red de arterias que va del
pastel de azúcar del Sacré Coeur a los andenes de la Gare
du Nord
(allí donde el aullido salvaje de una pobre loca abolió
de golpe el rumor del gentío y condensó bruscamente tu
odio hacia unas señas que habían dejado de ser las tuyas,
como si el grito liberador, en lugar de venir de ella,
fuese una mera proyección de la explosiva, incontenible
tensión acumulada en tu pecho)
has errado de un continente a otro como el Judío de la
leyenda en busca de la claridad cegadora descubierta
totalmente al azar en la zanja mísera de obras públicas
(cuerpos y más cuerpos envueltos en el rigor y la dureza de sus creencias, aferrados a su instinto de vida
como a un axioma neto e incontestable)
hasta concluir
(al calor y amparo de los Dukkala o los Beni Snassen y
su robusta e hircina disposición)
que la conversión a su ley ha sido absoluta y en adelante
todos los caminos inexorablemente te llevan a Bernussi,
a Umm-er-Rabia o a Uxda

IV

PAULO MAJORA CANAMUS

de la vasta latitud del espacio a la no menos vasta latitud del tiempo : del mapamundi escolar al viejo manual de historia : repuesto apenas de la onírica razzia
por el orbe fantasmal agareno y presto ya, sin otro auxilio que el papel y la pluma, a una nueva, imprevisible
incursión por la cuarta dimensión einsteiniana : enclaustrado, como siempre, en la minúscula habitación : sin
abandonar el ámbito de tu propia escritura : centrando
tu interés en la trayectoria ejemplar del país que ha
dejado de ser el tuyo y no significa hoy para ti más que
esto : cómoda etapa en la ruta que lleva a Marrue-
cos : hostal, fonda, lugar de pasaje : una mancha en
el mapa : gracias. al rimero de documentos acumulado
en los estantes de la biblioteca, prácticamente al alcance de tu mano : pruebas fehacientes de incorregible
obstinación en una empresa de automutilación y castigo
prolongada durante siglos con tenacidad digna de mejor causa : desde la época en que, como observara un
chistoso personajillo de la fauna, la hoy unificada Península era un espacio poblado de seres varios, multi-
colores, corruptos, pasado vergonzoso que había que
ocultar, tal la existencia de antecesores leprosos, locos
o sifilíticos, al purísimo y bravo joven de la Meseta en
el momento en que se disponía a verter generosamente
su sangre en aras de la perpetuación del reinado de Séneca, época funesta de creencias distintas, libertad de
expresión, pasiones ilícitas, en que el propio rey cris-

163

tiano vestía a usanza moruna y avalaba con su ejemplo el crimine pessimo, provocando al fin, con su incalificable conducta, la justa, saludable reacción de su hermana la reina, allanando el terreno a la poda memorable de aquellos miembros condenados, podridos del vigoroso y lozano tronco nacional, centenares de miles, tal vez millones de seres torpes, brutales, afeminados, amigos de entretenimientos bestiales y entregadísimos al vicio de la carne que, al dejar de ofender con su presencia la vista de los castizos, transformaron aquel pueblo de labriegos en una docta asamblea de teólogos y la patria libidinosa del Arcipreste en un austero y solemne auto sacramental, gran teatro del mundo en el que la masa del público identificaba su dignidad personal con la total quietud de la mente y asistía enfervorizada a l.s r' us de ejecución de los réprobos, judaizantes, sodomitas, bígamos, luteranos que, invocando una tolerancia que, como dijera Menéndez Pelayo, no es más que debilidad o eunuquismo del entendimiento, pretendían contagiar a la parte sana del país con sus perversas y extravagantes doctrinas y sus vicios execrables e infames, intransigencia y terquedad salvadoras que, más allá de nuestras fronteras, debía granjearnos odios y enemistades, reiteradas calumnias, fobias tenaces a medida que el genio de nuestras armas extendía hasta los últimos confines del universo los límites grandiosos de nuestro Imperio, recia actitud vital que, mantenida a lo largo de cuatro siglos, en medio de reveses y contratiempos, desventuras, agresiones, desastres, ha llegado a convertirse en un auténtico ejercicio ascético en virtud del cual la paulatina intervención de los anticuerpos ha liberado nuestro organismo de la fatídica

164

carga de toxinas que hoy envenena a sociedades menos precavidas que la nuestra, enfrentándolas al terrible dilema de una muerte lenta por asfixia o una cruel, dolorosísima amputación

la voz del personajillo ha cubierto gradualmente la tuya y escucharás su monótono, inconmovible discurso mientras, desde los libros apilados junto a tu mesa, en el desgarbado mueble clasificador, en tu reducidísima biblioteca otras voces cuitadas, frenéticas, discordantes te solicitan e increpan, reclaman a gritos su turno, el inalienable pero denegado por años, lustros, centurias, derecho a la palabra, en la negra soledad de la mazmorra o potro de tortura, el silencio gravoso de una morada perpetuamente asediada de malsines o el bronco clamor del gentío en torno a los haces de leña, voces sofocadas y extinguidas, historia clandestina de miles y miles de expaisanos que no pudieron escapar como tú, historia no divulgada jamás, sepultada en el santuario de su siempre profanada conciencia, angustiosamente vivida a contrapelo de un hosco reparto de figurillas ponderosas o graves, o agitadas, convulsas, grotescas, conquistadores e hidalgos, nobles e inquisidores, doncellas y prostitutas, pícaros y escuderos, pueblo, pueblo, pétrea sociedad belladurmiente, encantada que, desde los tiempos de la pobre Loca a los del Hechizado prognato y estéril, asentía expresa o tácitamente a las expeditivas, incuestionables medidas de un sólido instrumento de represión destinado a crear alrededor del torvo país un impermeable y hermético cordón sanitario, denuncias, confesiones, procesos, confiscación de bienes, retractaciones, condenas, quemas de libros y documentos, de relapsos, judíos, herejes, adeptos de ese pecado nefando que, ex-

165

puestos ya a la vergüenza pública, merecían aún la piadosa atención de la musa genial de un Quevedo, historia desvivida y sobremuerta, epopeya demencial, fúnebre canción de gesta, entonada sobre un fondo mudable de procesiones, sainetes, comedias, corridas de toros, acontecimientos deportivos, alegres zarzuelas, zumbido y furia, bolero de Ravel interminable, gesticulación vana y huera, extendida siglo tras siglo, sin conexiones reales, por pura inercia histórica, hasta el nacimiento del otro, el que tú fueras, en el seno de una atrofiada, extemporánea burguesía, poco más de cuarenta años atrás, comparsa involuntario por tanto de una saga exasperada y sangrienta, tres años de frenesí, destrucción y pillaje, áspera contienda civil, célebre millón de muertos, obra cumbre de una nación en la que, si por casualidad te detienes, lo haces solamente porque te pilla de paso, voces disidentes, vindicativas que requieren tu atención con porfía, te invitan a alargar el brazo, coger el libro o volumen que las encierra, recorrer dolorosamente sus páginas y oír su testimonio sobre unos tiempos en los que, como escribiera el liberado Poeta, su sinrazón congénita, ya locura hoy, como admirable paradoja se imponía
pero escuchando todavía
escuchando
hasta esa epifanía gloriosa que todos recordamos, cuando la pertinaz subversión interior, con ayuda extranjera, intentó abolir matrimonio y familia, supeditar lo espiritual a lo material, imponernos comités en lugar de cofradías, substituir nuestra querida Giralda con un sucio casquete de astrakán, empresa demoledora que, aunque definitivamente vencida en el campo de batalla, persiste

166

no obstante su labor de zapa con nuevos y más sutiles medios, pretendiendo obtener por vías pacíficas lo que no pudo empuñando las armas, mediante la corrupción intelectual, el erotismo, la pornografía, los espectáculos decadentes, la literatura soez, malsana y con harta frecuencia atentatoria a nuestros ideales políticos y patrióticos, tratando de contaminar el país con las drogas, la confusión de sexos, la proliferación de salas de fiesta de mala nota, amenaza mortal a nuestro luminoso futuro, a nuestro patrimonio más noble y más santo contra la que nos debemos defender, si es preciso, con uñas y dientes, a fin de evitar lo que nuestros irreductibles enemigos se proponen, esto es, crear una juventud muelle y afeminada que pueda ser destruida un día por la irrupción súbita de los pueblos machos y crueles de Oriente

ANIMUS MEMINISSE HORRET

todo empezó con los baños
al perecer el infante don Sancho en la rota cabal de Za-
laca, convocó el rey a sus sabios y obispos con fin de
averiguar por qué había decaído el temple bélico de sus
caballeros, y respondiéronle ellos que porque entraban
mucho a menudo a los bannos e se davan mucho a los
byçios e a los apetytos defrrenados del cuerpo
        e non es farto enxiemplo notorio e palpable el
        que quisyere consyderar en este desonesto, vill,
        çusio e orrible pecado de fornicio e de dañado
        ayuntamiento fuera de ser por hordenado ma-
        trimonio segund la ley de Dios, los ynfinitos
        dapños que acarrea oy dya asín para el cuerpo
        que para el ánima, por quanto el que a la tal
        delectación carnal se da en grand quantydad
        pierde el comer e aun acrescienta por ardor e
        sequedat de fuego en el bever car amor e luxuria
        traen muchas enfermedades e abrevian la vida
        a los onbres, fáselos antes de tiempo envejecer
        e encanescer, los mienbros tenblar, los cynco
        sentidos alterar e algunos dellos en todo o en
        parte perder e asy por su culpa los cuerpos hu-
        manos son divylitados, e ende los onbres per-
        vienen en armas e otras fuerças, son poco pode-
        rosos, judíos de coraçón, cosas vencidas e de
        poco esfuerço
        e como en los tyenpos presentes nuestros pe-

cados son moltiplicados de cada dya más e el mal bivir continúa syn hemienda e como el más usado de los pecados es el amor desordenado en los bannos, por do se siguen discordias, omezillos, muertes, escándalos e perdiciones de byenes, e aun perdición de las personas, e, mucho más peor, perdición de las tristes de las ánimas siendo asy que el abominable apetyto carnal nada respeta e que muchos amadores en lugar de buscar la fenbra desean la conpaña de omes por su vill acto, como onbres con tales cometer e son como mugeres en sus fechos e como fenbrezillas en sus desordenados apetytos, que paresce que la fyn del mundo ya se demuestre de ser breve, pues non es temido Dios nin su justicia e la vergüença toda es ya a las gentes perdida, que la tierra e los cielos devían tremir e absolver a los tales en cuerpo e ánima como malvados brutos, animales de juycio, seso, rrazón e entendimiento carescientes por sus ynfames obras e sodeníticos fechos, pecados todos ellos que por causa de los bannos traen a nuestros reynos grand dapño e confusión, el byen público rrequiere de nescesydad que se destruyan e cyerren, e plégale a Nuestro Señor poderoso, Yesuchristo, encarnado, primogénito, engendrado por la palabra de Dios Padre en aquel virginal vientre de la rreverenda e bendita Madre, que asy velemos e nos apercibamos e del enemigo Satanás nos guardemos, e de los byçios nos corrijamos, e de los pecados en byen nos hemendemos, porque merescamos de ser dignos

de entrar con Él en aquel conbyte prescioso de
aquellas benditas bodas de la gloria de parayso
para syenpre jamás amén

DE VITA ET MORIBUS

yes, OUR COUNTRY IS DIFFERENT

esta expresión, popular hoy en el orbe entero gracias a la próvida y eficiente labor de nuestros consulados y agencias turísticas, no es un simple lema acertado de propaganda sino que corresponde además a una realidad indisputable que sólo los insensatos o ciegos osarían poner en duda : qué otro país, fuera del nuestro, podría ofrecer en efecto al viajero un folklore tan rico en costumbres y usanzas que no hallan equivalente ni parangón en las cinco partes del mundo? : qué otra nación, sino la nuestra, sería capaz de brindar al curioso visitante, ávido de sensaciones nuevas y emociones fuertes, espectáculos tan coloridos, vivos y originales como los que puede presenciar de balde los domingos y días de fiesta, después de cumplir con los preceptos de Nuestra Santa Madre Iglesia, en las plazas y arenas de las principales ciudades de la Península? : extraordinario dépaysement, fantástico breakaway, que lo transporta de súbito a miles de leguas de distancia mientras contempla, fascinado, los preparativos de nuestra castiza, singularísima fiesta! : ceremonia fúnebre y sin embargo alegre, incomparable ritual de vida y de muerte que arrebata los ánimos más serenos y justifica el clima litúrgico, de atención religiosa de los incontables familiares, consultores y aficionados que llenan a lo largo del año balcones y graderías : en tanto que nuestras autoridades y fuerzas vivas, luciendo sus mejores galas, se

173

apretujan en la tribuna y los palcos con sus talares y
tejas, guerreras, medallas, peinetas, mantillas : momentos de contenida emoción y silente, acongojada espera
que permiten a nuestras sensuales pero castas hembras
el lento y eficaz despliegue de su grave, hechicera coquetería! : su variadísimo, inspirado lenguaje de insinua-
ciones, ojeadas, rubores, mohínes, juegos de abanico :
pero humana y compasiva ternura también, que se con-
densa en sus ojazos oscuros, de faraonas o sultanas, cuando los actores y comparsas del drama entran majestuosamente en la plaza acompañados de los vítores y clamores del público : alguaciles, jueces, inquisidores, penitenciados, el padre predicador, los relajados al brazo secular : vestidos y adornados estos últimos, como es tradicional entre nosotros, con las prendas y objetos típicos que los identifican : sambenito, coroza, mordaza, hábito amarillo o blanco : encajados con tablas según los
casos y enjaulados en una especie de ataúd, o bien con
un cucurucho grotesco, deforme y a lomos de un polli-
no : y aunque se trate de un ceremonial cuidadosamente
reglamentado, los asiduos al mismo y connaisseurs de
fuera hallarán siempre, se lo garantizamos, ese elemento de improvisación sutil que asegura el carácter perpetuamente novedoso del rito : hay quien camina al auto
con aplomo, dignidad y sangre fría y, cuando le quitan
la mordaza minutos antes de prender la pira, recita con
voz fuerte algún Salmo : otro que abjura a última hora
de sus crímenes y, en virtud de su sincera aunque tardía
retractación, obtiene la gracia de ser agarrotado : un tercero que, apretado con fuerza de razones y argumentos
por el predicador, enmudece y, con noble gesto de ex-
piación, coloca humildemente los haces de leña sobre su

propia cabeza : alguno en fin que, contumaz a las exhortaciones del confesor y los jueces, persiste, obstinado, en sus silogismos y errores, indiferente a los preparativos del verdugo y los abucheos e insultos de la multitud : y el motivo del crimen y subsiguiente castigo varía también y evita la monotonía de lo repetido y parejo, introduciendo en el auto un factor de sorpresa que, como habrán podido observar por personal experiencia, suspende los ánimos del público aficionado y le obliga a retener el aliento hasta el desenlace : ayer, los turistas venidos a contemplar las bellezas de nuestra inigualable capital andaluza, a su regreso de una instructiva y amena visita a las cavas del famoso Jerez, tuvieron el singular privilegio de asistir a un auto de fe en la vieja plazuela de San Francisco que honraron con su presencia los obispos de Canarias y Lugo, el cabildo catedral, la Real Audiencia, la duquesa de Béjar, numerosas señoras de viso y una multitud incontable de hidalgos y caballeros y en el que fueron relajados al brazo secular ventiún luteranos y penitenciados otros ochenta con picota y padrón de ignominia : anteayer, los abonados al Club Mediterranée concurrieron a la quema solemne, en Madrid, de cinco convictos del pecado nefando : un bufón, un mozo de cámara del conde de Villamediana, un esclavillo mulato, otro criado de Villamediana y un paje de la escolta del duque de Alba : nuestras señoras y damiselas se condolían de su extremada juventud y mal empleada discreción, y hubo momentos de gran emoción cuando el verdugo ligó al jovencísimo y contrito paje a la estaca y alumbró con ceño adusto la hoguera : no se nos oculta, claro está, que este recio y viril espectáculo, en razón misma de su abrupta fiereza, corre el riesgo de

175

incomodar pasajeramente a algunos asistentes, en especial del bello sexo, venidos de otras tierras : y recomendamos por ello en nuestras guías y folletos turísticos que las personas delicadas o excesivamente impresionables se abstengan : el choque inicial podría ser excesivo y no queremos que una experiencia frustrada perturbe el recuerdo, que esperamos gratísimo, de sus vacaciones en nuestro soleado y acogedor país : para ellas reservamos expresamente un vasto surtido de diversiones y entretenimientos que, estamos seguros, les encantarán : pero no transigimos en cambio con la obsesiva, testaruda campaña de cierto sector de la prensa extranjera que regularmente nos tilda de brutos y se aspa a gritos con nuestra "barbarie" : su humanitarismo hipócrita, digno de solterona menopáusica o Presidenta de Sociedad Protectora de Animales, no tiene en cuenta el carácter complejo y eminentemente catártico de nuestra expiatoria, educativa fiesta : pues para comprender exactamente el auto de fe resulta indispensable abarcarlo en su trágica y redentora totalidad : ciertamente, el espectáculo de un hombre achicharrado en la estaca parece a primera vista insoportable y atroz : pero si tomamos en consideración la gravedad del hecho que se le imputa, su terrible agonía contiene un elemento positivo, compensatorio que, aun en los casos de mayor abyección y vileza, confiere al ajusticiado un aura prestigiosa de dignidad : las convulsiones, los gritos, el olor de la carne quemada son meros ingredientes accesorios de la tragedia y sólo el verdadero aficionado a los autos puede calibrarlos en su justo valor : examinándolos no aisladamente, sino integrándolos como es debido en una imagen completa, global : como advirtió muy bien el egregio autor de

"Muerte en la tarde" (familiar de la fiesta como Lope de Vega), el público que frecuenta las ceremonias de quema posee un sentido innato de la tragedia merced al cual los aspectos secundarios del espectáculo son vistos y apreciados con respecto al conjunto : y dicho sentido es algo tan personal y aleatorio como el hecho de tener o no tener oído musical : para el auditor falto del mismo, la principal impresión que retendrá de un concierto sinfónico será la producida por los gestos y ademanes del contrabajo exactamente como el espectador del auto que conserva tan sólo en su memoria la agonía dolorosa del relajado : mas las convulsiones de éste y los aullidos que emite, juzgados separadamente, carecen en puridad de sentido : si el auditor acude al concierto con el mismo espíritu humanitario que aplica a los autos hallará allí también un campo vastísimo para sus ansias benéficas y caritativas : podrá soñar en mejorar los salarios y condiciones de vida de los contrabajos de igual modo que hubiera querido hacer algo en favor de los convictos entregados al fuego regenerador de la pira : pero si es un hombre glandulado y cabal, y sabe que las orquestas sinfónicas deben ser estimadas en su totalidad y hay que aceptarlas íntegramente, no manifestará probablemente ninguna reacción sino de placer, aprobación y alegría : ni evaluará el contrabajo prescindiendo del conjunto orquestal ni pensará en el reo, aunque fuere una fracción de segundo, como un ser humano que piensa, padece, se retuerce y grita

y los ajusticiados?, me diréis : acaso no son seres humanos como los demás? : o es que los herejes, pecadores y miembros de las castas degradadas e impuras no sufren? : y aunque todos los médicos y autoridades científicas concuerden en que los hombres depravados e individuos de razas espurias o de infecto origen no tienen la misma sensibilidad al dolor que las personas rectas y de sangre limpia, arrinconaremos ahora dicho argumento en favor del de los beneficios ingentes que el suplicio aporta a los condenados : pues, hijitos míos, por qué creéis que os hemos ligado a la estaca sino para redimiros mediante el sufrimiento y enseñaros el duro y difícil camino de la· salvación cristiana? : no maldigáis por consiguiente las penalidades que os toca vivir : abrasado y reducido a cenizas será vuestro cuerpo : pero libre tendréis el alma para volar, en virtud de un arrepentimiento sincero, a la morada eterna y feliz de los escogidos : por eso os aplicamos los tormentos del agua y cordeles, del sueño, la garrucha, el ladrillo y os hemos conducido al auto de fe con cadenas, grillos, mordaza : para que el demonio no os instigara a recaer en sus perversas doctrinas ni incurrir en la execrable promiscuidad de los más brutos animales : defendiéndoos a vosotros contra vosotros mismos : a fin de que un día podáis sentaros también a la diestra del Padre, absortos en la dicha y arrobo de mil visiones sublimes : con el alma blanca como esa. sedeña mantilla, guarnecida con blonda, de las doncellas y damas que asisten a nuestra fiesta desde los palcos o la gradería : el Altísimo Defensor de los destinos de la patria os mirará entonces con semblante risueño y nadie os reprochará vuestras opiniones y dudas, vuestra torpe porfía, vuestros goces bestiales : allí concluirán de una vez vuestros extravíos, miserias, bajezas : la Virgen Purísima os invitará a su mesa y os ofrecerá sus propios manjares : en vez de desmedrar en la vida viciosa y abyecta y sobrellevar eternamente sus taras, templaréis en la hoguera el linaje espiritual y eliminaréis el morbo y dolencia de vuestras almas : el Señor de los nuestros se ha compadecido de vuestro abatimiento y os rescatará de la triste oscuridad en que vivís merced a este oportuno, providente crisol de daño y de penitencia : qué perspectiva embriagadora y reconfortante! : el auto de fe es la piadosa estratagema divina por la que ingresaréis en el Cielo con una limpieza exquisita y sin mácula : parejos a los hombres que han mantenido sin desfallecer una existencia de sosiego y virtud : codeándoos sin discriminación con los miembros preclaros de nuestra casta : el alma acendrada y pura, impecable, perfecta del reo contrito, del condenado manso, es como el oro nativo de las arenas de los ríos, con sus pepitas u hojuelas brillantes, que, aleado con cobre, se utiliza en la fabricación de joyas, para decoración o en odontología : pero ningún alma de moro, judío, hereje, bígamo o sodomita alcanza ese estadio cumplido, primoroso, ejemplar, sino tras un largo y severo proceso de purga : verdad que conocéis la existencia de piritas auríferas que es preciso extraer, lavar y batir para que cedan al fin su noble substancia amarilla? : pues así se acrisola y mejora el alma del reo durante días, semanas, meses o años con el sobrio, conciso tormento de nuestras mazmorras y cárceles : y con todo, hijitos míos, el mineral así depurado no es perfecto aún : para llegar a la fase superior, dúctil, inatacable, hay que proceder a una serie de operaciones complejas que exigen la delicada intervención de fundidores y orífices : e igualmente nosotros, los inquisidores, debemos separar el bien del mal, el oro de la ganga : el aguante y resignación de los relajados en persona al auto hace escurrir, en efecto, las materias residuales, impuras : con la diferencia notable que, mientras la fusión y purificación del oro se prolonga durante horas y horas, la del alma del reo condenado a la pira dura escasamente diez minutos : y qué importa este lapso irrisorio frente a la gloria inmortal que os ofrece el Eterno! : la farisaica, sensiblera reacción de los críticos extranjeros descuida este hecho y excluye por tanto el factor capital, ya que los sufrimientos que soportáis asumen tan sólo su significado real cuando los examinamos en conexión con la suerte de vuestras almas : padre Vosk, me diréis : por qué hemos de padecer nosotros y no ustedes? : habrá que deducir de sus palabras que nuestras acciones soberbias, criminales o impuras fueron ab aeterno predestinadas? : ah, insondable Misterio! : aunque Dios conoce el futuro respeta nuestra libertad y, si tolera el mal, lo hace para que los escogidos emprendan voluntariamente el camino que lleva a la redención : habéis oído hablar alguna vez de esos terrenos diamantíferos del Transvaal en los que el carbono cristaliza en el sistema regular, en forma de admirables octaedros? : allí también el Señor, en Su sabiduría infinita, ha dispuesto que mientras unas cristalizaciones sean transparentes y fúlgidas, diáfanas, refringentes, otras sean simplemente translúcidas y la inmensa mayoría negras y de aspecto de carbón : y el Día del Juicio Final el Intendente de la Mina clasificará las tres variedades según su pureza y valor : las almas sombrías de los recalcitrantes serán como el carbonado que sirve para perforar rocas, pero que todos los compradores desdeñan : los pecadores arrepentidos, el denominado Bort, de forma esférica, que emplean los lapidarios para labrar piedras finas : y quienes acepten con cristiana alegría la drástica y redentora sentencia de nuestro santísimo tribunal, las gemas preciosas, de deslumbradoras facetas, que todos admiramos en las vitrinas de joyeros y diamantistas : almas salvadas, árticas estepas, eternos glaciares de nórdica blancura! : y habrá todavía entre nosotros alguno que se queje? : si lo hubiere, creedme que merece su suerte y aun los rigores extremos de la condena infernal

SALUS POPULI SUPREMA LEX EST

los resultados de nuestra enérgica, eficaz terapéutica son archipatentes : los gobiernos responsables del mundo entero nos envidian ese órgano depurador magistral que, adaptado a los problemas y exigencias de cada época, mantiene siglo tras siglo nuestra salud moral gracias a la radical eliminación de los presuntos portadores de gérmenes y el establecimiento en nuestras fronteras de un hermético, infranqueable cordón sanitario : nuestro país es hoy, dentro del orbe cristiano civilizado, el que cuenta con menor número de condenas eternas en términos absolutos y relativos : únicamente un veinte por cien de nuestros compatriotas fueron sentenciados el pasado año a las penas sin fin del infierno, cifra realmente irrisoria si la comparamos con la de los réprobos de los países liberal-demócratas, paganos o ateos : e igualmente nos situamos al final del pelotón de cola en lo que respecta a las benditas ánimas del purgatorio y la suma total de años que expían : las recientes estadísticas suministradas por nuestros computers revelan una notable disminución del número de lecturas prohibidas, concurso a espectáculos malsanos, bailes ceñidos en salas promiscuas, toques-roces-caricias no autorizados : en lo que atañe a los manuscritos sometidos al dictamen de nuestro Departamento de Orientación y Consulta nos atenemos al siguiente criterio : autorizar la publicación de aquellas obras que la legítima Pareja Reproductora podría leer en voz alta sin ruborizarse mutuamente y, so-

183

bre todo, sin excitarse, y devolver con un No Procede
todas las demás : disposición tan justa como sensata,
cuya bondad se traduce no sólo, como a primera vista
pudiera creerse, en una mengua estimable de los adulte-
rios sino también de los goces carnales ajenos al acto
procreador : nuestros adolescentes no incurren hoy, como en otras naciones, en el feísimo vicio solitario y a
los culpables del pecado nefando resulta preciso bus-
carlos con lupa : su aborrecible casta merma de día en
día hasta el extremo de poner en peligro la continuidad
histórica de nuestra gloriosa fiesta nacional : las autoridades de algunas provincias han elevado últimamente
su voz de alarma y aconsejan una política de manga an-
cha capaz de asegurar en los próximos lustros la solemne celebración de los autos : numerosas delegaciones
oficiales y grupos turísticos experimentaron una cruelí-
sima decepción el pasado verano cuando los maestros de
ceremonias de varias ciudades anularon in extremis la
fiesta a la que habían sido invitados por comprensibles
razones de pundonor y prestigio : el número y pedigree de los reos no respondían a los standards mínimos
y los convictos fueron devueltos a sus mazmorras en
medio de la rechifla indignada del respetable : inquisidores y jueces de sólido y bien ganado renombre en el mundo profesional de la quema se han visto en la triste precisión de relajar extranjeros pillados en flagrante delito
o pagar a precio de oro culpados de otras provincias de
calidad visiblemente inferior : el desequilibrio entre oferta y demanda se acentúa de día en día y, convencidos
de la superioridad de una planificación racional, nuestros tecnócratas preconizan una política audaz de prio-
ridades y ahorro destinada a garantizar en adelante el

suministro normal de las zonas turísticas : el debate
se ha extendido desde los círculos dirigentes y grupos
de presión a la masa del público y nuestros periódicos
imprimen centenares de cartas de lectores en las que éstos denuncian la gravedad del mal y proponen toda suerte de arbitrios y soluciones con esa ingeniosidad proverbial, típicamente nuestra, que tanto nos envidian las
otras naciones : algunos apoyan, por ejemplo, la quema
escalonada del reo, esto es, la brusca extinción de las
llamas antes de que sus quemaduras sean mortales a fin
de permitirle una pronta recuperación en uno de nuestros cómodos y ultramodernos hospitales de modo que,
después de ser atendido con todos los cuidados y mimos
que exija su estado, pueda encarnar aún en otras plazas
el papel primordial de la fiesta : otros sugieren que se
compense el decrecimiento dramático del número de los
relajados con una adecuada prolongación de los castigos,
mediante el empleo de alguna substancia que frene la
acción de las llamas y alargue la vida del reo por espacio
de unos minutos : los más previsores postulan la creación de reservas ambientales del tipo de las establecidas
en los USA en favor de los indios, dentro de las cuales se permitiría a los futuros convictos pecado bestial
y cópula bárbara, manuscritos de herejes y libros prohibi-
dos : algunos, en fin, desesperando de la viabilidad
de los restantes remedios y persuadidos de que la activa profilaxis moral desterrará para siempre el pecado de nuestro sacratísimo suelo, favorecen la instauración
de un sistema de lotería que sortee las plazas de reo
vacantes entre los miembros de las clases sociales más
bajas y otorgue a las familias de los ajusticiados una
indemnización superior al salario del muerto así como

una serie de privilegios físicos y morales equivalentes a los de los soldados gloriosamente caídos en el campo de honor : ventajas de esta atrevida propuesta : galvanizar la emoción nacional, satisfacer los gustos ancestrales del pueblo, mantener el prestigio exterior del país, preservar la afluencia de turistas extranjeros : nuestras oficinas y agencias de viaje podrían responder sin problemas de la cumplida ejecución de la fiesta, como salen fiadoras del sol y cielo despejado, la hospitalidad tradicional de nuestras costumbres, el encanto sensual de las hembras, la increíble baratura de precios y ese vago, misterioso nosequé, cuya fascinación se siente más fácilmente que se explica, que instituye nuestra peculiar diferencia : desventajas? : una crueldad e injusticia aparentes y superficiales pero que presentan un flanco fácil a las plumas resentidas y acerbas de nuestros sempiternos enemigos, permitiéndoles calentarse la boca una vez más con nuestro presunto salvajismo mientras ocultan cuidadosamente a su público el reverso elocuente de la medalla : las consecuencias, mucho más crueles y trágicas, de su famosa política de tolerancia respecto a los habitantes del propio país : el número realmente aterrador de las ánimas condenadas por su imprevisión a las penas irremisibles y eternas : pues si el tormento de la hoguera, ya dure diez, veinte o cuarenta minutos, provoca sus gimoteos compasivos, cómo deberían reaccionar ante un fuego que no dura un día, una semana o un año, sino toda, absolutamente toda la vida? : pues bien, el infierno es más atroz todavía y se prolonga toda una eternidad! : quiénes serán entonces los bárbaros? : nosotros o ellos? : quiénes habrán manifestado mayor conmiseración, misericordia y

ternura, los aficionados y asiduos a nuestra quema o
esa confusa asamblea de defensores de los derechos humanos en la que no hay pastor evangélico, ni beata an-
glicana ni lady sensiblera que no viertan copiosas lágrimas por el destino expiatorio y en el fondo benigno
de los relajados al castigo fugaz de la pira? : pero repi-
támoslo aún : un espíritu hipócritamente humanitario
no alcanzará a comprender jamás el sentimiento noble,
purificador y viril de la fiesta : si durante el decurso
del auto prefiere identificarse de modo masoquista con
el reo, allá él : nosotros, por nuestra parte, nos limi-
taremos a preguntarle en virtud de qué inteligible dis-
tingo encuentra compatible dicha actitud con su insen-
sibilidad mineral a los sufrimientos eternos : o acaso
los tormentos extraños a nuestro país no le conmueven
e inquietan? : medice, cura te ipsum! : conoce o no
conoce usted el refrán de la paja en el ojo ajeno y la
viga en el nuestro? : pues reflexione en él, señor crítico,
y déjese de una vez de monsergas!

MONSTRUM HORRENDUM, INFORME, INGENS

tierra fecunda de herejes, iluminados, apóstatas y extravagantes personajes de toda laya, a la vez que de santos y sabios varones ha sido siempre nuestra adusta y grave Península, escribe el ínclito Menéndez Pelayo, y hay, a no dudarlo, algo levantisco, turbio, enviciado en el genio de una enérgica raza que, si se honra con nombres ilustres de reyes, conquistadores, prelados, también oscurecen su historia, a manera de sombras o manchas, grupúsculos de individuos que, fuera de los caminos trazados, han intentado mantener desde tiempos remotos un culto clandestino a los reptiles y otros animales lascivos, renegando de Dios, de su ley y sus santos para tomar por dueño y señor al diablo, unas veces en forma de híspido simio, otras en figura de moro gallardo, celebrando con él infandos aquelarres en los que lo adoran con ósculos y genuflexiones, proemio de extraños e inauditos desenfados colectivos en los que realizan todo género de acoplamientos bestiales y actos inmundos en cuya relación no nos demoraremos siquiera por razones de estética y de buen gusto, crímenes minuciosamente descritos por los propios culpables y corroborados por numerosos testigos ante nuestros justos e infalibles tribunales, como el de ese pertinaz convicto, recientemente quemado, que, después de una insolente apología de su execrable devoción a la sierpe, confesaba que male ob strepitus audiebat nocturnos, prima nocte incubum sensisse, sed cum olivas nigras coena comedisset, naturale existimasse, proclamando aún, en su delirio insano, el advenimiento de un enorme y monstruoso gorila cuyo poder se extendería a todos los confines de la tierra, profecía aciaga, predicción sombría que, aunque articulada con voz monocorde, llenó de terror a los miembros de la docta y majestuosa asamblea, induciéndoles a trazar horóscopos y recurrir a los servicios de brujos y descomulgadores, los cuales, en una imponente, espectacular teoría que congregó al pueblo entero en torno a la imagen milagrosa de la Virgen, procedieron a la solemne excomunión de los ofidios, obligándoles con potentes conjuros y eficaces ensalmos a levantar precipitadamente el vuelo, ocultar el sol como una densa nube y alejarse en miríadas hacia las africanas orillas de donde enhoramala vinieron, en busca quizá de ese fantástico simio vengador de quien el ajusticiado, en los rigores y espasmos de la agonía, imploraba inútilmente el favor invocándole de modo blasfemo por el nombre absurdo, feroz de King-Kong

HOC VOLO, SIC JUBEO,
SIT PRO RATIONE VOLUNTAS

con el fin de que desaparezca de nuestro suelo hasta la
más remota idea de que la soberanía resida fuera de
mi real persona, para que mis pueblos conozcan que
jamás admitiré la menor alteración de las leyes funda-
mentales de la monarquía, y teniendo presentes las diversas costumbres autorizadas por su largo uso u or-
denanzas multiseculares, he dispuesto la creación de un
Consejo de sabios, autoridades, representantes del tercio
familiar y demás fuerzas vivas destinado a explicar a
mis súbditos bienamados los poderosísimos argumentos
y razones que abonan el carácter divino y providencial
de la potestad ejecutiva encarnada en mi augusta y señorial voluntad, instruyéndoles formalmente de hacer llegar hasta el pueblo un corto número de nociones pri-
mordiales y básicas, y por tanto plenamente asequibles
aun a los espíritus más botos y simples, que contrarres-
ten la difusión clandestina de doctrinas foráneas según
las cuales los ciudadanos serían responsables ante la ley
y deberían decidir sobre el futuro de la nación conforme a la siniestra aritmética de la mayoría, descartando
de momento la ingente masa de pruebas históricas acu-
muladas durante las centurias de gobierno de nuestra ve-
nerada dinastía para centrar directamente la atención
en el meollo filosófico del asunto : el fundamento científico de nuestra indiscutible aunque benévola superioridad : manifiesta no sólo en las peculiarísimas circunstan-

cias de una propagación eminentemente poética, gracias a
un sutil, alambicado proceso que, a mil leguas de la viví-
para y placentaria reproducción plebeya, abarca un estu-
pendo conjunto de operaciones de floración, polinización
y fecundación propio ora de las plantas sin cáliz ni co-
rola polinizadas por la acción leve y discreta del viento,
ora de las dotadas de flores vistosas con perfumes necta-
rios que atraen a ejemplares alados de variopintas especies insectiles, sino también, y sobre todo, en un quinta-
esenciado y primoroso sistema digestivo que excluye
ab initio cualquier emisión visceral hedionda o abyecta
evacuación de sentina : o acaso creen esos presumidillos
mendaces que temerariamente divulgan sus teorías pere-
grinas y abstrusas que mi real persona y la de los miembros de su reverenciada familia defecan en apestosas zanjas y limpian luego su horado con una lata de agua? : la
idea sería jocosa si no fuera igualmente sacrílega y los
que pretendieran dicha enormidad serían incapaces de
sostenerla pues la simple razón natural nos lo indica : las
emisiones viscerales, ya sólidas, ya líquidas, amén de
las restantes eliminaciones corpóreas como pelos, sudor,
uñas, saliva, mucosidades, deberían participar, en caso
de que hubieran existido, de la naturaleza soberana de
mi augusta persona y habrían sido amorosamente conservadas por mis servidores y súbditos más fieles y próximos en calidad de emblemas o signos de mi invicto poder : pero, como no hallamos mención de dichas prendas en los anales de la Historia, debemos concluir, consensu omnium, nemine discrepante, que nunca existieron y mi excelsa persona y la de los miembros de su familia no se hallan sometidos a las necesidades animales
que afligen al común de los hombres y les obligan a en-

cogerse de vergüenza en el acto de restituir a la tierra, de forma tan ruin e inmunda, lo que recibieron de ella en figura de manjares sabrosos y bebidas tónicas, refinadas, suaves : pues ahí es donde la hipótesis igualitaria descubre la hilaza y revela su maligna absurdidad : sabido es que en un punto animales y humanos son netamente inferiores a plantas y árboles : en que las superfluidades de éstos son deleitosas y amenas mientras que la de los bípedos y cuadrúpedos son nauseabundas y abominables : y si los primeros nos satisfacen y atraen con el aroma y sabor de sus frutos, a quién agradará, sino al diablo, el sórdido y horrible engendro de las entrañas animales y humanas? : éste es el quid del problema! : y quién osará sustentar que mi ilustre y esclarecida persona es cualitativamente inferior a las meras especies vegetales? : un niño de teta rechazaría indignado tal desatino! : claro está que algún presuntuoso demócrata, dándoselas de listo, se arriesgará a preguntar : Sus Majestades Graciosas, no comen? : periódicos, revistas y actualidades nos enseñan lo contrario : entonces, díganos : qué se hace de los manjares que su regia persona consume si no los evacúa? : ah, petimetres marisabidillos, ahí mismo os quería llevar! : pues si el metabolismo del reino vegetal es diverso del de los animales y humanos, qué tiene de sorprendente o extraño que el de vuestro justo y altísimo soberano sea también distinto? : mientras el ojo republicano y plebeyo secreta corrupción e impureza, el de vuestra veterana dinastía exhala armonía y fragancia : el Señor, en Su providencia infinita, ha dispuesto que las criaturas terrestres se alcen, en orden y proporción a sus méritos, de la vida animal y sus secreciones corruptas hasta alcanzar el ideal de los santos y bienaventurados del Paraíso, cuyos residuos, nos dice San Bernardo, se transforman en un líquido grato y suave, parecido al bálsamo de benjuí y la esencia de almizcle : Dios, por medio de su Divina Intercesora, eleva paso a paso a sus criaturas al estadio superior y odorífero, y, en recompensa a los servicios prestados por nuestra santa y devota familia, le ha permitido subir un peldaño más de la empinada escalera que conduce del hedor al perfume, del cuadrúpedo al ángel y lo ha probado ante el mundo con un sencillo y edificante milagro : el acto de despedir sin zumbido ni furia, de un modo noble y selecto, una variadísima gama de aromas, esencias y bálsamos que, artísticamente presentados en frascos y botellines diseñados por nuestros mejores artistas, pueden ser adquiridos a un precio que desafía toda competencia, en las principales farmacias y droguerías del país : su inimitable y ejemplar calidad les ha granjeado de inmediato el favor del público y ha puesto fin al tradicional predominio de unos productos franceses tan artificiosos como abusivos, substituyéndolos en nuestro floreciente mercado con media docena de marcas de firme y merecido prestigio, "Aliento real", "Embrujo dinástico", "Sonrisa de príncipe", "Nuits dans les jardins du palais", "Baiser suzerain", "Fleur monarchique", que no hay dama encopetada ni caballero à la page que no los adquieran y usen, orgullosos de emanar ante los demás un aura fragante que es a la vez sello de distinción personal y síntesis magistral del fausto y grandeza de nuestra monarquía

NATURA NON FACIT SALTUS

tan alto y señaladísimo ejemplo ha cundido poco a poco
entre las clases pudientes, suscitando una noble emula-
ción entre sus miembros respecto al puesto que ocupan
en la escala odorífera : dicha clasificación en peldaños
o capas presenta las características de una singular teo-
gonía cuya base fuera la plebe soez y vergonzosamente
acuclillada y el vértice la alada y sublime majestad real :
entre uno y otro extremo, un rigurosísimo escalafón
de dignidad suple entre nosotros, con ventaja, la estra-
tificación social, de origen económico y, por tanto, desgraciadamente precaria, que prevalece en los demás países : en lugar del tanto tienes tanto vales de las naciones
bajamente materialistas hemos establecido un dime cómo
hueles y te diré quién eres que es la norma oficial de
nuestro inamovible sistema de castas : cada cual en
su sitio, conforme al aroma o hedor que despide, obedeciendo a las sabias y providentes disposiciones de Aquel
que, entre bastidores, dirige la escenografía de ese solemne auto sacramental en que culmina el Gran Teatro del
Mundo : evitándonos de este modo el bullicio, agitación y pasiones del proceloso mar de la historia, con
su secuela de alzamientos y luchas, tumultos y revoluciones, conscientes de que la vida es sueño y todo es
inseguro, mudable y efímero frente a la escueta realidad
de la muerte : acomodados unos en la taza de un pulcro
y recoleto excusado, encogidos otros en un humilde ca-
binet à la turque, asiduos, en fin, los más cuitados a

esa zanja maloliente y corrupta en la que vierten su estiércol, porquería y cochambre, deleitándose en la inmundicia de la defecación y entregándose incluso sin empacho o rubor al vicio execrable de la sodomía : acto criminal y bárbaro que, aunque propio de razas infames, abatidas u oscuras, ha extendido siempre su proselitismo entre nosotros, posiblemente en conformidad a un plan celeste ideado para asegurar la continuidad de los autos, con lo que su utilidad, a primera vista insondable, se justifica : en la actualidad, los individuos que ocupan los peldaños superiores del escalafón han logrado reducir mediante un arduo y severo proceso de purga el volumen y forma de sus partes traseras, convirtiéndolas en un órgano meramente ornamental y superfluo que los distingue de aquellos cuya curva descarada, afrentosa pregona su vil parentesco con la abyecta materia : investidos de su nueva y flamante dignidad, pueden consagrarse tranquilamente a una fructífera labor de estudio y meditación que todos los universitarios y hombres de ciencia extranjeros nos admiran y envidian : así, en lugar de las consabidas matemáticas, física, anatomía, historia natural, etcétera, cuya eterna repetición resulta monótona aun a las mentes más rutinarias y costumbristas, nuestros cerebros prefieren absorberse en los pozos sin fondo de la casuística o el mundo fascinador de los silogismos etéreos : se discute por ejemplo en las aulas de la constitución de los cielos : están hechos del metal de las campanas o son líquidos como el vino más ligero? : dos eminentes teólogos polemizan en nuestros diarios sobre si los ángeles pueden o no pueden transportar seres humanos por los aires desde Lisboa a Madrid : y, recientemente, un pionero de la futura aviación supraespacial, tras haberse sometido a una dieta avícola estricta y haber sacado el cómputo fijo de que para aguantar dos libras de carne son necesarias cuatro onzas de pluma, se pegó con engrudo a las diferentes partes del cuerpo la cantidad de aquéllas correspondiente a su peso, fabricó dos alas para ligarlas a sus brazos y remar con ellas y, así emplumado, se arrojó al viento desde la torre de la catedral de Plasencia, volando derecho a las nubes según sus discípulos o escoñándose ipso facto según sus rivales, pero abriendo el camino en cualquier caso a los progresos de la moderna angeología estructural y generativa, rama en la que, como en el estudio del Paracleto y sus facultades, hemos tomado una delantera que estimamos definitiva a los doctos y entendidos de otras naciones, consolidando así para nuestro país la plaza única que hoy ocupa en la historia universal de la ciencia

VIDEO MELIORA PROBOQUE,
DETERIORA SEQUOR

y así el Creador, situando al hombre, que es hechura
suya, en medio del mundo, esto es, entre cielo e infierno
en cuanto a residencia, entre eternidad y tiempo en
cuanto a duración, entre Él y el diablo en cuanto a libertad y entre los ángeles y animales en cuanto a natura, ha
hecho de él, por así decirlo, el núcleo central de la Creación, punto de convergencia obligado de un densísimo
haz de relaciones internas por las que se une a todas las
cosas y todas las cosas enlazan con él en una compleja
y sutil arquitectura en la que cada piedra, ladrillo o elemento en apariencia insignificante o mínimo desempeña
no obstante un papel capital, tanto cuanto su desapari-
ción significaría el derrumbe completo del grandioso edificio, producto perfecto, como decimos, de la incognos-
cible voluntad del Señor : y uno de los factores, a primera vista desdeñable y mezquino, lo constituye sin duda
la poderosa inclinación a devolver a la tierra, en triste
y acongojada postura, los alimentos y frutos que hemos
recibido de ella en forma de gratos y deliciosos manjares,
obedeciendo a un cuidadoso plan divino destinado a sub-
rayar nuestra condición dual o intermedia, a mitad de
camino de las sublimes criaturas celestes y de los brutos
y viciosos animales, inclinación fuertísima y superficial-
mente irresistible, pero que podemos dominar y vencer
si, inspirándonos en el ejemplo de numerosos nobles y
sabios, monarcas excelsos y señores caudillos, gentes a

quienes el Misericordioso ha rodeado de grandes prerrogativas, estipulando que se les honre con veneración y haciendo de ellos la harina de flor entre las gentes mientras los demás no son sino lo que queda en los cedazos, nos esforzamos en luchar con inconmovible y heroica porfía, sin ceder al mortal desaliento que con frecuencia subsigue a la caída, levantándonos de nuevo con ánimo recio y una inalterable confianza en Dios : padre Vosk, dirán algunos de ustedes : la resistencia que usted propugna es imposible de toda imposibilidad : hemos probado no una, sino centenares, miles de veces, y hemos reincidido siempre en el mal : en vano hemos llevado una vida sana y morigerada, a cubierto de las ocasiones nefastas y de cuantos caminos conducen a la letrina : inútilmente hemos expulsado los pensamientos escatológicos de nuestra mente y cerrado nuestros ojos y oídos al regodeo de quienes se complacen en la zafia, grosera bestialidad : la tentación nos embiste día y noche, nuestras entrañas parecen dilatarse, los sentidos nos acometen con ahínco, nuestra inteligencia empieza a nublarse y una debilidad vergonzosa se adueña de nuestro cuerpo, desencadenando una serie de movimientos reflejos que nos impulsan casi a ciegas a la zanja pública, nos instigan a agacharnos como salvajes y a capitular al fin con un alivio y satisfacción que nos derrite y anega, enteramente privados de juicio y razón por espacio de unos minutos, al cabo de los cuales despertamos tristes y desolados, con el alma contrita y el corazón en ruina, dándonos golpes de pecho e implorando perdón : ésta es la triste realidad, padre Vosk : queremos volar, libres como ángeles, y nos hacemos añicos : el diablo nos tira por el ojo nefando, nos obliga a poner en cuclillas y,

tras ensanchar con sus artes perversas la negra alcantarilla que infame, ignominiosamente le ofrendamos, asiste triunfal a nuestro mísero espasmo, gozoso de ese des-
fallecimiento y flaqueza de nuestra frágil voluntad humana que nos somete a su tiranía fatídica y nos aleja
del amor de Dios : todo esto lo sé, y a quien acudiere
a mí para llorar después de una última y brutal recaída
sencillamente le diré : hijito mío, no pierdas la esperanza
jamás : quantumvis multa atque enormia fuerint peccata
tua, nunquam de venia desperabis : corruisti? : surge,
converte te ad Medicum animae tuae : et viscera pietatis
ejus tibi patebunt : iterum corruisti? : iterum surge,
geme, clama, et miseratio Redemptoris tui te suscipiet :
corruisti tertio, et quarto, et saepius? : surge rursum,
plange, suspira, humiliate : Deus tuus non te deseret :
y un día cualquiera, inopinadamente, acaecerá el milagro : dejarás de cagar! : de golpe desaparecerán tus
ansias, apreturas, retortijones, angustias : una quietud
fisiológica y síquica, una serenidad corpórea y espiritual
embeberán lentamente tu ánimo, elevándote desde la
masa triste y cuitada hacia aquella deliciosa morada
donde sólo habitan los escogidos : tus residuos se eli-
minarán entonces por vía cutánea y serán odoríferos
y exquisitos : y rodeado de monarcas, guerreros y santos
vivirás eternamente en un ámbito de fragancia, de armonía y de paz

ETIAMSI OMNES, EGO NON

un ejemplo realmente conmovedor de heroica perseverancia en el bien, tanto por las peculiares circunstancias del caso como por la tiernísima edad del eximio protagonista, lo constituye sin duda el del bienaventurado niño Alvarito, cuyo proceso de beatificación en la Curia romana cuenta hoy ya con el patrocinio de eminentes teólogos y el activo sostén de miles y miles de almas devotas, religiosas y pías : nacido en el seno de una ilustre familia patricia, honestamente enriquecida en la Perla Antillana y célebre allá por su celo apostólico y espíritu de filantropía, el futuro santo recibió la esmerada educación cristiana propia de los infantes de su estirpe, manifestando desde su edad más temprana una profunda y encantadora devoción a los Misterios de nuestra religión revelada y en especial al de la Inmaculada Concepción de la Virgen : en vez de entregarse a los juegos inocentes y alegres de la niñez como sus restantes compañeros de colegio, prefería refugiarse en el oratorio privado de la familia y, al pie del altar, lejos del tráfago ciudadano y el mundanal ruïdo, permanecía horas enteras de hinojos, absorto en meditaciones graves y abstrusas : su aguda conciencia de la naturaleza corrupta del cuerpo humano, con su fuerte inclinación al desahogo animal y sus secreciones impuras, le privaba del sueño : mentalmente, contraponía la melancólica realidad de la expulsión visceral con el bello ideal de esos santos y bienaventurados del Paraíso, cuyos residuos, nos dice San Bernardo, se transforman en un líquido refinado y suave, parecido al bálsamo de benjuí y la esencia de almizcle : el acto cotidiano de defecar en su primoroso orinal de porcelana esmaltada, obra de un artífice de nombradía, lo llenaba de angustia y de desconsuelo : el ojo risueño pintado en el fondo, con la leyenda TE VEO, le hacía sentir como una irremediable desdicha la paulatina dilación de sus vísceras hacia esa odiosa y negra alcantarilla que codicia el diablo : irresistiblemente, evocaba en su fuero interior aquel otro Ojo que en los libros de piedad de la señorita de compañía simbolizaba la omnipresencia de Dios, y la idea de la profanación sacrílega le abrumaba de tal modo que instintivamente su abdomen se contraía y la materia fecal no alcanzaba a abrirse paso : dicho proceso se acentúa de día en día hasta el extremo que sus padres, temiendo por su salud, intentan por todos los medios ponerle remedio : llamados a consulta, los médicos más famosos prescriben purgantes enérgicos : el número y violencia de sus tentaciones acrece, pero nuestro futuro santo acepta con alegría las pruebas y obstáculos que dificultan su empresa y forjan el temple de su voluntad : acomodado en el dompedro, con la camiseta de lino ligeramente alzada y el pantalón de terciopelo doblado hasta las rodillas, resiste inmóvil por espacio de horas los movimientos bajos y derrotistas del cuerpo, implorando en silencio la ayuda de Dios y de su Madre Celestial : nodrizas y domésticas se turnan a su vera con lavativas y tópicos, tratando de descifrar en aquel rostro angelical e impasible los cacareados efectos del proverbial supositorio de glicerina : inútilmente le obligarán a incorporarse para escrutar con ilusión el resultado : una y otra vez descubrirán tan sólo en el fondo el ojo avizor impoluto : nada, nada aún! : Alvarito se sienta de nuevo, decoroso y digno, con esa sobria expresión de madurez que incluso sorprende a quienes le conocen simplemente de vista, sin dejar traslucir un segundo sus cuitas internas y la batalla feroz de sus contradictorios impulsos : con impavidez, desdeñará los consejos de la sierpe taimada en un cuadro grandioso que sus biógrafos pintan con profusión de detalles, y que por su intenso dramatismo y carácter paradigmático nos permitiremos reproducir in extenso : a la derecha, Dios, la Virgen Santísima y su séquito de servidores y arcángeles : a la izquierda, una cáfila de sierpes malignas agrupadas en torno al hórrido, monstruoso gorila venido de África : en medio, acomodado en su dompedro de porcelana esmaltada, un niño de faz exquisita y blondos cabellos asiste a la justa verbal de los inconciliables antagonistas bajo la ingrávida, sutil protección de un esplendente nimbo, ancho como el anillo de Saturno, prodigiosamente suspendido sobre su testa agraciada

SERPIENTE : por qué te obstinas en resistir a tus instintos? : no ves que te torturas en vano? : si me haces caso, experimentarás un alivio inmediato y serás inmensamente feliz

ÁNGEL DE LA GUARDA : el placer que te promete dura solamente unos segundos! : piensa en tu alma! : en el dolor que causarás a la Virgen!

SERPIENTE : relaja los músculos! : afloja el intestino! : abandónate! : verás qué fácil es!

ÁNGEL DE LA GUARDA : no, no, Alvarito, no le escuches!

SERPIENTE : no sufras más! : deja de contraer el canal!

ÁNGEL DE LA GUARDA : no, no, que te engaña!

SERPIENTE : haz lo que te digo! : cede a tus impulsos! : da satisfacción a tu cuerpo! : verás cómo te mueres de gusto!

CORO DE ÁNGELES : no, Alvarito, no!

y nuestro futuro santo, con ese poderoso autodominio que le procura su fe serena y sin nubes, aprieta firmemente el conducto y obstruye por completo el horado, invocando fervorosamente el auxilio que le promete el Señor : el Amo de Arriba se columpia entre tanto en la hamaca, con traje y panamá idénticos a los del bisabuelo, y la Virgen, nerviosa, muerta de miedo, acecha febrilmente el resultado a través de sus gemelos de teatro

Marita, hija, me oyes?

sí, Papá

qué hace ahora ese chiquito precioso, ese retoño tan simpático de los amos del ingenio de Cruces?

sigue sentado en el dompedro

resiste?

antes prefiere morir que excretar!

muy bien! : ojalá persevere! : y los médicos?

le acaban de poner otro supositorio

pobrecillo! : crees que aguantará?

tiene una voluntad de hierro

la voluntad sola no basta : dile que Me rece!

ya reza

sabes si ha recitado las deprecaciones a la Santísima Trinidad?

sí, creo que sí

pues pídele que las repita otra vez : así lo aconsejan mis mejores teólogos

está bien, Papá

el trisagio le ayudará a contenerse : ah, y si la tentación

es muy fuerte, ponle en el cuello algún escapulario!
aquí tengo uno muy bueno
anda, ve a verle y dile que pienso mucho en él y que le bendigo
la Niña se dispone a bajar con dos pedacitos finos de paño reunidos con cintas cuando un sencillo, enternecedor milagro corona los esfuerzos sobrehumanos de Alvarito : el acto de eliminar sin zumbido ni furia, de modo odorífero y noble! : la emoción es intensa y lágrimas de dicha humedecen los ojos de numerosos espectadores : al punto, King-Kong y las sierpes retroceden y huyen y los coros y jerarquías celestes elevan sus preces y antífonas entre dulces arpegios y rumores de alas
qué pasa?, dice el Bisabuelo : por qué se agitan mis ángeles?
están cantando victoria!
qué victoria?
ha ganado, Papá, ha ganado!
quién? : el niño?
sí, Papá, te lo juro!
hija, que alegrón me das!
acaba de exhalar por vía cutánea una substancia aromática!
huele bien?
mejor que un perfume francés!
recógela en un pomo : será una verdadera reliquia!
voy a ponerla en mi propio vaporizador
tanto te gusta?
despide una fragancia que me chifla!
me acercas un poco el dompedro?
sí, pruébalo
en efecto, tienes razón

ah, quelle volupté divine!
qué dices, hija?
que es sublime, Papá : igual igualito que un poema de
Lamartine : le haría a una creer en Dios!

AD AUGUSTA PER ANGUSTA

la vocecilla nasal te importuna y dejarás de transcribirla, con la decisión, no por meditada menos brusca, de quien, defendiéndose de una agresión radiofónica, acalla violentamente la onda y aprieta con furia el botón : volviendo de nuevo a la masa de testimonios que se hacina en tu biblioteca minúscula y los estantes del mueble clasificador : en la abuhardillada habitación en la que obstinadamente te entregas al experto onanismo de la escritura : el inveterado, improductivo acto de empuñar la pluma y escurrir su filiforme secreción genitiva según las pulsiones de tu voluntad : desde la obra maestra de aquel astuto chantre de Talavera que, sometido en apariencia a las servidumbres del discurso moral, supo descubrir de soslayo el genio latente de una lengua hoy por hoy en barbecho tras su ya centenario agotamiento en un siglo anormalmente feraz, pasando por los escritos de paquidermos prebostes e iconoclastas audaces, hasta la en rústica publicación habanera que radiografía y desvela la sacarócrata explotación familiar : deteniéndote en especial en aquellos autores cuya aguda conciencia de desdicha nacional les condujo a interrogarse tristemente sobre la decrepitud del país y sus posibles remedios : escrupulosa formulación de diagnósticos con las correspondientes medicinas, prescripciones, recetas : interiorización o apertura, modernismo o ensimismamiento : panaceas sugeridas no una sino docenas de veces, con notas y registros diferentes, sin caer en la cuenta (como tú ahora) que ni el ilustrado benedictino prolífico ni el digno prisionero de Bellver, ni el melancólico self-banished Spaniard ni el lúcido visionario suicida, ni la tan celebrada generación del búho salmantino ni las que después siguieron (y aún siguen) sus huellas acertaron a descubrir la verdadera raíz de los males : la imagen del blondo, angelical infante majestuosamente posado en su dompedro te orienta quizá por la buena vía y te inspira de paso la solución : la de un país (el suyo) secularmente estreñido, acomodado también en un trono de autosuficiencia cuya almohadilla de raso encubre a los ojos del público el secreto de una oquedad circular bajo la cual, al abrigo de los costados del solio, acecha en respetuosa aunque impaciente espera el sublime y sublimador adminículo, el hoy día relegado orinal que históricamente precede en antigüedad al hijo querido de la puritana ocultación, dernier cri de la antaño pujante revolución industrial inglesa : mientras una nube de curanderos presuntos y oficiosos galenos asedian en vano al paciente con supositorios, lavativas, purgantes : realidad nacional que cabría representar, no, como suele hacerse, con la hiératica figura del solemne vencedor de "Las lanzas" o el muy tieso "Caballero de la mano en el pecho", sino en forma de un enjuto, grave y silencioso hidalgo, surgido también de algún lienzo de Velázquez o el Greco, pero en posición encogida y levemente inclinada adelante, de modo que sus doblados calzones de rico paño escondan el borde rotundo del receptáculo teóricamente destinado a recibir la donación del óbolo, indiferente a solicitudes y ruegos, cantos de sirena y apremios mundanos, encomiado por sus panegiristas en razón de su paciencia ejemplar y cristiana porfía y, en

resumidas cuentas, apretado, avaro, tacaño, sordo a los
conjuros de los médicos que con solutivos, ayudas, la-
xantes tratan sin éxito de aflojar el canal y facilitar el
demorado desempeño en tanto que, augusto e imperté-
rrito como el segundo filipo, responde a su febril actividad e inquietud acongojada con un escueto y cavernoso "sosegaos" : su centenaria contracción rectal, sus
ofrendas duras, trabajosas, mezquinas no serían pues
resultado de una innata predisposición metafísica (como
creyera el ornitorrinco ortodoxo) ni una dieta represiva
eficaz (como sostienen sus víctimas), antes bien (tal con-
cluyes ahora) de una pertinaz anomalía digestiva, conver-
tida, por error de diagnóstico y falta de tratamiento
adecuado, en incurable enfermedad crónica : ello acla-
raría por fin la indigencia y parvedad de sus frutos (en
particular, si los comparamos con los de sus antiguos
rivales) : esas obras indigestas, compactas, recias, ama-
zacotadas que caracterizan desde siempre su producción
literario-científica y (por qué no?) la milagrosa secreción de sus densas, odoríferas perlas que ninguna nariz
(divina o humana) podría aspirar sin una impresión de
intensa delicia, de genuina y rendida admiración : país
(el suyo) en que los malestares, dolencias, desórdenes,
paulatinamente endémicos, solapadamente morbosos, han
entrado en una fase contagiosa y viva, cuyo paroxismo,
acuidad, virulencia se manifiestan en copia de síntomas
a su vez precursores de nuevas complicaciones y agra-
vantes que excluyen toda esperanza de alivio o de le-
nitiva intervención en enfermerías, clínicas u hospitales :
proceso aparentemente fatal, sin cura ni terapéutica,
que induce a reputados facultativos a expresarse en
términos de desahucio, siendo así que la solución está

a mano (y sin necesidad de doctos estudios), en los manuales y enciclopedias populares de medicina : basta para ello consultar (como tú) el capítulo consagrado a la rareza o cortedad de las evacuaciones y las causas (internas o externas) que la originan : alimentación irregular, bebida escasa, insuficiencia de musculatura intestinal, carencia de reflejos peristálticos : y proceder a continuación a la práctica de las diversas providencias que se imponen : movimientos gimnásticos, masaje abdominal, ejercicios al aire libre antes y después de las comidas, duchas escocesas o frías en la región lumbar : sin descuidar la consabida dieta de legumbres (crudas o cocidas), frutas (especialmente ciruelas y uvas), cientocincuenta gramos de miel, un vaso de agua o leche frías tomado en ayunas : ah, y sobre todo, abandonar inmediatamente el uso del dompedro o WC automático en favor de la desdeñada evacuación ancestral! : una posición defectuosa durante el proceso constituye un obstáculo grave a la oportuna liberación del intestino : en lugar de acomodarse en un asiento horizontal a cuarenta centímetros del suelo (o algo menos de la mitad en el caso del dompedro) el sujeto (o país) extreñido debe ponerse en cuclillas, apoyando de preferencia los pies en un escalón elevado, de una altura de veinticinco centímetros : dicha postura (se lo garantizamos!) coadyuva al funcionamiento de los músculos abdominales que impulsan la circulación serpentina y constituye un argumento de peso en boca de quienes preconizan la óptima relajación del canal y el retorno a los viejos, entrañables placeres de la emisión de la zanja pública

V

I

saltarás al futuro verbal : prescripción, obligación, certidumbre? : modalidad subjetiva en cualquier caso : sin el aval de la tercera persona del aoristo propia de la enunciación histórica y su lustroso barniz de verdad : agregándote de un mero trazo de pluma a esa aunque parva risueña pléyade de soñadores utopistas y aéreos que desde el denigrado Siglo de las Luces intentaron rescatar el país torvo de tus ancestros de su orgullosa sinrazón natural? : a los egregios enciclopedistas, socios de corporaciones ilustradas, promotores del fomento agrícola y fabril, virtuosos ciudadanos útiles a la patria que, según el mastodonte titular de vuestra ortodoxia, creían cándidamente, y con simplicidad columbina, que con sólo repartir cartillas agrarias y fundar sociedades económicas iban a brotar, como por encanto, prados artificiales, manufacturas de algodón y compañías de comercio, trocándose en edenes los desiertos y eriales y reinando por doquiera la abundancia y prosperidad? : ensueños idílicos, ilusiones bucólicas que, extendidas a todos los ramos de la vida social, permitían fantasear exquisitos planes de educación y vida común conforme a modelos de la antigüedad grecorromana, ajenos del todo a la masa ingente y hostil de una nación no sólo ignorante y bruta como pocas sino adiestrada además a chotearse de las primicias de su humanidad filantrópica : aristócratas rústicos, monarcas pastores, sabios experimentadores de abstrusa maquinaria neumática inmortalizados en aguafuertes y lienzos sobre el fondo dichoso y honrado de un ameno paisaje suizo! : utopía tan pronto rota como reconstruida a lo largo de la revolución industrial burguesa mientras en el pétreo y hosco solar se sucedían los cuadros de violencia captados o delirados por el gran sordo en medio de un siniestro esplendor de pólvora y humo, preludio de nuevos y ya inextinguibles incendios : serie tenebrosa de acontecimientos que, desmintiendo toda previsible esperanza, ocasionaron quizás alguna de las crisis de forúnculos que tenazmente aquejaran al espíritu más lúcido de la época : autor, como es sabido, de análisis rigurosamente científicos que, aunque extraños a cualquier veleidad ensoñadora, iban a engendrar no obstante, por pura paradoja, esos grandiosos edificios sociales que la historia nos ofrece de modelo en donde capitanes de opuestos bagajes enarbolan las invenciones de Moro con juvenil, impenitente ardor : humani nihil a me alienum puto : criatura racional, ser perfectible, carísimo hombre nuevo, cerebro privado de bajas necesidades e instintos, sencillo, sociable, bueno, que avanza y avanza por los rectilíneos senderos del orden, el progreso, la felicidad! : cuando sociedad e individuo dejan de ser términos antagónicos y el dañino individualismo se funde en un arpegio social unánime, majestuoso : castas, saludables walkyrias afanándose junto a los tractores : espiga que se transforma en canto, canto que deviene espiga : densa marejada de rubio trigo descrinado por viento, como ondeando a los sones de jubilosa marcha militar! : parejas felices de brillantes ingenieros hidroeléctricos o esposa responsable de modernísimo complejo petroquímico y marido que surca los vastos espacios siderales, retratados en compañía de una prole escalonada y numerosa, siempre sonriente : niños y más niños de ojos grandes y como deslumbrados por un futuro esplendente, par l'avenir lumineux de un proyecto vital sans bavures, garante a su vez de una existencia desembarazada de ansiedades y angustias, donde los vicios y lacras de la anterior sociedad decadente no harán presa jamás : nadie explotará a nadie : amor equivaldrá a contrato libremente asumido : el hombre será un ser pacífico, armonioso, honesto : suprimida la anterior división entre la cara y el culo, proceso sublimatorio completo! : individuos sin pulsiones de destrucción, sin leyes de sumisión fisiológica, sin espasmos de erección violenta! : paraíso que veda la dualidad y rechaza la dicotomía, arrebata al esclavo bestial de la zanja de su actividad acuclillada y lo proyecta a sublimes alturas de blancura sacarina, perfecta : cuerpos ni gozadores ni gozados, privados del negrísimo horado y de su infame uso : en la meliflua postal en color de las presentes utopías sin culo : marea infinita de rostros que ríen, cantan, escuchan, recitan las obras del jefe, pero no joden ni cagan, no empalman, no expelen : ciegos del ojo inferior y más útil : despojados del denominador común, radicalmente genérico, que iguala a los hombres y niega su jerarquía mendaz : edén engañoso, embustero, cuya marcha obligatoriamente supone aquellos ocultos y vergonzosos ojos de queso en que, como en las cocinas y sótanos de la burguesía, lo reprimido estalla y el culo expulsado se venga : asilos, celdas, torturas, vehículo de esas pulsiones groseras que abierta, generosamente se explayan en la mefítica expansión de la zanja y su febril y cuitado jadeo : defecación, sodomía, inmundicia, atributos de la tortuosa alcantarilla que permite y auspicia la sabia reconciliación! : no escindido homo sapiens con su estiércol, porquería y cochambre : cara y culo parejos, libres y descubiertos, utopía de un mundo complejo, sin asepsia ni ocultación : mundo en que la curva descarada, afrentosa, que pregona su vil parentesco con la inmunda materia, brinque de la antigua dotación del ingenio a la suprema dirección del batey : paraíso, el tuyo, con culo y con falo, donde un lenguaje-metáfora subyugue el objeto al verbo y, liberadas de sus mazmorras y grillos, las palabras al fin, las traidoras, esquivas palabras, vibren, dancen, copulen, se encueren y cobren cuerpo

II

sin guía ni pirivocho alguno te internarás en la plaza de la Revolución (la física, fisiológica, anatómica, funcional, circulatoria, respiratoria, etcétera, según la concibiera el visionario genial de Rodez) y a través del denso, abigarrado tapiz humano que cubre la extensión del batey (imagen reproducida docenas de veces por la cámara inocua del paparazzo) te aproximarás (como si fueras su doble) al estrado que cifra la suerte de los libertos dichosos de hoy
míralos bien : sus rostros te resultarán conocidos : llamamientos radiales, impresos, televisados los han congregado frente a la improvisada tribuna y el eco apremiante de los altavoces convoca a los rezagados venidos de los centros de recreo y copulación de la periferia a una visión privilegiada, directa del portentoso acon-

tecimiento : el sol del trópico cae a plomo sobre sus
cabezas y se defienden de él como pueden, con pañuelos de colores y rústicos sombreros de palma : mezcla-
das con ellos, las hembras se abanican con femíneos gestos, coquetas siempre a pesar del polvo, la suciedad y
las ya raídas prendas de descanso : compañeros responsables encauzan la circulación del gentío hacia los últimos
espacios huecos y camaradas voluntarios de ambos sexos
revisan cuidadosamente el podio de la plataforma re-
vestida de colgaduras y alfombras en donde, según toda
probabilidad, llegada la hora, surgirá la dirección colectiva
te interrumpirás unos segundos a fin de completar el decorado : sofás, mecedoras, hamacas, un piano de cola
para la niña música, tiestos con helechos, canastas de
fruta, ramilletes de flores? : el rostro ovalado de alguna bisabuela imperativa, un criollito que ahuyenta las
moscas con una obsequiosa penca de yarey? : descripciones costumbristas de la época de Cecilia Valdés de las
que oportunamente te dispensan los acordes risueños,
zumbones de una burlesca, pegadiza marcha : mientras
la próvida disposición del director de escena centrará la atención del dignificado respetable en la hilera de
tronos vacíos que, erguidos sobre el adamascado pedestal y protegidos del sol por un airoso palio, aguardan
también a las claras la presencia soberana que, como el
viril en medio de los oros de la custodia, les conferirá de
golpe su razón de ser y les colmará del augusto poder
de su mágico esplendor radiante : litúrgico símbolo cuya
existencia descabalga y fulmina, avasalla e impone : dotado quizá de almohadillas de raso cuyos bordados primores encubren a la doliente masa el secreto de una

múltiple oquedad circular bajo la cual, al abrigo de los
costados del solio, acechan en respetuosa aunque impaciente espera los sublimadores adminículos, hijos que-
ridos de la puritana ocultación, dernier cri de la cisne-
moribunda revolución industrial inglesa? : ni hablar! :
colocado ahora aposta de modo que sus ocupantes vir--
tuales puedan abarcar por medio de las ventanillas re-
dondas abiertas en los respaldos, simétricas como en los
camarotes de un trasatlántico, la exultante masa de ciudadanos en el apogeo y la gloria de su inalienable, triunfal libertad : sociedad fraternal sin grados ni jerarquías,
unificada para siempre gracias a la consciente posesión
por sus miembros de ese rostro inferior y común, cuyo
único, avizorante ojo desdeñosamente contempla los risibles, grotescos esfuerzos de quien neciamente se ob-
tina en distinguirse, encumbrarse, mandar : himnos, ba-
ladas, canciones se suceden con brío en los altavoces
para calmar la impaciencia del gentío o disponer quizás
el camino a la enjundiosa, biconvexa aparición : la irrupción simultánea de docena y pico de rostros del modesto
comité directivo amparados en el anonimato de su perfecta y ejemplar igualdad : ni pilotos, capitanes ni guías :
a un metro de distancia uno de otro conforme a las
normas de una sabia disciplina escénica, ofrendando verosímilmente en cuclillas a la alegre asamblea, por la
holgada portilla de los espaldares, aquellas partes carirredondas, joviales, que algunos fotógrafos naturalistas
de comienzos de siglo solían captar, para goce y regalo
de entendidos, en el acto de emular en grupo festivo
con los mofletes rubicundos de Eolo : tañendo con arte
su variada panoplia de instrumentos de viento : flautas
y pífanos, caramillos, oboes, clarinetes, saxófonos : dó-

ciles a la batuta del invisible autor de la instantánea que, como tú, observa arrobado rabel, tafanario, posas, asentaderas prodigiosamente investidos de suprema, ejecutiva potestad : tratando en vano de asociar también grupas y posaderas con las letras del alfabeto latino que sibilinamente identifican a los miembros innominados de la dirección : secretariogeneralísima faz de A en el clímax del poético esfuerzo, semblante alborozado de B que silba una tonada en sordina, palmito orondo de C contraído en gracioso mohín : rostros absolutamente intercambiables que, como en esos decorados de feria en los que el autor deja un espacio hueco en el lugar correspondiente a la cabeza de las figuras representadas en el telón a fin de que los eventuales clientes puedan fotografiarse con hábitos de payaso, marino o boxeador, parecen proclamar la irrebatible verdad de una función meramente temporal, por esencia precaria y sustituible, abierta sin cortapisa alguna a todos los individuos de la sociedad : cargo no titular ni inamovible, no represivo, no perpetuo, sino efímero y sujeto a caducidad en razón misma de la igualdad de su ojo común y más simple : imagen de tarjeta postal que, con toda su efusión lírica, refleja tan sólo a medias el alcance político de la escena que meticulosamente pretendes pintar : la regocijada, deleitable sucesión de rotundas, carrilludas caras que os contemplan, a ti y a la exaltada masa, como si quisieran retrataros y se rieran a su vez de vosotros del mismo modo que os reís de ellas, con la crispación brusca de quien prorrumpe en carcajadas y descarga su prolongada tensión en una breve emisión violenta : la amistosa burla es recíproca y, concluida la pedagógica ilustración, depositado el óbolo, los jocosos do-

nantes procederán a borrar por los laterales las huellas
de su impulsiva euforia con el escueto ademán de quien
desliza la mano por la faz para borrar las huellas de una
sonrisa : sumergiéndola luego en la correspondiente jofaina bajo la mirada aprobadora del público que durante
la obligada pausa del maniluvio habrá tomado posesión
del estrado con sencilla espontaneidad : el bisabuelo
Agustín y su esposa, el señorito, las niñas, un grupo de
parientes dignos y pobres, los esclavos domésticos, una
agitada nube de nodrizas? : el pueblo soberano ahora,
dueño y artífice de su propio destino, cuyo lúdico, africano instinto contrapone los encantos del ocio a los
grillos de la esclavitud secular : rostros y rostros unifor-
mes, idénticos, análogos a los que al término de la confrontación se eclipsan disciplinadamente por la abertura
circular del trono y asumen otra vez sin bombo y platillo
los deberes y cargas de su función : oscuros, ignorados,
anónimos : voluntariamente sometidos a la humilde prestación en cuclillas, al campechano bain de foule que los
une a la llana corriente de la multitud : negrada feliz
que abandona la vasta extensión del batey camino de
los centros de relajo mientras el orate racional prisionero postula a tu oído el programa de la auténtica, subver-
siva Revolución

III

una de las particularidades más notables de nuestro sistema (si puede calificarse de tal el conjunto de excepcio-
nes abiertas que alerta, conscientemente eluden todo

principio o norma) es nuestro modo peculiar de combatir el caudillismo y las sórdidas, procaces secuelas del estólido culto de la personalidad : en vez de rehuir el problema, condenando por ejemplo los posters, estatuas, fotografías que habitualmente reproducen en otros países la inspiradorresuelta, rodinescopensativa figura del jefe y su equipo de timoneles audaces, hemos preferido multiplicar los signos activos de su presencia pero limitándolos a esas partes recoletas del cuerpo que, a pesar de su noble función fisiológica, un arraigado, ancestral prejuicio nos había enseñado a desdeñar : al elitismo, autoridad, jerarquía inherentes al rostro biocular elevado contraponemos el genio plebeyo, ordinario y llano de su simétrico pendant inferior : esa otra cara escindida, lunar, cuyo polifémico, penetrante ojo auspicia con sencillez mórbida los goces digestivo y reproductor, combinándolos a menudo en un acto de gratuito placer dispendioso : sin mezquinos criterios de costo, despilfarro o rentabilidad : entronizando voluntariamente su imagen en despachos oficiales y bares, dormitorios y centros de juego, monumentos públicos y avenidas : retratos gigantes, a todo color, destinados a evocar a los venturosos ciudadanos de hoy la índole popular, democrática de nuestra espontánea dirección colectiva : mínimo común múltiplo que anula la superior diferencia de rasgos y agrupa a la masa de los libertos en torno a su firme y unitario emblema : captado de preferencia en el instante grandioso de la oblación de su vernal primicia poética, con los carrillos tensos por el esfuerzo y una grave, preclara fisionomía de modesta y señorial dignidad : o silbando con hilaridad contagiosa la leve y aflautada melodía, prolepsis de la jocunda, irreprimible explosión : instantánea feliz divulgada igualmente en las emisiones de sellos de nuestra ociosa república y atesorada con mimo por los filatelistas amantes de la rareza y singularidad : por no mencionar ahora los cromos y naipes, medallas, billetes de banco, gadgets, cubiertas de disco : ubicua profusión de rostros anónimos, descarados, acéfalos, sobre cuya identificación azarosa se funda un original sistema de lotería y apuestas mediante el que nuestros indolentes ciudadanos se enriquecen y medran sin trabajar : con sólo establecer un nexo de unión entre la beatífica faz expuesta y la letra del alfabeto que abrevia el miembro selecto de la dirección : el vencedor recibe un montón de dinero y, si reúne las adecuadas aptitudes físicas, será promovido a su vez a la efímera dignidad de líder y a las grandezas y servidumbres de la pública prestación visceral

IV

otra particularidad : ni bandera ni himno nacional : oposición radical y tajante a todo lo que institucionalice, momifique, enmascare : actuar conforme a la idea que el hombre es un ser mudable, que no cabe en esquema formal alguno a menos que previamente extirpemos sus aptitudes de cambio y superación : en consecuencia, aconsejamos a nuestros diplomáticos y delegaciones invitadas a congresos internacionales o acontecimientos deportivos : rehúsen toda identificación engañosa con enseñas, pabellones y músicas : abandonen su irrisorio papel de portavoces : defínanse negativamente : mas, si el público de la asamblea o estadio porfía y reclama una insignia en el palo de la bandera correspondiente a nuestra innominada república, no vacilen : denle satisfacción : elijan un trapo cualquiera (unos calzoncillos manchados de palomino y semen, las braguitas de nailon de una muchacha impúber, el rollo veterano, aún bermejo, de unas escabrosas vendas higiénicas) e ícenlo solemnemente en el asta a los acordes estentóreos, alegres de una tonada bufa y mordaz : breve lista de sugerencias : la "Madelon", la marcha de "El puente sobre el río Kwai", el "Come together" de los Beatles, "Fever" en su huracanada versión por la Lupe : ah, se nos olvidaba! : "El congo" o "Mi coquito", de la sabrosona rumbera cuya boca pagana, voraz sonríe en la funda brillante del high fidelity, tampoco estaría mal

V

habitúese a la propia materia : supere su relación acomplejada e histérica con el doble facial inferior y su tierna, entrañable criatura : ponga fin al proceso ocultativo del mísero capital puritano y a sus absurdas, nefastas secuelas : retención, acumulación, estreñimiento y, simultáneamente, asepsia, abstracción, falta de contacto : inocua mediación del papel en la pulcra taza del excusado tras el remoto ideal de esos santos y bienaventurados cuyos residuos, decía San Bernardo, se transforman en un líquido refinado y suave, parecido al bálsamo de benjuí y la esencia de almizcle : en la abrupta escalera que conduce del hedor al per-

225

fume, del cuadrúpedo al ángel mediante el acto de expeler sin zumbido ni furia : sin suciedad, porquería, cochambre : esquizofrenia colectiva que alcanza en nuestros días su paroxismo con la orquestada promoción de detersivos, blanqueadores, desodorantes destinados a eliminar toda culpable huella de su más neta y substancial función : autonegación despiadada, implacable, cuya impronta morbosa revela el temple agresivo, compensatorio de las modernas sociedades omnívoras y su aparato de represión eficaz : coacciones, propulsas, censuras que atrofian el organismo humano y brutalmente lo escinden en dos : arriba : lo visible, racional, tolerado : abajo : lo infando, indecible, oculto : por lo cual, a fin de evitarse usted la misma suerte, proceda inmediatamente, con ánimo, a una saludable reconciliación con la cara escondida del cuerpo y su íntimo, personalísimo fruto : ponga fin de una vez a la enfermiza interposición del papel higiénico, restablezca el contacto manual : el uso ancestral de la lata de agua, el retorno a los humildes pero dignos placeres de la emisión en la zanja pública : la democratización que usted ansía será así absoluta, y, en el caso de que sea usted un nostálgico del consumo desenfrenado a la antigua, hemos previsto especialmente para usted diferentes modelos de jofaina portátil, en blanco o en color, que anunciamos regularmente en las páginas de "Elle" y "Le Jardin des Modes"

VI

magos
pitonisas
arúspices
milites de rancia casta sacerdotal
dos teorías antagónicas abordan la solución del problema : una sostiene el argumento consabido de que su
escenografía y vestuario es puro anacronismo, motivo
de justa irritación, piedra de escándalo : que al fin y al
cabo son como los demás y como tales debieran ir vestidos : otra pretende todo lo contrario y refleja la opinión de los poetas : acentuar, al revés, las diferencias
y ayudar así a que el vulgo los distinga : preservar las
ceremonias y la pompa, las carrozas doradas y los palios,
el trono de marfil y los flabelos : imponerles ropajes de
bufón, obligarles a salir con zancos, aumentar el volumen
de sus tocas, alargar sus talares y sus tejas : exigir de
ellos ritos y disfraces y hacerlos, en general, más vulne-
rables al dedo indicador y la sonrisa

VII

nuestra enemiga inexorable : la Parejita ovillada en el
calor de su nido hogareño, feliz y satisfecha de sí misma
y, lo que es peor, presta a crecer en progresión geométrica y multiplicarse sobre la faz de la tierra conforme
a la orden inepta del Creador : fuente y origen de nue-

vas y herméticas celdillas colmenares : de infinidad de blandos, mullidos capullos de seda que simbolizan su status social holgado y sus voraces apetitos de posesión : lápices de labios, klínex, desodorantes : coca-cola, cerveza helada, whisky on the rocks : neveras, magnetófonos, automóviles : viajes, siquiatra, tarjetas de crédito : dietas, gimnasia, curas de relajación!

nuestro remedio? : muy simple : una ars combinatoria de elementos dispares (individuos de todos sexos, razas, edades) de acuerdo con los principios que rigen la peculiar construcción artística (incluyendo imponderables de improvisación y de juego) : tríos, cuartetos, septetos, décimas de estructura mudable, ligera : eludiendo por tanto el mecanicismo de las absortas figurillas que ilustran las ediciones de bibliófilo del Kama-Sutra, con sus vertiginosas cadencias dignas de las inmensas fábricas taylorizadas de Norteamérica en donde la cópula, melancólicamente, remeda la producción : postulando mejor la elasticidad de esos móbiles airosos de Calder, cuya esbelta trabazón obedece a una corriente multilateral y secreta, hecha de atracciones y repelencia, fuerzas centrípetas y disgregadoras : arquitecturas en equilibrio fugaz y precario, de acróbata, bailarín o funámbulo, propicias al virtuosismo lúdico, artesanal : campo magnético en el que opera la búsqueda zahorí del poeta, con sus sutiles alternancias rítmicas y asociaciones insólitas : única serie excluida : la lógico-procreadora : reino de la anomalía semántica, del goce yermo e improductivo : puro placer prohibido, réprobo, condenado, ilegal enemiga irreductible también : la prole : la ubicua, devoradora hidra de infinitas cabezas que brota y resurge vernal, impertérrita después de la poda extremada, feroz : receptáculo de los vicios y lacras del antiguo sistema, su índole maléfica, contagiosa la convierte en un adversario virtualmente letal e impone la dura necesidad de una cruda, radical terapéutica : la preventiva matanza de inocentes nonsanctos : del futuro y aguerrido ejército de los pequeños, incurables Vosks : eliminación general, metódicamente planeada, sin pararse en vainas ni qué niño muerto : buttando l'acqua sporca con il bambino dentro y tirando con fuerza de la cadena : excluyendo tan sólo de la medida a los hijos bastardos de la pasión o a los que son ocasional producto del amor censurado, nefando : gracias a la inspirada decisión del émulo de Changó cuando suelta la fiera reclusa en el grato sibil del diablo y la deja pastar en la cercana umbría que toda la cristiana grey autorizadamente visita a fin de asegurar en los días fastos la ordenada propagación : obligándola a explayarse en la insulsa morada y rendir allí el alma de fastidio y tristeza antes de volver al horado abierto en las mejillas nacaradas, poéticas de la cara oculta del cuerpo : la plebeya, ancillar, democrática : únicamente estos niños tangenciales, periféricos merecen nuestra confianza y a ellos encomendamos los destinos de nuestra heroica e invencible Revolución

planes de trabajo? : ninguno : medios de subsistencia? :
los de la economía ritual del potlatch : saqueos, robo,
pillaje de los pueblos laboriosos vecinos, grandes fiestas
orgiásticas que duran meses seguidos y, cerrado el ciclo,
consumida la presa, de nuevo guerra, vuelta a empezar
otra particularidad : la inclusión en nuestro cuerpo de leyes de una cláusula avanzadísima destinada a proteger
a los vagos conforme soñara el injustamente postergado
yerno de aquel hosco pero humano profeta cuyas sombrías, conminatorias predicciones acerca del capitalismo
victoriano debían privar en adelante de sueño a los zán-
ganos que amablemente vivían del producto de sus insectiles obreros, forzándoles a replegarse desde entonces
a posiciones defensivas y en apariencia generosas y al-
truistas, pero designadas en realidad, como los hechos
han demostrado, a enmascarar sutilmente el despojo y
prolongar sine die sus privilegios : suscitando de re-
bote en países inmensos pero desgraciadamente autó-
cratas y atrasados esas sociedades igualitarias que, ins-
pirándose en su impreciso modelo, y merced a las facultades de organización prodigiosas del moderno y eficiente Saulo, acabaron con la vieja forma de explotación,
pero no con el trabajo : colectividades obligadas a pro-
ducir y crear riqueza a fin de resistir el asedio económico de sus adversarios, y, en razón de la arraigada, natural tendencia a erigir en virtud la necesidad y pasar del
hacer de tripas corazón a la cuasi jobiana aceptación

del mal como una especie de fatalidad risueña, compelidas a proponer de ejemplo y paradigma de conducta la del castrado y sumiso esquirol que orgullosamente amontona horas gratuitas y extraordinarias : cerebro enajenado, himenóptero perfecto, que el severo patriarca de los mostachos calificaba no obstante de héroe nuevo y, en el podio de la suprema, floreada dirección, cubría con solemnidad de medallas : episodio aleccionador que siempre evocamos cuando los periquitos y loros de la bifronte sociedad productiva reprueban nuestra disposición lúdica y el elogio vibrante de la vagancia : nosotros hemos desterrado de una vez el proceso acumulativo sin ceder a las argucias que lo perpetúan en aras de un paraíso lejano : actuamos en el presente y a él sólo nos atenemos : reivindicando el ocio como apremiara el moro santiaguero : promoviendo el juego, el recreo y la disipación : y condenando, sí, y sin apelación, el trabajo

x

importa determinar, cifras en mano, quién callada, cínicamente beneficia de la modesta plusvalía de la hormiga : es la tradicional cigarra absorta en su vago quehacer sonoro y repetitivo? : o el saltamontes individualista y venal que incansablemente atesora por el puro placer de atesorar? : los más acusan de alcahuetería al abejorro, mentido protector de una remota, nebulosa reina : la responsabilidad del grillo se discute también y hay quien habla al respecto de pruebas conclusivas : resoluciones y ponencias exigen del caballito del diablo un programa de acción preciso y claro : la vocación floreal mueve a sospecha, y el ropaje vistoso, no es un anacronismo en estos tiempos duros de lucha y sacrificio? : el gusano de luz tiene sus detractores : su acción nocturna, de élite y de capilla, le enajena, al parecer, numerosas simpatías : hay, por fin, quienes acusan a la propia hormiga y su amor al trabajo : con cruzarse de brazos y no joder, dicen, nadie viviría de su plusvalía

XI

represiones? : ninguna : estimamos la colectividad directamente responsable de los actos delictivos del individuo y, en vez de sancionar a éste según el esquema antiguo, juzgamos más lógico enmendar la sociedad : cómo? : golpeándola exactamente en el punto que más le duele, a fin de obligarle a adoptar medidas correctivas y evitar en lo futuro las injusticias que ordinariamente suscitan la actividad criminal : destruyendo por ejemplo sus monumentos más célebres o los símbolos de un pasado glorioso : arrasamiento de las catedrales de Colonia o Canterbury, Notre-Dame de París, el Duomo de Milán : desgarro de los lienzos más famosos del British Museum o el Louvre, del Prado o la Galleria Borghese : voladura de la Pietà o la Dama de Elche, el Arco de Triunfo, la Estatua de la Libertad : sin olvidar la exhumación de los restos de algún genio literario o científico, prócer ilustre o padre de la patria siguiendo una mise-en-scène cuidadosamente reglamentada : convocar al pueblo entero frente al Panteón, retirar de él a toque de tambor la urna que contiene las sacrosantas cenizas, llevarla en silenciosa procesión al río más próximo, detenerse en el puente de los suspiros, autorizar un minuto de sollozos y lágrimas, arrojarlas con majestuosidad a la corriente como el cuerpo de los marinos muertos en alta mar : el pasado año nos privamos así (entre otros muchos) de los huesos de Manzoni, Kipling y Victor Hugo : éste, hemos visto desaparecer con melancolía profunda los de George Washington, Garibaldi, Bismarck : y quién sabe si el destino nos reserva pérdidas más dolorosas! : Napoleón, Metternich, Catalina de Rusia? : Pasteur, Edison, Ramón y Cajal? : pero un magro aunque sincero consuelo nos reconcilia con tanta tristeza : la criminalidad no aumenta como en la biforme sociedad productiva y, según los cálculos del Instituto de Estadística, tras decrecer de año en año en regresión geométrica, en la próxima década se extinguirá

XII

otras previsiones del mencionado organismo : aumento espectacular (no sólo en términos cuantitativos sino cualitativos) de la cópula infame y baldía (a expensas del amor productivo de las antiguas sociedades de clase) : derecho al ocio extendido a la totalidad de los ciudadanos : libre exposición (mediante ventanillas abiertas en la parte posterior de la falda o los fondillos del pantalón) de esas gloriosas convexidades cuyo señero e inefable ojo magnifica y realza la discreta faz inferior : algunos lunares también : reducción alarmante del número de cabezas de ganado, lamentable abandono de las tradicionales gramíneas : pero la violenta apropiación de la plusvalía de nuestros vecinos (esto es, de los frutos de su asiduo trabajo) compensa con creces tales deficiencias y restablece el equilibrio de la balanza en nuestro favor : por otra parte (y esto debe quedar bien claro), no mantenemos ningún criterio elitista con respecto a la flora y la fauna : auspiciamos por igual todas las especies vegetales y animales, incluso aquellas que, con egocentrismo aberrante, los hombres del pasado decretaban nocivas e inútiles : ahora chinches, piojos y demás parásitos viven apaciblemente de nosotros del mismo modo que nosotros vivimos de los bienes fungibles del suelo : siguiendo las pautas del venerable Ibn Turmeda, hemos democratizado la escala animal y no nos tomamos, como antes solíamos, por reyes y señores de nadie : las especies tenidas por viles y abyectas florecen sin trabas en nuestra sociedad y, con solicitud fraternal, procuramos la reproducción de toda variedad de reptiles y en particular de las odiotemidas serpientes : el número de éstas acrecienta regularmente y, según los pronósticos más fidedignos, ejemplares voraces, enormes se infiltrarán poco a poco en el nido familiar de los bípedos y reptarán sigilosos sobre el mismísimo lecho conyugal

XIII

lo cuenta Michelet en su célebre Historia
            c'est sous cette bannière de modération et de
      justice indulgente que s'inaugure le lendemain

la nouvelle religion : Gossec avait fait les chants,
Chénier les paroles : on avait, tant bien que mal,
en deux jours, bâti dans le choeur, fort étroit,
de Notre-Dame, un temple à la Philosophie,
qu'ornaient les effigies des sages, des pères de
la Révolution : une montagne portait le temple :
sur un rocher brûlait le flambeau de la Verité :
les magistrats siégeaient sous les colonnes : point
d'armes, point de soldats : deux rangs de jeunes filles encore enfants faisaient tout l'orne-
ment de la fête : elles étaient en robes blanches,
couronnées de chêne, et non, comme on l'a dit,
de roses

la Raison, vêtue de blanc avec un manteau d'a-
zur, sort du temple de la Philosophie, vient s'as-
seoir sur un siège de simple verdure : les jeunes
filles lui chantent son hymne : elle traverse au
pied de la montagne en jetant sur l'assistance
un doux regard, un doux sourire : elle rentre,
et l'on chante encore : on attendait : mais c'é-
tait tout

chaste cérémonie, triste, sèche, ennuyeuse!

nosotros no incurriremos en tan craso error : sobre la
ruina de iglesias e ideologías, nos entregaremos a los
exaltantes placeres de un culto clandestino, nocturno al
recio gorila de la película y a su paradigmático-explícito,
categórico-imperante TSOB

VI

en el silencio denso del escritorio-cocina la mariposa nocturna ronda en torno a la lámpara : gira, planea, describe círculos obsesivos, se aleja cuando la espantas pero vuelve en seguida, una vez y otra y otra, hacia el fulgor que la fascina y atrae, absorta en su alucinada tarea, desdeñosa de tus manotadas : así, desde el instante en que regresas del baño, la idea fantasmal, reiterada surge y te acomete, se desvanece cuando la rechazas, porfía, tenaz y muda, con la certeza de su victoria paciente, sabedora de tu inmediato cansancio : te resignas, pues, y la acoges : la soledad propicia su vuelo y el paralelo, a todas luces, se impone : por qué te resistirías aún a trazarlo?

iniciando, tantálico, tu propio y personal proceso al canon novelesco y la radiografía de sus orondos comparsas : mientras buscas a tientas la secreta, guadianesca ecuación que soterradamente aúna sexualidad y escritura : tu empedernido gesto de empuñar la pluma y dejar escurrir su licor filiforme, prolongando indefinidamente el orgasmo : hojeando, para inspirarte, el ejemplar de "Los siete pilares" que, sobre un rimero de libros y recortes de prensa (quijotelestina manualdentretienavec etcétera), dormita en la tabla del fregadero : independiente y libre también como un jeque beduino : dueño del aire, los vientos, la luz, el inmenso vacío : arriba, el cielo incoloro y sutil, y abajo, la arena, inmaculada, como un refulgente glaciar : las siluetas de los camellos se perfilan en tierra conforme avanzas por la estepa jordana siguiendo la línea del ferrocarril : desde el an-

dén de la ruinosa estación los harkis agitan fieramente
sus armas y, con teatrales sacudidas y aspavientos (como
si todos los tornillos de su estructura se hubieran bruscamente aflojado), la locomotora se pondrá en marcha :
acompañado (tú) ahora con la silbante complicidad del
maquinista, el estrépito ensordecedor de los vagones : en
la lobreguez de los túneles y desfiladeros que el eco de-
nuncia hasta el paroxismo, auspiciando el atávico ritmo
del ludimiento manual : las luces de las ventanillas se
recortan en muros y escarpas y te permiten asistir de
soslayo al vivo espectáculo : sombras chinescas que anima mágica linterna, catapultándote de brusco a tu infancia y a los balbuceantes primores del hollywoodiano
tecnicolor : mercado de esclavas de Damasco? : callejuelas polícromas de Bagdad? : todas las hipótesis son plau-
sibles y el vaivén del Dogü Eksprés multiplica las pistas
y sugerencias : testigo de las andanzas de Aladino? :
de los prodigios y asombros de Alí Babá? : pasado el
embarcadero de Eyüp, más allá de la vieja plazuela, en
la linde del gran cementerio : un sendero se adentra y
bifurca en medio de las simétricas tumbas : la hierba crece indisciplinada y silvestre, el musgo aterciopela y suaviza las remotas inscripciones arábigas : la irrisoria pretensión de Sansueña no cabe aquí : la muerte es paz y ol-
vido : los cuerpos vuelven a la tierra y alimentan con
su sustancia las flores ingenuas que una gitanilla ejemplar, fierecilla indomada, se pone graciosamente en el
pelo : la seguirás, bordeando el muro de la mezquita,
intrigado por la enigmática invitación de una flecha que
enuncia, lacónica, la insospechada vecindad de PIERRE
LOTI : los chiquillos del barrio han captado tu letraheri-
da presencia y repiten a gritos el nombre del homme

de lettres mientras subes penosamente la cuesta y abarcas, de una ojeada, el Cuerno de Oro e Istanbul, el Bósforo, la mar de Mármara : alminares y cúpulas centellean al sol y el delirante caos se insurge y flamea como una bandera : espejismo? alucinación? : la fierecilla se ha detenido también y aguarda a que cobres aliento antes de proseguir la ascensión por la funeraria colina, junto a las viejas inscripciones borradas : hasta llegar por fin a la terraza vernal del café en donde una muchacha vestida de campesina dispensa con ademán litúrgico la fragante, sombría infusión a un grupo de admiradores del Grand Homme, venidos al núcleo mismo de su irradiante inspiración, a colectar el rocío de su palabra
oui, je travaille ici : à bâtons rompus, n'est-ce pas? : j'écoute ce qui racontent les gens : j'étudie leurs moeurs, leurs habitudes : leurs amours, leurs désirs, leurs haines : je prends note de ce qu'ils disent : je construis peu à peu mes personnages
vos histoires sont vraies?
je ne cherche jamais la crédibilité : je peins ce que je vois, puis j'invente : j'impose des situations
quelles sont les raisons de votre succès?
ne pas ennuyer le public : c'est la seule loi du roman : il faut une histoire bien bâtie : dans un roman il doit se passer tout le temps quelque chose, tout le temps, tout le temps : le roman européen d'aujourd'hui meurt d'anémie : il faut revenir aux sources, comme font les Américains
combien de temps mettez-vous à écrire un livre?
beaucoup plus de ce que vous pensez! : un roman, je commence par le mijoter longtemps : j'y pense, il bouillonne en moi, je me le raconte à moi-même : tant qu'il

subsiste un détail qui me gêne, je n'écris pas une ligne :
mais une fois que ça y est, je ne change plus rien : je
connais alors mon plan, mes personnages, toutes les situations : je mets de temps en temps de phrases en
turc : ça fait vrai, ça donne un peu de couleur locale
monsieur Pierre Loti, qu'est-ce que ça veut dire pour
vous d'écrire?
c'est la dernière virginité qui nous reste : cette virginité, c'est celle du papier : écrire, c'est faire un mariage d'amour avec la page blanche!
qué nitidez de expresión! : qué profundidad de sentimientos! : qué virtuosidad de palabra! : el acento francés es perfecto : los asistentes acogen las declaracio-
nes con admirativos murmullos y, como nadie parece
advertir tu presencia, abandonarás discretamente las
apreturas y empujones de la rueda de prensa y, sorteando-
do las medallas e insignias de los Inmortales, atrave-
sarás los fastuosos salones de techo labrado, paredes con
doradas molduras y mitológicos frescos, para descender
por la regia escalera alfombrada de rojo que promueve
a los otros a la excelsitud de la fama y te degrada a ti,
peldaño a peldaño, al vestíbulo donde obsequiosamente
se alinean las libreas de los criados, pasado el pórtico
de recepción en el que se inmovilizan los coches oficiales
y depositan su preciosa carga de visones y martas, clacs,
bicornios, chisteras en manos de una armada de lacayos
y ujieres que, bajo la precisa, musical dirección de un
portentoso jefe de protocolo, se encargan de anunciarlos
e introducirlos en el círculo superior y perfecto del que
acabas de desertar, a reciprocar cortesías, sonrisas y dichos agudos con la flor y nata del Parnaso académico
mientras tú (disgraziato!) te alejas irremediablemente de

ellos, cruzas el primoroso jardín versallesco por senderos que discurren entre arriates, esculturas y lagos, se
prolongan a través de parques sombreados por tilos y
castaños de Indias y desembocan por fin en un vasto e
inhóspito descampado cubierto de fragosidades y peñascos que se transformará poco a poco en un áspero, desolado yermo, recio y encrespado como un océano : tu hábito de Inmortal se cubrirá paulatinamente de polvo y,
a medida que caminas y avanzas, el sudor empañará la
nívea pechera de la camisa y adherirá penosamente a
la piel el rígido cuello de pajarita en tanto que el lustre
acharolado de los zapatos se extingue bajo una capa de
arena y el brillo de tu bicornio oscurece con la brusque-
dad de un eclipse solar : las cintas de tus condecora-
ciones cuelgan como miserables guiñapos y tus flores naturales y lauros se marchitan y secan, víctimas de la suciedad y el calor : tristemente buscarás acomodo en el
desierto pétreo, rocoso, y cuando, con la ayuda oportuna
de una vihuela casualmente hallada en estos parajes, te
dispones a expresar tus dolencias y cuitas sin otro testigo que las soledades abruptas, escucharás, sorprendido,
el herido, armonioso lamento de una exquisita voz

¿Qué arma esgrimen con saña?
Guadaña.
¿Quién deja exhaustas tus venas?
Las penas.
¿Y quién prueba tu prudencia?
Paciencia.
De este modo, tal dolencia
tardo remedio te alcanza
pues demoran tu esperanza
penas, guadaña y paciencia

¿Quién te causa tal dolor?
Rencor.
¿Quién abre ante ti el abismo?
Cultismo.
¿Quién te impide alzar el vuelo?
Tu duelo.
De este modo, yo recelo
mueras de mal tan extraño
pues se unen para tu daño
rencores, cultismo y duelo.

¿Quién tu victoria reclama?
La fama.
Realismo, ¿quién te alcanza?
Mudanza.

¿Cuáles son tus defensores?
Lectores.
De este modo, se programa
la cura de tu pasión
porque los remedios son
lectores, mudanza y fama.

orientándote por el dulce tañido de la guitarra, caminarás entre peñascos y piedras ansioso de dar con su divino dueño, admirado de que música tan delicada pueda
surgir de en medio del yermo, arrullado por el son de
unos gemidos y quejas que, aunque elevados al benigno
cielo, serían capaces de ablandar igualmente al más empedernido de los corazones, conmutando rigor en ternura y aspereza en clemencia, tal es el sentir doloroso
que los inspira y la modestia admirable con que se expresan, como si su autor, en vez de aldeano rústico, fuera
cortesano y discreto, hábil conocedor de los arcanos de la
rima y diestro en el manejo de los instrumentos, con lo
que tu pasmo y maravilla van en aumento, pues estos
lugares, por mucho que las novelas de antaño sostengan
lo contrario, no suelen ser propicios a episodios tan poco
motivados y nada en ellos prepara verosímilmente la imaginación a la realidad de semejantes encuentros : y a
la vuelta de una peña descubrirás la presencia de una
moza sencillamente vestida de labradora, cuyo recato y
hermosura suspenden : sentada a la sombra de una floresta, cabe un apacible arroyo que allí casualmente mana
del agua cristalina de una fontana, sus cabellos caen
como guedejas de oro delgado en torno a su tez marfi-

leña y sus manos esbeltas y ágiles parecen esculpidas en nieve : la garganta de sus pies pudiera competir en blancura con los mármoles más finos de Italia y, al alzar doloridamente el rostro en un rapto de delirio amoroso, mostrará dos milagrosas joyas que harían palidecer de envidia al mismísimo Febo : concluido el triste lamento, la doncella proferirá un luengo y profundo suspiro y, aunque tú aguardarás unos instantes, deseoso de regalar tus oídos con sones tan celestiales, en vista de que la música cede paso a sollozos y ayes cada vez más lastimeros, decidirás averiguar quién es el ángel que los emite y qué desventuras inauditas le han conducido a este remoto y cerril finisterre : caminando unos pocos pasos, te internarás en la verdura del prado y caerás a sus pies de rodillas, sobre el césped aljofarado y risueño

escuchadme, señora mía, quienquiera que vos seáis, pues quien aquí veis, humillado ante vuestra grandeza, sólo desea serviros hasta la muerte y ofrecer su indigna persona en remedio de vuestras desdichas

y, mientras la sorprendida doncella se incorpora llena de sobresalto y cubre la desnudez de sus hombros con una honesta casquilla de lienzo, admirarás la llaneza señorial de unos gestos que, desmintiendo la humildad de los hábitos, venden con claridad meridiana la altura y limpieza de su abolengo : púdicamente ocultará el oro de sus cabellos tras una graciosísima monterilla y, bajando decorosamente la vista y privándote a ti de la de sus ojos inigualables, permanecerá callada y confusa, en una actitud recogida que, ajena a toda idea lasciva, proclama la integridad de su crédito

las causas de vuestro infortunio, dulcísima dueña mía, deben ser rigurosas y extremas para haberos obligado a

vestir las prendas oscuras con que vanamente procuráis
disimular vuestra peregrina belleza y buscar refugio en
la señera impenetrabilidad de unos parajes que mejor
son guarida de bárbaros y fieros animales que escudo
de doncellas de vuestro estado, linaje y recato, habi-
tuadas al fausto de los palacios y a la blandura y suavidad de las sedas
la moza te escuchará toda turbada, sin decidirse a romper todavía el silencio que guarda desde tu irrupción
indiscreta y, luego de emitir nuevos y más penosos suspiros y dejar resbalar por sus mejillas de alabastro pre-
ciosísimas perlas, se acomodará otra vez a la orilla de la
fontana y enjugará delicadamente sus ojos con el pico de
su pañuelo
puesto que deseáis, señor forastero, que os cuente en
breves razones los motivos de mi infortunio y agravios,
os suplico que no me tildéis de imprudente y ligera si
en la exposición de los hechos a que me llevará forzosa-
mente el hilo de esta triste y verídica historia hago refe-
rencia a sucesos y actos que aparentemente redundan en
mengua del tierno recato naturalmente exigible a toda
doncella honesta
y como tú lo prometes y juras, embelesado por la gracia y soltura de sus palabras, la muchacha rasgueará amorosamente las cuerdas de su guitarra y, con los ojos per-
didos en el líquido cristal del arroyo, se expresará así

mi nombre es Vosk : mi patria, una de las ciudades más
claras e ilustres de Sansueña : mi cuna, noble : mis progenitores, ricos : mi oficio, crítico y profesor : mi des-

dicha, tanta, que contra ella no han valido las armas de mi recto saber ni el poder de la vasta y heredada riqueza : desde mi infancia más tierna di en leer las obras literarias que, con paciencia y esmero ejemplares, mis laboriosos y honradísimos padres habían reunido en su biblioteca de más de diez mil volúmenes, sita en una espaciosa y holgada quinta que poseen en medio de una campiña feraz donde armoniosamente alternan sus dones Pales, Ceres y Baco, y allí, bajo la bienhechora tutela de tantos y tantos escritores preclaros, comencé a depurar mis aficiones y gustos en el crisol de la lectura y experiencia, con lo que nació en mi pecho un amor indeleble por aquellas novelas que, combinando instrucción con deleite, son reflejo veraz y sincero de las sociedades en que se crean, merced a la introducción de personajes vivos y auténticos, sometidos a las pasiones y achaques de los hombres de carne y hueso y, como ellos, capaces de elevarse a las alturas de un heroísmo sublime o descender a los abismos de la degradación y miseria, compañeros inseparables nuestros a lo largo de las peripecias y aventuras en que los envuelve el argumento de esas obras maestras que, habiéndose desprendido de las alegorías y mitos oscurantistas de la primitiva novelística peculiar de las comunidades remotas y arcaicas, se esfuerzan, a través de la duda meditativa y un proyecto racional al servicio de los intereses humanos más apremiantes, en exponer los defectos y lacras de la sociedad de la época con el loable propósito de corregirlos y eliminarlos, inculcando en la mente y corazón de los lectores un cúmulo de sentimientos e ideas que los aúnan para siempre con unos hermanos de ficción tan hondos y complejos como ellos, bien sean proletarios o aristócratas, miembros de la clase semihidalga empobrecida o de la pequeña burguesía acomodada, mediante episodios representativos y válidos a escala nacional que abrevian a su vez toda la inconmensurable latitud de la comedia humana en sus páginas enjundiosas y densas, conmovedoras, patéticas, rebosantes de animación y de vida y espejo fiel de ásperas y crudas verdades, amor, digo, que me llevó al aprendizaje asiduo de los textos sagrados del realismo, en especial de las sentencias y máximas inigualables del evangelista San Lukas, gracias a las cuales mis razonamientos se robustecieron, mis dudas se disiparon, mis argumentos se articularon y mis conclusiones se fortalecieron hasta adquirir una consistencia y dureza teórica y prácticamente invulnerables, convirtiéndome así en el invicto paladín de unas novelas y personajes que pronto iban a ser objeto, sin yo saberlo, de un aleve y cuidadosamente preparado asalto a los fundamentos mismos de su razón, mientras, infelice de mí, yo proseguía mis lecturas y estudios y, en la palestra de la prensa o la tribuna pública, me enzarzaba en continuas y brillantes justas con los secuaces de una ideología oscurantista y retrógrada, cuyos mitos escapistas no son sino triste reflejo del estéril subjetivismo del escritor : ay, cielos, y cuántos artículos escribí! : cuán regaladas y honestas victorias tuve! : cuántas cartas y discursos compuse y cuántos tratados completos donde la razón declaraba y expresaba sus pruebas, exponía sus sólidos y bien establecidos principios e impugnaba las opiniones mal asentadas de unos cerebros elitistas, morbosos y secos! : animábame el público, criticábanme los necios, felicitábanme los autores, defendíanme los discretos, con lo que yo triunfaba de la saña y maldad de mis enemigos y mi fama se extendía a los más apartados rincones y enaltecía de rechazo el nombre de mis antepasados, hasta el día aciago en que, en virtud de una moda foránea o un capricho cruel del destino, el viento que había soplado siempre favorablemente en mi dirección mudó bruscamente la suya e hinchó las velas y alentó los ánimos de la armada de mis adversarios, enmudeciendo las plumas de quienes escribían conforme a mis dictados y desatando las de una hueste de autores entregados al cultivo de una escritura formal y abstracta, mera expresión enajenada, a menudo esquizofrénica, de obsesiones y complejos personales que, en lugar de ser reflejo objetivo del mundo, postulan tan sólo el intento de liberación, desesperado y parcial, de una mentalidad enferma : en vano peleé, discutí, insistí, porfié : mis desvelos resultaron inútiles : y aunque yo, obligado de mi amistad con los jóvenes, con las mejores razones que pude y con los ejemplos más vivos que hallé a mi alcance procuré enderezarlos por el buen camino y disuadirles de sus tristes propósitos, desertaron poco a poco de mi campo y engrosaron las filas del de mis rivales, víctimas de una visión pesimista y negativa de las cosas que no sólo abandona la lucha por su transformación sino que involuntariamente coadyuva a su mantenimiento en el acto de fabricar unos productos evasivos y herméticos que, pretendiendo combatir la alienación con formas típicamente alienadas, agudizan y exasperan las contradicciones íntimas del artista sin aportar al lector ninguna solución aceptable, en vista de lo cual, y tras despedirme tiernamente de mis ancianos y afligidos padres, compré un caballo alazán a lomos del cual me encaminé a estas soledades salvajes en compañía de un discípulo fiel y perseverante, no sin dejar crecer antes mis rubios y sedosos cabellos y trocar mis hábitos de varón por los de doncella serrana a fin de amparar mi natural pudor de los peligros y asechanzas de las nómadas tribus beduinas que, enfebrecidas por la rudeza del clima y sin los frenos morales de nuestra civilización cristiana, se entregan descaradamente al vicio nefando y a otros y muy negros pecados que sería ocioso mentar aquí, y así, junto con otras pastoras y mozas, ignoro si reales o fingidas, recorremos estos solitarios parajes clamando nuestra luminosa doctrina y plañendo los rigores de nuestra suerte, con la secreta y dulce esperanza de dar con escritores extraviados en los laberintos y callejones sin salida del subjetivismo y que, por descuido de los gustos saludables del público y de sus propias responsabilidades sociales, infructuosamente predican en sahariano desierto : y si aquí moráredes, señor forastero, algún día veríades resonar estos vericuetos y estos barrancos con los lamentos desengañados de editores, lectores y críticos : no muy lejos de donde viene vuesa merced, conozco un oasis con unas pocas docenas de palmeras medio desplumadas y no hay ninguna de ellas que en su imbricada corteza no tenga grabados y escritos los lemas de nuestra escuela y, encima de alguna, una corona trenzada en el mismo tronco desmochado, como si más claramente dijera su autor que el realismo la lleva y la merece de toda la creación literaria : aquí, suspira un profesor : allí, gime otro : acullá, se oyen encendidos panegíricos : acá, angustiadas endechas : cuál hay que pasa todas las horas de la noche sentado al pie de un peñasco y, allí, sin plegar los llorosos ojos, embebecido y transportado en sus pensamientos,

le halla el sol de la mañana : y cuál hay, como yo, oh
noble y servicial caballero, que, sin dar vado ni tregua
a sus suspiros, en mitad del ardor de la más enfadosa
siesta de verano, tendido sobre la ardiente arena, envía
sus quejas, como vos sois testigo, al piadoso cielo

corroborando la verdad de estas palabras, escucharás el
suave, armonioso lamento de una voz inspirada que,
elevándose de la inaccesible escabrosidad del desierto,
parece espejismo de los sentidos o fantasía quimérica
por la cumplida maestría con que declama sus cuitas y
el garbo, gentileza y donaire con que las acompaña con
un instrumento de cuerda, suspendiendo de admiración
a todas las avecillas del cielo y animales silvanos que,
testigos como tú del portentoso milagro, aparejan también el oído y sorben con apacible deleite las primicias
de su numen poético

Literatura, que con fuertes alas,
costumbrismo dejando a ras de suelo,
con ardor objetivo alzaste el vuelo
a las alturas de sublimes galas

De allí, con equidad, tú les señalas
la senda justa envuelta con un velo
a los que pese a su ánimo y su celo
no escriben más que noveluchas malas

Literatura, vuelve y no permitas
que formalismo vista tu librea
y corte en flor mi vocación sincera

252

que si mediocridad tú no les quitas
tornará a estar mi empresa en la pelea
de la discorde confusión primera

el soneto concluirá con un hondo suspiro y, destacándose
de la monótona aridez de las peñas, divisaréis la figura de una doncella núbil, sin más vestidos que aquellos
que son menester para cubrir honestamente lo que exige el recato, pero cuyas trazas de zagaleja rústica no
alcanzan a ocultar como quisieran la sobrehumana perfección de sus partes : sus cabellos, oro : su frente, már-
mol : sus ojos, piedras preciosas : sus mejillas, corales :
sus labios, rubís : su garganta, marfil : sus manos, nieve : soñadoramente, contemplará los solitarios despeña-
deros adonde la ha traído su singular desventura y, con
ademán absorto, acariciará las cuerdas de su rabel como
si considerara proseguir con la exposición de sus cuitas,
pero mudará de idea y, volviendo graciosamente la cara,
posará sus ojos incomparables en la persona que te acompaña : al punto, manifestará signos de viva turbación
y, tras emitir un grandísimo y riguroso grito, exclamará
cielos! : qué es esto que veo? : qué criatura es esta que
se ofrece a mi vista?
con voz tan alterada que la fingida doncella que te escolta
revelará a su vez intenso sobresalto y, corriendo una a
los brazos de la otra, se saludarán con extraordinarias
muestras de contento, felices de su encuentro casual en
lugar tan inverosímil y extraño como un yermo poblado
por lo común de alimañas y otras temibles fieras : a
continuación, las dos mozas se encaminarán hacia ti y,
hechos los necesarios exordios, Vosk preguntará a la
hermosísima y recatada doncella las causas de su huida

al desierto e insólita humildad de sus prendas, encareciéndola, con claras y bien fundamentadas razones, a que os cuente el verdadero discurso de su vida, que obligadamente será nuevo y placentero según se deduce de la ocasión y conjunto de circunstancias que os reúnen, a lo cual ella responderá que así lo hará de muy buena gana, por obedecer su curiosidad y la del señor forastero y sin necesidad de ruegos y súplicas, tal es la fuerza interior que la compele y su deseo de ofrecer a la consideración del mundo unos hechos que de ordinario, y desconfiando de humanos testigos, reserva a la bondad y misericordia celestes : con esto, os acomodaréis los tres en un pradecillo que oportunamente os convida con su sombra fresca y amena cuando el son alterno del caramillo pastoril y la rústica, silvestre zampoña solicitará de improviso vuestra atención con su elegíaca melopeya, y volviendo la vista al punto de donde procede, suspendidos de admiración por la insólita realidad de la escena, distinguiréis una vistosa comitiva como de ninfas o náyades que, por entre estos abruptos páramos jamás hollados por los humanos, con túnicas de seda vestidas y coronadas con laureles y pámpanos, portan en unas andas tapizadas de guirnaldas y ramos lo que lejos aparenta ser un mancebo sumido en un profundísimo sueño pero que, a juzgar por los rostros descompuestos del séquito y los suspiros dolorosos de las doncellas, es el cuerpo insepulto de un mozo muerto en la flor de la edad, inmolado tal vez a la crueldad de unos amores imposibles y desdichados, y, sin resistir a la natural tentación de averiguar el tenor de tan inaudito caso, os aproximaréis al coro afligido de las plañideras y preguntaréis quién es el finado y qué aciago concurso de circunstancias ha puesto fin

a su vida en el instante mismo en que las exquisitas
criaturas bucólicas depositan las andas junto a una sepultura recién abierta al pie de una maciza, imponente
peña cuya superficie se halla enteramente cubierta de
inscripciones grabadas con buril o navaja en loa o defensa de la escuela literaria a que pertenecen tus dos
esclarecidos acompañantes

EL PERSONAJE NO MORIRÁ

LA NOVELA ES EL REFLEJO OBJETIVO DE LA REALIDAD
SOCIO- HISTÓRICA

ABAJO LOS MITOS OCULTATIVOS!

LAS OBSESIONES DEL ESCRITOR MISTIFICAN

NO A LAS EXPERIENCIAS FORMALES Y ONÍRICAS!

EL REALISMO ES LA CUMBRE DEL ARTE

llegados a la orilla del sepulcro, contemplaréis el cadáver de un doncel vestido con hábitos de pastor y que no
obstante la ingrata rigidez de la muerte denota haber
sido en vida de faz apuesta y disposición bizarra : alrededor de él, sobre las mismas andas, algunos libros y
muchas y apresuradas cartas de despedida revelan una
contrariada pasión de escritor y, a vuestras preguntas,
las disfrazadas doncellas os responderán que en efecto
lo ha sido y que en dicha afición y sólo en ella debe
buscarse el origen de la triste cadena de sucesos que le
llevaron a la funestísima decisión de acabar con sus
días : la injusticia de los ataques de que hoy es víctima el
realismo por parte de la supuesta vanguardia y el inme-
recido descrédito en que han caído sus cultivadores entre
los mandarines más sabihondos, añadirán, le movieron
a interrumpir una carrera novelística prometedora y brillante para refugiarse en estos fieros y dilatados páramos
y por días y noches acrecentar con el humor de sus ojos

las aguas de un fresco y cristalino arroyo donde suelen apaciguar su sed los animales, mas, como ni el retiro huraño ni el desahogo fluido trajeran sosiego ni calma a su ánima atormentada, unas pocas semanas antes, tras haber confiado sus cuitas a un manuscrito que conservaba amorosamente cerca de sí y del que no se separaba jamás, había subido a las escabrosidades de un monte pelado y allí se había dejado consumir lentamente, víctima de la mordedura de sierpes o de la intemperancia del clima, dejando atribuladas y sin consuelo a todas las pastoras y serranas que, deseosas de hacerle olvidar sus cuitas, castamente lo requerían de amores o le leían novelas o relatos que, en la óptica peculiar de su escuela, expresan un punto de vista objetivo sobre la sociedad y sus contradicciones

y este manuscrito de que hablan vuesas mercedes, sabedes dónde está?, preguntará Vosk

silenciosamente, las mozas os guiarán hasta un hueco excavado en un breve calvero que se abriga entre dos peñascos y os mostrarán una vieja y asendereada maleta que, una vez abierta, descubrirá unas cuantas prendas de lino y un precioso jubón de terciopelo escarlata bajo el cual, en medio de un amasijo de cartas, hallaréis un pliego de cuartillas sujetas con una simple cinta y escritas desde el principio hasta el fin en una letra fina y tirada

ése es el último papel que escribió el desdichado y, porque veáis, señor, en el término que le tenían sus desventuras, pasad unas hojas a vuestros camaradas a fin de que las lean y gusten de ellas, que bien os dará lugar a ello el que se tardare en cubrir la sepultura

eso haré yo de muy buena gana, dirá Vosk

y, como la doncella y tú tenéis el mismo deseo, elegiréis cada uno un pliego y, sentándoos todos tres a la redonda, comenzarás tú a leer

Capítulo XVII

DONDE SE DESCRIBE EL PUERTO DE TOLEDO CON OTROS PORMENORES NECESARIOS A LA COMPRENSIÓN DE ESTA VERÍDICA HISTORIA

"Antes de proseguir el hilo de los sucesos que componen esta crónica copiada fielmente de la vida real y describir las reacciones de nuestros personajes, arrancados, como hemos dicho, del natural por feliz coincidencia, y en cuya elaboración, repetimos, no hemos tenido arte ni parte, conviene que nos detengamos unos instantes y dediquemos nuestra atención al trasfondo ambiental en que se desarrolla la trama, sin lo cual su conducta correría el riesgo de parecer al lector un tanto inverosímil y arbitraria por cuanto no responde a ninguna ley social o sicológica que justifique su anomalía aparente, siendo así que por el contrario se halla claramente motivada por un cúmulo complejo de circunstancias y éstas dependen en gran medida del marco humano en el que la acción realmente sucede. Por ello, dejando a Feliciano y Prudencia enzarzados en su violenta discusión a propósito del porvenir de su hijo Frasquito, pintaremos brevemente el barrio marítimo de Toledo en el que nuestros héroes han buscado refugio

"Como saben muy bien los enamorados de esta antigua

y noble ciudad castellana, cuando las aguas del océano embisten fieramente contra el dique que protege las embarcaciones del puerto de pesca, los ociosos que suelen demorarse en él, y entre los que distinguimos de ordinario numerosos contrabandistas y ganapanes"...

qué garra de escritor! : qué bronca y entrañable ternura!

Vosk comenta con creciente arrebato el contenido de su pliego y, acompañando el movimiento cada vez más perceptible de sus labios, la voz reproducirá, en sordina primero y con sonidos claros y distintos después, el diálogo rápido y nervioso de los personajes

extraordinario, dirá : sencillamente extraordinario!

maquinalmente, hurgará los bolsillos de un chaleco de cuadros cruzado por un vistoso reloj de cadena y sacará un pañuelo arrugado con el que enjugará el sudor que perla su frente, no sin haber liberado antes la cabeza de la opresiva tutela de un sombrero hongo, de apariencia usurera o bursátil

qué vida, riqueza y profundidad! : qué admirable fidelidad a la realidad circundante! : qué maestría en la creación de prototipos, descripción material de ambientes, transcripción escrupulosa y exacta del habla!

quebrada por la emoción, la voz le falla de súbito y aprovecharás la pausa obligada durante la que él carraspea y tose y se esfuerza en aclarar la garganta para, todo retina y oído, pintarlo conforme a los cánones de su propia escuela : y echando mano al hontanar, discretamente oportuno, de una conocida novela que por puro

azar se encuentra entre los libros apilados junto a la mesa en que escribes, procederás a este tenor : nuestro hombre es uno de esos individuos de edad indefinible, que parecen viejos o jóvenes según la fuerza de la luz o la expresión que brota de su alma : su cara es tersa, irregular y algo deprimida en la parte superior, a causa sin duda de su frente despejada y un tanto huidiza, surcada de una levísima red de arrugas que va de las entradas del cuero cabelludo al límite de las bien dibujadas cejas, sobre unos ojos oscuros, pequeños y medio cerrados, pero escudriñadores e inquietos, y una nariz delgada y corva que, al ladear el rostro, le confiere un noble perfil de prócer esclarecido : la boca ligeramente hundida, de labios finos y elásticos, se comba de ordinario en una afable sonrisa que no le abandona ni en los instantes más graves y da realce y anima la totalidad de su adusto semblante : su cuerpo es de mediana estatura y sus manos, cubiertas con guantes de cabritilla, enlazan a menudo sobre el abdomen con un ademán de protección satisfecha : al sentarse, ha extendido cuidadosamente a los lados los faldones de su casaca de terciopelo, y el bastón con puño de plata y los elegantes botines ajustados a la línea sutil del empeine le dan un aire de comerciante acaudalado o hidalgo inserto en el escalafón superior de la burocracia : pero hay en el conjunto de su fisonomía una neta expresión de señorial atrevimiento, y en su mirada, el fuego y resolución de los ingenios de la antigua raza
su mundo es denso, vasto y complejo, dictaminará al fin : el autor ama profundamente a sus contemporáneos y descubre este amor en la lealtad, cariño y esmero con que los traslada a la novela : nuestra primera impre-

sión al leerle es la de hallarnos frente a un tumulto de personajes de contornos un tanto borrosos, pero, a medida que calamos en el libro, vemos cómo se precisan los perfiles, cómo se dibujan los caracteres, cómo los componentes de esta gran masa ganan en individualidad concreta a través de un gesto, una réplica, una sonrisa, un silencio : y todo, sabes por qué?

Vosk te contempla de hito en hito, con mal disimulada ansiedad, y, en vista de que tú callas y esperas, contestará por ti

porque tiene fe en ellos! : porque cree en la existencia de sus hechos, frases y pensamientos, y les deja crecer y vivir por su cuenta, y de meras criaturas de papel los convierte en seres de carne y hueso, semejantes en todo a aquellos con quienes tropezamos diariamente en la calle : con sus mismas pasiones, virtudes y vicios : con sus mismos vestidos, gestos, palabras : no como esos seudoescritores que han perdido la fe y celebran sus ritos vacíos sin transformar pan y vino en cuerpo y sangre reales, zapando así, con su irresponsabilidad y cinismo, los fundamentos mismos del orden novelesco y abriendo la puerta a todas las licencias, excesos y extravagancias! : pero tú no eres como ellos! : he visto la luz que brilla en tus ojos y sé que no me engaño : tú crees en el personaje, verdad, majo?

Vosk acecha con inquietud tu respuesta y, temeroso de defraudarle, optarás por encastillarte en un prudente silencio

sí, estoy seguro de que crees! : eres un tantico orgulloso y no te gusta confesarlo a los amigotes, pero crees : tu alma no está seca como la de los empedernidos incrédulos : en el fondo es buena y guarda la inocencia ri-

sueña de la niñez : no me digas que no, majo, porque
conmigo eso no cuela : he hablado con centenares como
tú : conozco bien sus secretos

durante unos instantes los dos permaneceréis en suspen-
so y, sin abandonar el asedio visual, Vosk adelantará el
busto con benigna solicitud y apoyará paternalmente la
mano derecha en tu hombro

sí, tienes fe : porque aunque hayas cedido a teorías,
métodos y estilos ajenos, exóticos e importados, no has
perdido del todo las nociones que te enseñamos y la
conciencia te remuerde y deseas creer como antes : caminas a ciegas, pero buscas : y el que busca, en realidad,
ha hallado : no te hagas ahora el chulo o el valentón :
tu rostro lo desmiente : tú crees, majo : y si me escuchas
y pones mayor atención en lo que haces y profundizas
las situaciones y construyes poco a poco los caracteres,
podrás penetrar también en el corazón de los personajes
y bucear en el arcano de sus conciencias : imagínate,
majo : dar vida a centenares y centenares de criaturas
novelescas! : crear tipos, figuras, ambientes, episodios,
paisajes! : componer escenas conflictivas, pasionales, dramáticas! : competir con el registro civil! : forjar héroes
positivos! : ser ingeniero de almas! : ah, qué perspectiva
embriagadora y reconfortante!

su entusiasmo es contagioso y, encaramándote con él
a las alturas, planearás levemente sobre las tropicales,
miríficas ínsulas, asidero y refugio de tu cuitada niñez :
tuya? : no, del otro : del infante exquisito (ejecutado
luego) poseído de ecuménicas ansias de proselitismo y

anhelos fervientes de regeneración : vestido de nieve como los Petits Frères del, martirizado igualmente, Révérend Père de Foucauld : con una sotana (blanca) y un casco colonial (también blanco) que armoniosamente contrastan con la tez oscura y cuerpo terroso de los desdichados indígenas privados por celestial decreto de los grandiosos beneficios de la Redención : distribuyendo a la redonda bendiciones, consejos, limosnas, lenitivas sonrisas, dulces palabras de consuelo : amparando a viudas, socorriendo a huérfanos, liberando a esclavos : rodeado de una nube de niños africanos, tout noirs, oui, mais doux et intelligents : alígeros coolís sostienen el liviano palanquín de toldo inmaculado en el que viaja y un esbelto y veloz catecúmeno le abanica y refresca oscilando graciosamente un pay-pay : en alguno de los países de apostolado minuciosamente descritos en las revistas a que estaba subscrita la santa y piadosa familia : en tanto que él (el otro) descansa tras el velo candoroso de un mosquitero y la señorita de compañía y las domésticas lo creen dormido e inspeccionan su equipo sacerdotal de juguete intercambiando murmullos de lisonjera aprobación
el angelito acaba de celebrar misa
ayer dijo que quería ser misionero
siempre mirando el mapa de África!
fíjate, parece un santito
chist, no le despierte!
sí, tiene vocación
saboreando (él) interiormente las delicias del triunfo : confiriendo la gracia divina a miríadas de criaturas condenadas de otro modo a la triste monotonía del limbo o a tormentos atroces y eternos : escoltado siempre

por una aureola móvil e ingrávida como las que figuran en los libros de estampas mientras recorre sabanas, junglas y estepas plebiscitado por los vítores y aplausos de los nativos que se arrodillan y besan su anillo pastoral redentor : padre espiritual de un vasto censo de seres de carne y hueso, capaces de competir victoriosamente con los del orden real! : trazando de un plumazo, ágilmente, sus rasgos y caracteres : y arrojándolos luego a situaciones conflictivas, tensas, dramáticas! : sentado (como tú) en la mesa de trabajo, con el órgano genésico en ristre : pero sin caer en el ludimiento imaginativo y nefando de una engañosa liberación personal : de una gratuita e inane escritura que se autorrefleja y consume sin justificación social alguna : manteniendo, al revés, una fecunda relación con el mundo : semejante, muy semejante a la del noble y autorizado vínculo procreador : engendrando personajes vivos, profundos, complejos, auténticos, que imponen su existencia y verdad en el inmutable orbe novelesco y obligan a comulgar al lector con la realidad de sus palabras y actos : adolescente pecaminoso y febril? : no : ínclito ingeniero de almas! : abandonando, por fin, el placer onanista y baldío por la cópula fructuosa del tálamo y una paternidad poblada de vástagos con los atributos del estado civil

mira, dirá Vosk : me he convertido en un personaje de carne y hueso! : tengo ascendientes, pasado, casa, muebles, familia : nombre, apellidos, trajes, rostro, carácter, cuerpo : soy un ser individualizado y tridimensional, de densidad sicológica y acciones transitivas, índice y ex-

263

presión de una propia e intransferible personalidad : novelistas y lectores creen en mi presencia y me han dotado poco a poco de numerosos atributos y prerrogativas : como, bebo, fumo, amo, sufro, pienso : las intimidades de mi alma y conciencia son objeto de sondeos y análisis metódicos, exhaustivos : pese a las naturales contradicciones de todo hombre, la sinceridad de mis sentimientos compasivos y mi solidaridad con quienes padecen y luchan arroja a fin de cuentas un saldo positivo, favorable, real : tengo vacilaciones y dudas, sí : pero me sobrepongo y actúo : es más : esos mismos rasgos conflictivos han contribuido a transformarme en un tipo tremendamente popular, al que el público se ha aficionado en grado sumo : mira, majo, cuánta correspondencia recibo! : cartas, postales y telegramas de las cinco partes del mundo! : mis hinchas quieren saber qué se ha hecho de mí después del pasado episodio del folletín o mi enlace matrimonial en el penúltimo capítulo de la obra : es usted feliz?, preguntan : ha tenido usted hijos? : o me piden que envíe una foto de mi esposa, y si advierten que ando mal de dinero a causa de las intrigas de mis adversarios, me socorren generosamente con giros, cheques y transferencias : fíjate : aquí tengo el recibo de varios : crees tú que me los mandarían si yo no existiera? : desde que me conociste al borde de la fontana do exponía mis cuitas he cambiado mucho : he encarnado : y todos los episodios y lances en que ahora me veo envuelto obedecen a razones y hechos verosímiles, motivados por las leyes y circunstancias de un complejo y contradictorio orden social : tócame la frente, majo : verdad que sudo? : y mis ojos : dime : acaso no están inyectados en san-

gre? : porque ayer no dormí y me pasé la noche dando
vueltas y vueltas en la cama por culpa de tu dichoso
manuscrito! : en resolución : que soy natural y humano,
y por eso mismo gusto : porque novelistas y lectores leen
los pensamientos a través de mi cráneo y penetran en
los sentimientos que anidan en las entretelas de mi corazón : a la larga me conocen mejor que a sus propios
parientes y amigos y acaban por familiarizarse con todos
mis antecedentes y datos : saben que soy profesor y crítico, sostengo la doctrina del realismo, emparento con
algunos linajes de Orbajosa y Ficóbriga, frecuento las
tertulias de Max, Manso y Torquemada, me expreso en
el lenguaje castizo del pueblo, adoro el chocolate con
churros, escribo versos, me carteo con una chavala suiza, fumo tabaco rubio, admiro las puestas de sol y paisajes de Italia, adolezco de insuficiencia renal y crip-
torquidia, soy propenso a mareos y vértigos, como con
buen apetito, leo libros de estética y tratados de economía, tengo un lunar en el brazo izquierdo y una verruga
en la ingle, poseo un reloj comprado en el Rastro y unas
polainas de cuero que ma cousine Bette me envió desde
Francia : normal, y bien normal, como las personas con
quienes alternas en la vida diaria, no es verdad, majo?
sí, admitirás tú
ah, y el que Toledo dé o no dé directamente al océano
es un pequeño detalle sin importancia!

con modesta y firme cordialidad : con esa discreta sonrisa del amigo que conoce las debilidades de uno pero no
las excusa y desea fervientemente la enmienda : con

la lucidez un tanto melancólica de quien ha vivido mucho y sabe cómo son las cosas y cuán difícil resulta caminar derecho : con la sencilla generosidad de un padre ante el hijo que ha errado y vendido la herencia por un miserable plato de lentejas : con el silente dolor de una madre enfrentada al dilema de unos afectos que pugnan con su inflexible concepción del deber, doktor Vosk te guiará a través de las filas de espectadores que ocupan el ultramoderno y confortable estudio de la Radio-Televisión Nacional hasta la tribuna circular, bañada con la cruda luz de los focos, donde va a celebrarse la anunciada rueda de prensa

MODERADOR DEL PANEL

(tras imponer silencio con una campanilla y aclararse repetidas veces la garganta)

respetable público, señoras, señores : nos hemos reunido esta noche con un escogido grupo de críticos y lectores a fin de examinar la obra actualmente en preparación del escritor aquí presente, novelista de cierto talento y méritos, aunque exagerados, reales en épocas pasadas de su carrera, pero confundido hoy o, si se me permite la expresión, desnortado, por culpa de teorías y argumentos enfermizos y extraños, que no responden en modo alguno a los principios y normas de nuestra comunidad : los componentes del panel son, como ustedes saben, colegas esforzadísimos y abnegados, que trabajan sin descanso para asegurar momentos como éste, asambleas como ésta en que se permite al narrador extraviado en los laberintos de un subjetivismo mistificador la magnánima oportunidad de

que cambie de derrotero y proceda públicamente
a una autocrítica objetiva, sincera y leal
(volviéndose hacia los participantes instalados
en la tribuna)
ustedes tienen la palabra

UN SOCIÓLOGO CON GAFAS
si no me equivoco, la acción de una gran parte
de su novela parece situarse en el Sáhara : díganos, por favor, qué significa para usted el desierto?

UN ALUMNO DE LA ESCUELA DE PERIODISMO
yo no hallo en su obra ningún trasfondo humano o social, el dramatismo de la lucha por la
existencia : o es que, en su opinión, la vida de
los beduinos en un medio duro y hostil no plan-
tea problemas?
(murmullos de aprobación)

UNA JOVEN DE PECHOS ABULTADOS
sus personajes son nulos, vacíos, huecos, inexis-
tentes : ni yo ni nadie puede creer en ellos : ten-
dría usted la bondad de explicarnos de dónde
los ha sacado?

UN MOZO AÚN IMBERBE, PERO MUY INSOLENTE
algunos opinan que escribe usted sus paparru-
chas cuando está grifado y, a juzgar por lo que
he leído, pienso que tienen razón!
(risas)

LA CELADORA DE UNA COFRADÍA PARROQUIAL
sus personajes, tienen alma? : yo no se la veo!

UN ESPECTADOR IRÓNICO E INCISIVO
lo malo para mí es que tampoco tienen cuerpo : no tienen nada de nada : ni sombras son :

267

en resumen, que se le escapan de las manos porque es usted un incapaz!

(aplausos)

UN CABALLERO DE MEDIANA EDAD

cuáles son sus méritos para arrogarse el papel de fiscal en el campo de la novela? : francamente, por mucho que busque, no se los encuentro : y, si es así, no piensa usted que su conducta peca de inmodesta?

(voces : sí, sí!)

UNA SEÑORA CON UN APARATO DE SORDO

por qué manifiesta usted en su obra tanta amargura, pesimismo y resentimiento? : cree usted de verdad que la vida no ofrece aspectos positivos y gratos?

UN LICENCIADO EN FILOSOFÍA

sus escritos revelan problemas sicológicos gravísimos : hay en ellos una autosuficiencia, una sobrevaloración del propio papel que interesarían sin duda a un siquiatra : pero, considera usted que dichos elementos de curiosidad digamos científica bastan para construir una verdadera novela?

(voces : muy bien dicho!)

UN CONOCIDO CRÍTICO DE ARTE

las páginas que he leído se reducen a una torpe acumulación de aberraciones y taras que no conmueven ni pueden conmover a nuestros lectores : y díganos usted, señor novelista : si no escribe usted para el público, para quién diablos escribe entonces?

(tempestad de aplausos)

(acallando el tole con ayuda de la campanilla)
confiamos en que la áspera pero afectuosa argumentación de sus colegas y amigos hará mella en el ánimo del criticado y, después de consultar con la almohada, abandonará su actitud egocéntrica y negativa y admitirá generosamente sus errores : dejémosle pues unas horas de reflexión y mañana le escucharemos : señoras y señores : se levanta la sesión

bueno, majo : qué quieres que te diga? : tú mismo lo has visto : el clamor es unánime! : y en el fondo de ti sabes que tus lectores no son injustos : que tienen toda la razón del mundo en criticarte : sí o no? : a que una vocecita interior también te lo dice? : yo sé que sí, y no te digo más que eso : no seas orgulloso, escúchala : qué más quisiera yo que decirte, bravo, majo, vas por el buen camino, persevera en él, sigue adelante! : pero no puedo : yo debo anteponer el deber a los lazos de la amistad : soy crítico : no tengo más remedio que censurarte
Vosk inclinará la cabeza con gesto de pesadumbre y, al hacerlo, descubrirá tras el vistoso y bien cuidado tupete una calva pequeña y redonda, del tamaño de una tonsura
sí, ya sé que cuesta admitirlo y un falso amor propio se rebela contra el buen sentido y te dice : no, no les hagas caso, has creado una obra grandiosa, única, y debes defenderla contra viento y marea! : verdad que sí,

269

majo? : ah, qué embriagadoras palabras te susurra al oído! : qué hermosas y admirables serían si por ventura fuesen ciertas! : pero no lo son y tu propio corazón lo sabe : qué hacer, entonces?, me dirás : mi alma está desgarrada, todos los castillos artificiosos que edificara mi presunción se han hundido estrepitosamente! : debo romper la pluma, acaso? : debo suicidarme?
su voz se ha elevado gradualmente y resuena ahora entre las columnas, en lo alto del penumbroso local
ah, no! : eso jamás! : escucha lo que dice el gusanito de la conciencia : deja de una vez tu maldito orgullo : reconoce con franqueza tus culpas y propónte firmemente la enmienda : y si sientes deseos de llorar, llora : conmigo no tengas vergüenza, majo : si para eso estoy aquí! : vaya con el finolis! : o crees tú que llorar no es de hombres? : pues te equivocas, majo : yo tengo mucha experiencia en esas cosas y te lo digo : todos los machotes, los verdaderos machotes, mojan!
Vosk enjugará una furtiva lágrima y, cogiéndote familiarmente del brazo, te llevará a un rincón apartado y sombrío, lejos de los hombres y mujeres que leen en silencio o vacan a sus consabidas ocupaciones
lo ves, majo? : para qué reproducir solamente el lado feo, negativo de las cosas? : la vida está compuesta de claroscuros : hasta ahora has pintado todo de color negro : por qué no empleas en adelante los tonos claros?
su aliento pesado huele a cantina o a refectorio : fascinado, contemplarás los matojos de pelo que brotan de los orificios nasales, del trago bulboso de sus orejas
tus historias son decadentes, malsanas : carecen de rasgos atractivos : a la larga corres el riesgo de enajenarte

los pocos lectores que aún te defienden, no crees? : el universo moral y humano que ofreces resulta tremendamente insípido : ningún detalle de gracia, de ternura, de poesía, de ahondamiento en las situaciones y personajes : sátira, y no himno! : un desolado páramo!

la voz de tenor alcanza ahora las últimas gamas de su registro y, con un ademán protector, alargará su mano gruesa y velluda y la apoyará paternalmente en tu hombro

todos los críticos sinceros lo dicen : tu universo actual es monótono : los personajes son excéntricos, escasamente representativos : las situaciones que describes, inverosímiles y desorbitadas : créeme, majo : tienes que cambiar

hay un silencio

todavía estás a tiempo, majo : basta con que te lo propongas : el camino es empinado, difícil : pero debes subir la cuesta : personalidades de todas las tendencias te han señalado ya tus limitaciones y errores, tus lamentables deficiencias expresivas

tu amigo ha descorrido la interminable cremallera de su hábito y revuelve los bolsillos interiores hasta dar con un amarillento fajo de recortes que agitará tristemente ante ti

un testimonio abrumador, majo : te lo leo?

su mirada busca activamente la tuya y, obtenido el contacto, la bajará con dulzura hacia los papeles

macte animo, post nubila, Phoebus!

sus ojos pasan de una reseña a otra con gravedad dolorosa mientras los labios formulan los magistrales reproches como si desgranaran un espinoso rosario

(a)   abuso de extranjerismos

271

(b) falta de rigor lingüístico
(c) registro dudoso de la realidad
(d) incapacidad de transmitir fría y objetivamente los hechos
(e) acumulación insubstancial de obsesiones personales, enfermizas y mórbidas
(f) empleo consciente de mitos substitutivos
(g) renuncia a toda pretensión de verdad
(h) estilo cada día más incorrecto
(i) incesante erosión del idioma

Vosk abrevia misericordiosamente la lectura y devolverá los implacables fiscales al escondrijo inferior de su hábito

tú mismo puedes juzgar, majo : qué desolación! : qué angustioso vacío! : estás en un callejón sin salida, te das cuenta?

sí, balbucearás tú

escritores más jóvenes que tú han recibido ya toda clase de homenajes y premios : la admiración les persigue dondequiera que vayan : sus paisanos se enorgullecen de ellos y las ciudades en que han vivido se disputan el honor de erigirles un monumento

breve pausa

e tu, disgraziato, che?

nada!

exactamente, dice él : nada de nada! : críticas, reproches, acusaciones! : en vez de crear mundos sólidos, reales, y cautivar así el interés de los lectores, tú buscando siempre tres pies al gato, extraviándote en laberintos oníricos, metiéndote en absurdos berenjenales! : y el resultado está ahí a la vista : ni distinciones ni recompensas ni lauros! : un verdadero desastre!

tu protector suspira en la recóndita oscuridad del quiosco y te atraerá con suavidad a su regazo

el afán de aprehensión de la realidad mediante un lenguaje irracional conduce a enormidades valorativas, a
tesis absolutamente delirantes : prométeme que cam-
biarás, majo : eres aún joven : tienes un porvenir delante
de ti : hazlo por mí, majo

las preces y antífonas de los fieles rematan la paulatina
transformación del lugar y el olor a incienso de su niñez
(del otro, del muerto) insidiosamente envolverá la cola
de penitentes a casi cinco lustros de distancia

algo más, majo?

bueno, dices tú : también falté al sexto

al sexto?, exclama él

sí, al sexto!

una vez o varias veces?

infinitas veces!

con acciones o de pensamiento?

con acciones y de pensamiento!

solo o acompañado?

solo y acompañado!

con hombres o con mujeres?

con hombres y con mujeres!

con niños?, murmura él

con niños! con niñas! con ancianas! con ancianos!

no es posible, gime él

sí, sí, gritas tú : con todo quisque!

Dios mío!

con perros! con cabras! con cisnes! con dromedarios!

cunnilingus?

cunnilingus!

immissio in anum?

immissio in anum!
coitus inter femora?
coitus inter femora!
fellatio?
fellatio!
ejaculatio praematura?
ejaculatio praematura!
receptaculum seminis?
receptaculum seminis!
el desdichado se santiguará varias veces : las visiones
atroces de tu relato parecen haberle perturbado el juicio y, haciendo un violento esfuerzo sobre sí mismo,
se dirigirá al Ama del Ingenio de Arriba con una voz
temblorosa, pausada por intermitentes sacudidas : pero
esta vez, la Niña Fermina no se sacará un pomo de sales
del corsé ni se tapará con horror los oídos : sus ojos
risueños, finamente dibujados por el artífice, se contrae-
rán con visible disgusto y, apúntando con el pulgar de
la mano derecha hacia el suelo, como los emperadores
en el circo romano, mostrará claramente que en su opinión el caso no tiene remedio, y para bien de todos, y
en especial del apoplético, medio asfixiado páter, conviene dejarse de melindres y sentimentalismos y acabar
cuanto antes con el culpable

despojado de la esplendente majestad de Changó, diri-
girás a la impoluta Madre Común las primicias de tu
ofrenda poética
                 laberinto de errores
                 ora pro nobis!

desierto espantable
ora pro nobis!
morada de fieras
ora pro nobis!
laguna llena de cieno
ora pro nobis!
campo pedregoso
ora pro nobis!
prado lleno de serpientes
ora pro nobis!
huerto florido y sin fruto
ora pro nobis!
fuente de cuidados
ora pro nobis!
río de lágrimas
ora pro nobis!
mar de miserias
ora pro nobis!
trabajo sin provecho
ora pro nobis!
dulce ponzoña
ora pro nobis!
vana esperanza
ora pro nobis!
falsa alegría
ora pro nobis!
verdadera Queen-Kong

si te condenaran a permanecer encerrado en una habitación sombría, sin ninguna abertura, sin poder ver ni

el más pequeño rayo de luz, ni nada donde poder nunca descansar

si el suelo se hallara recubierto de cristales rotos, de zarzas erizadas de puntas, por entre las cuales se deslizaran serpientes venenosas que sin cesar te mordieran, y todo rodeado de llamas, y esto no sólo un día o una semana, sino la vida entera, no es verdad que nada más pensarlo te horroriza?

pues bien, el Infierno es mucho más terrible todavía, y durará toda la eternidad

una voz oportuna te sustraerá a la sobrecogedora lectura del viejo manual de piedad perdido entre tus papeles y, alzando reconocidamente los ojos, descubrirás al otro lado de la mesa, en el aséptico y confortable despacho de tonos sedativos y claros, un afable y pulcro interlocutor vestido con una blusa de cirujano : junto a él, en una butaca más amplia, un colega suyo, uniformado igualmente, sonríe con expresión amistosa y te ofrece una cajetilla de Marlboro

fuma usted?

no, gracias

tiene usted razón : el tabaco es un verdadero veneno : pero el caso es que no puedo dejarlo : lo he intentado varias veces y he fracasado de modo lamentable : desgraciadamente nosotros no somos superhombres como algunos creen : tenemos también nuestras contradicciones, nuestras debilidades : pero sabemos reconocer el trigo de la cizaña : así que no seré quien insista y pretenda pasarle mi vicio por aquello de mal de muchos,

consuelo de tontos : con que me estropée la salud yo,
basta : dicho esto, le molesta si enciendo uno?

en absoluto, dirás tú

es usted muy amable

sin apartar los ojos de ti, sacará un Ronson del bolsillo
lateral izquierdo, alumbrará con lentitud un cigarrillo,
aspirará voluptuosamente una bocanada de humo, la
exhalará al cabo de unos segundos, dibujará en el aire
una espiral perfecta

permítame que nos presentemos : soy el doktor Vosk,
director general del establecimiento de Normalización
en el que usted se halla : el compañero aquí presente
obtuvo un diploma de siquiatría en el Bellevue Hospital y ha mostrado un gran interés por su caso : es un
discípulo mío muy fiel con quien podrá expresarse usted
con toda confianza

a través de las láminas grises del gradulux, advertirás,
mientras te habla, que la ventana de la habitación tiene
barrotes de hierro y, ladeando discretamente la cabeza,
descubrirás, algo inquieto, que las puertas carecen de
tirador y cierran de modo automático

sí, su historial médico me interesa, dirá el discípulo :
las obsesiones que plagan sus escritos me parecen suma-
mente peligrosas : pero pienso que con un poco de
paciencia y buena voluntad de su parte tienen todavía
remedio

usted cree?

sí, mediante un tratamiento enérgico que vaya al fondo
del problema y combata el mal de raíz : ahora bien :
necesitamos su colaboración franca y sincera : eso es
absolutamente esencial, créame : tiene usted que con-
fiar en nosotros, convencerse de que deseamos su bien

y queremos ayudarle a salir del atolladero : para ello
deberá someterse usted a varios tests y responder con
honestidad a mis cuestionarios

mire, dirá el doktor Vosk : éste es el primero : desgraciadamente está redactado en inglés : quiere usted que
se lo traduzca?

no es necesario, dirás tú

bueno, pues léalo : al lado de cada enfermedad o defecto
que usted tenga o haya tenido ponga usted una crucecita : ah, y sobre todo no mienta! : no trate usted de
ocultarnos nada! : en este caso, con toda nuestra experiencia, ni mi discípulo ni yo podríamos hacer nada por
usted y nos veríamos obligados a declararle oficialmente
incurable

el doktor Vosk sacudirá las cenizas de su cigarrillo : luego, con ademán obsequioso, te alargará un formulario
rectangular esmeradamente escrito a máquina

MEDICAL EXAMINATION OF APPLICANTS

I certify that I have the following conditions:

Dangerous contagious diseases:

Actinomycosis	Symphogranuloma Venereum
Amebiabis	Mycetoma
Blastomycosis	Paragonimiasis
Chancroid	Ringworm of scalp
Favus	Schistomiasis
Filariosis	Syphilis, infectious stage
Gonorrhea	Trachoma

Granuloma inguinale   Trypanosomiasis
Keratoconjunctivitis   Tuberculosis
Leishmaniasis   Yaws
Leprosy

Mental conditions:

Insanity   Mental defect
Psychopathic personality   Narcotic drug addiction
Sexual deviation   Chronic alcoholism
Previous occurrence of one or more attacks of insanity

Patient's signature

el doktor Vosk y su fiel y abnegado discípulo te observan con ojos escrutadores y, a fin de probar tu humildad
y buena fe, así como tus fervientes deseos de redención,
señalarás con una crucecita todos los nombres que componen la lista y estamparás tu firma al pie de la hoja :
ellos la repasarán en silencio durante unos minutos,
agregarán algunos comentarios en los márgenes y, concluido el examen, el doktor Vosk sonreirá con afectuosa
aprobación
bien! : muy bien! : veo que vamos por el buen camino! :
el caso es grave, gravísimo : pero no debe usted deses-
perar : la ciencia, en la actualidad, obra verdaderos mi-
lagros!
nuestro porcentaje de normalizaciones es realmente fantástico, dirá el discípulo
el tratamiento que aplicamos ha resuelto casos aún peores que el suyo, dice el doktor Vosk
hoy día los pacientes llevan una existencia perfectamente
normal, dirá el discípulo
gracias a la sencillez, generosidad y calor de nuestros

279

enfermeros han visto con claridad sus errores y les hemos
dado la oportunidad de que rectifiquen, dice el doktor
Vosk

al cabo de unas semanas de persuasión, todos rompen a
pedazos sus manuscritos pretenciosos y empiezan a re-
dactar sus nuevas experiencias febrilmente, en una espe-
cie.de catarsis desesperada, dirá el discípulo

expresan cosas muy bellas en medio de su angustia y tristeza, dice el doktor Vosk

ahora escriben ya de modo racional y objetivo, dirá el
discípulo

se han desembarazado de sus obsesiones y reflejan fielmente el mundo exterior, dice el doktor Vosk

no los reconocería usted!, dirá el discípulo : son gente
normal como el doktor Vosk o como yo!

tienen esposa e hijos!, dice el doktor Vosk : participan
plenamente en el proceso productivo! : en lugar de la
erección fugaz de un placer textual puramente mastur-
batorio y baldío abren un surco fecundo, genésico en
un público vivo y atento!

y todo ello, créame, nos lo deben enteramente a nosotros,
dirá el discípulo

a nuestro tratamiento fabuloso, dice el doktor Vosk

el mismo que ahora va a seguir usted!, dirá el discípulo

exactamente el mismo!, dice el doktor Vosk

unas pocas semanas de cura intensiva para la normalización y luego otro tanto para evitar las recaídas, dirá
el discípulo

alejamos al paciente de todos los peligros y riesgos hasta
que se consolide el proceso y se adapte a nuevas condiciones ambientales, dice el doktor Vosk

es usted un hombre afortunado, dirá el discípulo
afortunado no, afortunadísimo!, dice el doktor Vosk
le aguarda a usted un porvenir luminoso!, dirá el discípulo
le devolvemos a usted la inocencia, dice el doktor Vosk :
con nosotros, se sentirá usted como un niño!

al parque, aprisa y corriendo al parque, de mano nodriza
o de difunta señorita de compañía, por remotos senderos
cubiertos de finísima grava, serpeando entre arriates y
setos vivos, dejando atrás puentecillos rústicos, cena-
dores, quioscos, laguitos, estatuas, hacia el punto de
cita donde los otros niños gritan, pelean, brincan, hacen
castillos de arena, se columpian, deslizan por toboganes,
al encuentro de monjas que ríen excitadamente, revolo-
tean con sus tocas almidonadas, organizan partidas de
escondite saltos de carnero rayuelas concursos de danza,
le rodean como mariposas de alguna gigantesca especie
extinguida y Mutter Vosk le invita a participar en el
corro alegre de los que cantan, algo ghetghaidillo con
suss compañeghos, no es cieghto?, con su inconfundible
acento germánico, no muy afisionado a juegoss en tiempo
de ghecgheo, procurando vencer su amor propio y ensimismamiento, vamoss, anda, ghepite conmigo, pito pito
cologhito dónde vass tú tan bonito pogh la asera veghda-
degha pim pam fuegha!, inclinándose a él para que coree
la tonada, pito pito!, y pellizcándole con fuerza en el
brazo, di, te lo tocass, a que sí te lo tocass de vess en
cuando?, veghdad que jugáiss a papáss y mamáss?, dí-

melo al oído, todass esass son cosass muy feass, si la
pobghe Vighen te ve de segugho que te coghta la mano

placer solitario de la escritura!
esgrimir dulcemente la pluma, acariciarla con febrilidad
adolescente como en el duermevela propicio al ludimiento manual, dejar escurrir su licor filiforme en la página
en blanco, alcanzar la delicada perfección del solista,
prolongar con sutil artificio el rigor tumulario, diferir
indefinidamente el orgasmo, consumir sin mesura tu propia energía, abolir la obstinada avaricia del orden real :
abandonándote a la aleatoria inspiración que guía tus
pasos en sus festivos, dominicales periplos : por Ghardaïa Istanbul o Fez : Belleville Barbés o la Gare du
Nord : cuando ave cetrera que otea la presa, te internas
en los laberintos de la selva urbana con la avizora prontitud del neblí : presto a la súbita imantación del cuerpo que atraerá irresistiblemente el tuyo y os acoplará
con fuerza magnética como palabras unidas por el poeta
en versátil conjunción fugaz : transformando desvío
semántico en chispa voltaica, a espaldas de la lógica y
su desprecio ruin : hasta el momento en que las bús-
quedas paralelas se mezclan, el verbo deviene carne y la
amorosa cópula alumbra como una esplendente metáfora : desdeñando la proximidad amenazante del crítico
religioso, socialrealista o siquiátrico que apostado en la
trinchera del saber erudito apunta con dedo acusador el
edículo y proclama a voces que ha sido testigo del mutuo y consentido placer de Onán : del infando acto de
blandir la pluma sin provecho del público y sus múl-

tiples y urgentes necesidades : coreado por la indigna-
ción virtuosa de los bienpensantes que asoman a las ventanas y contemplan el espectáculo de la escoria humana
con exclamaciones y gritos de fascinado terror
oh, comme c'est dégoûtant!
take a look
it turns my stomach
disgraziato!
Monsieur, vous n'avez pas honte?
fusilarlos, sí señor, fusilarlos!
oh, snap it
please, don't move
regarde, il jouit!
tío guarro!
un momentino, per carità
look at this
andiamo, è troppo òrrido!
cuando el babélico gentío se dispersa, el Discípulo Fiel
dirigirá sus miradas al Ama del Ingenio de Arriba y la
Niña Fermina arrugará el ceño y apuntará otra vez con
el pulgar de la mano derecha al suelo como César después de gladiador combate mostrando a las claras que en
su opinión el caso no tiene remedio y para bien de todos,
y en especial del orden novelesco y de sus ideológicos
y estipendiados guardianes, conviene dejarse de melindres y sentimentalismos y acabar cuanto antes contigo, el
contumaz, indecente culpable

el Discípulo Fiel permanece rígidamente sentado al otro
lado de la mesa despacho y, tras contemplarte con un

aire severo, teñido de desaprobación, te alargará no obstante en silencio la PRUEBA NÚMERO DOS

Lea el siguiente texto del director de nuestro establecimiento y comente o amplíe tres puntos del mismo que retengan especialmente su atención

"Hoy día, cuando la presunta vanguardia crítica se propone 'liberar la literatura de la insoportable tiranía de los géneros', arrojando así por la borda el progreso milenario del espíritu humano, no hace más que echar por los Cerros de Úbeda en la medida en que repite argumentos archisabidos y ya desacreditados que emplearon, entre otros, los surrealistas hace más de cincuenta años. Con mil sutilezas y argucias dignas de los viejos sofistas helenos, se nos explica que 'el lenguaje no reproduce el mundo', que 'la literatura y la vida son cosas diferentes', etc. Resistiendo a la tentación de decirles que se vayan a freír espárragos, dejaremos más bien que los señores mandarines elitistas se diviertan y jueguen con sus espejismos libérrimos y, encerrados en su torre de marfil, emitan un canto de cisne que, por fortuna, no conmueve a nadie. El lector de hoy ha conservado íntegra su fe en el personaje : si el novelista la pierde, mañana será aquél quien escribirá con ardor, en la vida, el argumento de su propia novela."

el Discípulo Fiel te examina a través de sus gafas ahumadas y, ansioso de congraciarte con él y obtener a toda costa la normalización deseada que ganará para ti el aplauso del público y te asegurará un puesto de honor entre los grandes de la literatura, solicitarás la ayuda de un libro de viajes y, de acuerdo con las instrucciones del test, procederás a describir en primer lugar, con la mayor precisión posible, los famosos CERROS DE ÚBEDA

"Toda la región oriental de la depresión andaluza presenta rasgos de una personalidad bien definida. Es una zona accidentada de colinas y hoyas, complicada en apariencia, pero cuya ordenación se puede restablecer dando una simple ojeada a un mapa y observando que las margas miocenas se extienden cuanto pueden, disimulando la complejidad del subsuelo. Hasta el Guadalimar cruzamos una tierra bastante yerma, cubierta de olivos, que anuncia ese Cerro de Úbeda de margas miocenas, cuya cima tabular, clara y fértil, está tapizada de árboles. Desde allí, la vista se pierde en la inmensidad de las ondulaciones de terreno geométricamente plantadas de olivares"

interrumpirás tu labor de copia, dejarás que el Discípulo hojee tus comentarios y, sin aguardar su nihil obstat, consultarás varios libros de cocina, buscando inútilmente una receta de freír espárragos, en vista de lo cual, después de señalar en términos respetuosos y prudentes lo que no puede ser sino un pequeño desliz del siquiatra jefe, expondrás toda la rica gama de sugestiones de un conocido gastrónomo en materia de ASPERGES

"On les mangera chaudes, tièdes, ou froides, avec une sauce : vinaigrette, beurre fondu, blanche, mayonnaise, rèmoulade, moutarde, tartare, etc.

"On peut aussi, une fois nappées de sauce Mor-
nay, les poudrer de parmesan et les faire gratiner
au four"
esta vez el Discípulo manifestará signos inequívocos
de inquietud pero, decidido a llevar tu normalización
a un buen puerto y a adaptar con fidelidad tu escritura
a las exigencias del orden civil, pasarás al tercer punto
del test y te dispondrás a pintar con la minucia de
los grandes maestros y su estilo natural y sencillo las
peculiares condiciones de vida en el interior de una
torre de marfil, cuando tu interlocutor te arrebatará el
papel de la mano y, con un movimiento de cólera,
empezará a romperlo a pedazos
oiga, joven! dirá : se ha propuesto usted tomarme el
pelo?
aunque me lo propusiera no lo conseguiría, responderás
tú : es usted absolutamente calvo
un momento, dirá él reponiéndose : no confundamos
las cosas : yo le hablo en castellano y usted lo compren-
de tan bien como yo : no quiera ahora pasarse de listo
y darme gato por liebre
no le estoy ofreciendo a usted ninguno de esos dos animales, dirás tú
vamos, dirá él : déjese de juegos, que ya no es usted un
niño! : usted sabe muy bien dónde le aprieta el za-
pato!
en el juanete del pie derecho, dirás tú
tonterías, dirá él : yo me refiero a sus respuestas al
test y usted se sale por peteneras
prefiere usted las seguidillas?, preguntarás tú
no, no y no!, gritará él : así no hay forma de ponerse de acuerdo! : desde hace un minuto estoy tratando

286

de explicarle que hablamos lenguajes diferentes! : puede decirme usted qué mosca le ha picado?

la común, la tse-tsé o la de la carne, dirás tú

estoy devanándome los sesos para que usted comprenda, balbuceará él sin concluir aparentemente la frase

no se los devane usted del todo, dirás tú : a lo mejor se le acaba el ovillo

todo eso es absurdo, dirá él : es como si usted y yo habláramos por ondas distintas : alguno le ha indispuesto contra mí : de otro modo no me lo explico : sí, aquí hay gato encerrado!

pobrecillo, dirás tú : no hay medio de que podamos soltarlo?

no me haga usted perder los estribos!

si los pierde usted, dirás tú, no tiene más que comprarse otros

no sé dónde se ha educado usted, dirá él : pero su forma de expresarse es grosera : vaya usted con cuidado! : si con ésas andamos le advierto que yo tampoco tengo pelos en la lengua!

se los afeita usted?

mi paciencia tiene sus límites, añadirá : si luego se arrepiente usted, yo me lavo las manos

el lavabo está enfrente, dirás tú

muy bien!, gritará él : usted pagará los platos rotos!

al contado o a plazos?

es usted un descarado y un insolente, gritará él : pero le va a salir el tiro por la culata!

no tengo licencia de armas, puntualizarás tú

déjeme en paz!, dirá él : váyase con la música a otra parte!

a condición de que me costee usted el viaje, dirás tú

287

basta!, aullará él : la cabeza me estalla!

y así ocurre, literal, sí, realmente, y sin que lo puedas evitar : obús de blanda, gelatinosa substancia que escurre por las paredes y techo del ultramoderno despacho pintado de tonos sedativos y claros al tiempo que tú enjugas las salpicaduras del rostro con la planilla del tercer test y te abres tranquilamente camino, gracias a su llavero, a través de las silenciosas y bien engrasadas puertas del Instituto de Normalización

(sentido propio y sentido figurado se confunden : las posibilidades del discurso derogan de un trazo de pluma las presuntas imposibilidades del referente)

mi discípulo! : dónde está mi discípulo?, gritará el director

mi tratamiento no le ha sentado bien, dirás tú : al enderezarme se calentó demasiado los cascos y ha sido víctima de una terrible explosión

me está ocurriendo algo atroz, dice V : intervenga usted, por favor : muévase! : haga usted algo! : esos escritorzuelos ladrones me han despojado poco a poco de mis haberes, elementos y rasgos : he perdido peso, estatura, expresión, atributos, carácter : me han expropiado la mansión familiar, de típica clase media, meticulosamente descrita en infinidad de novelas : con su andana de balcones de hierro forjado, su escalera rumbosa venida a menos, su salón de quiero y no puedo, su mesa camilla y el sillón de orejas donde repasaba las cuentas de la botica y leía el editorial del periódico sobre la crisis del régimen parlamentario : y no sólo la casa y enseres, sino mis prendas y objetos personales : el sombrero hongo de aspecto usurero o bursátil, el chaleco de cuadros, la casaca de terciopelo, el bastón con puño de plata, los botines y guantes de cabritilla, las polainas de cuero, el reloj de cadena comprado en el Rastro : ahora carezco de pasado, profesión, rasgos típicos, linaje, ambiciones, amigos : ni como ni bebo ni fumo ni amo ni sufro ni pienso : he cesado de frecuentar tertulias, escribir versos, cartearme con chavalas suizas, ser propenso a mareos y vértigos, estudiar libros de estética y tratados de economía : me han quitado un lunar que tenía en el brazo izquierdo (detalle que en muchas ocasiones había servido para identificarme ante algún pariente cercano a quien había perdido de vista) y (no, si es que me da grima decirlo, si es algo realmente abominable) hasta la cicatriz de una antigua operación en la ingle! : pero agárrese usted porque aún no he acabado! : pues esos desalmados (no encuentro un término más suave para definirlos), no contentos con haberme arrebatado mis bienes raíces y muebles acaban de privarme asimismo de rostro y figura! : me miro en el espejo y no veo nada! : ni mi frente despejada y un tanto huidiza, ni los ojos pequeños y medio cerrados pero escudriñadores e inquietos, ni la nariz delgada y corva que, según las descripciones de mayor mérito, me confería un noble perfil de prócer esclarecido : he perdido la sonrisa que no me abandonaba ni en los instantes más graves, mi expresión de señorial atrevimiento y aquella mirada mía impregnada del fuego y resolución de los ingenios de la antigua raza : ahora nadie me reconoce en la calle ni se interesa por mí ni se molesta en averiguar qué me ha pasado : ya no recibo cartas telegramas postales che-

ques transferencias ni giros : ni firmo autógrafos ni
dedico retratos : mi ruina y soledad son absolutas : y por
contera (porque mis desdichas son comparables a las
que abrumaron al paciente Job según nos refiere la
Biblia) me han retirado las tres letras finales de mi
apellido y se me designa únicamente con la inicial : me
llaman V a secas, se da usted cuenta? : ni las más
negras doctrinas totalitarias que con promesas miríficas
y risueñas atentan a la estabilidad y valores del desqui-
ciado mundo de hoy han llegado tan lejos en sus designios de nivelación, de aniquilamiento de la individualidad, de eliminación pura y simple del alma! : he dejado
de ser una entidad completa y tridimensional, de densidad sicológica y acciones transitivas para convertirme
en V : una inicial, una letra, un número! : dígame usted,
señor novelista : es éste el paraíso adonde conducen sus
cantos de sirena revolucionarios? : la abolición, la muerte del ego? : eso es peor que la China de Mao! : ahora
no soy más que una voz : me ha reducido usted al mur-
mullo de un vago e inidentificable discurso : ni voz mía
siquiera, sino de usted, de mi amo : va usted a abando-
narme así? : no se compadece usted de las lágrimas de
mi corazón desgarrado?

como la vocecilla deviene histérica y vibra desagrada-
blemente en tus oídos, repetirás el ademán escueto del
Ama del Ingenio de Arriba y apuntarás con el pulgar de
la mano derecha al suelo, como los emperadores en el
circo romano : al punto, su tono ascenderá hasta alcanzar las proporciones de un chillido semejante al que

emiten las reses cuando son conducidas al matadero :
pero por fortuna se extinguirá pronto y, cuando tú dejes
la pluma y te incorpores para orinar y lavarte_las manos,
esta vez será Nuestra Señora del Bosque, alias la Niña
Fermina quien, sin pena ni gloria, se habrá ido definitivamente al carajo

a rey muerto, rey puesto
concluido el breve responso por el descanso eterno del
personaje, descenderás las primeras gradas del Sacré
Coeur y vagarás unos minutos hacia la Place du Tertre,
por las callejas de la antigua Commune Libre de Mont-
martre : los turistas ocupan como sólito las terrazas
de los cafés y los artistas profesionales que ejercen su
noble arte inclinados con pinceles y tientos sobre los
lienzos de los caballetes reproducen por unas cuantas
docenas de francos la fisonomía, arrancada del natural,
de millares de transeúntes ansiosos de un imperecedero
souvenir del lugar : indiferentes a la metralla japonesa
de aparatos y cámaras, trazan perfiles, dibujan rasgos,
completan rostros, captan expresiones que agudamente
revelan el alma y carácter de los efímeros, reiterados modelos : junto a ti, un caballero flamenco, cuyo apellido
bordado en rojo sobre el bolsillo izquierdo de la chaqueta establece una mentida, casi insultante relación fo-
nética con aquel remoto, visionario paisano que magis-
tralmente pintara al diablo expeliendo a las almas pro-
tervas por la pupila de su ojo nefando, contemplará satisfecho su imagen promovida al rango de Obra de Arte
y recompensará la pericia del retratista con discreta mu-

291

nificencia : mientras te retiras, cuesta abajo, pensarás
que su figura te resulta familiar y, camino del boulevard
de Rochechouart, te preguntarás, fugazmente, si no os
habéis conocido en alguna parte

VII

Pues agora sin temor, como quien no tiene que perder, como aquel a quien tu compañía es ya enojosa, como caminante pobre que sin temor de los crueles salteadores va cantando en alta voz.

FERNANDO DE ROJAS, *La Celestina*

eliminar del corpus de la obra novelesca los últimos vestigios de teatralidad : transformarla en discurso sin peripecia alguna : dinamitar la inveterada noción del personaje de hueso y carne : substituyendo la progressio dramática del relato con un conjunto de agrupaciones textuales movidas por fuerza centrípeta única : núcleo organizador de la propia escritura, plumafuente genésica del proceso textual : improvisando la arquitectura del objeto literario no en un tejido de relaciones de orden lógico-temporal sino en un ars combinatoria de elementos (oposiciones, alternancias, juegos simétricos) sobre el blanco rectangular de la página : emulando con la pintura y la poesía en un plano meramente espacial : indiferente a las amenazas expresas o tácitas del comisario-gendarme-aduanero disfrazado de crítico : sordo a los cantos de sirena de un instrumental e interesado contenidismo y a los criterios mezquinos de utilidad

*

* *

el cirio pascual? : o el sirio Pascual? : en el rectángulo en blanco, ilimitadamente virgen, la doble incitación (error, trampa?) se ofrece, vertiginosa, a la pluma : arbitrariedad del relato disfrazada siempre con pretextos mentidos . : sentado sobre (debajo?) la mesa de descanso, helado por el opaco rayo solar que atraviesa el muro macizo : señal evocadora (índice presumible) del día lluvioso que, con sequedad de estepa, abrasa el fértil paisaje antártico : calles y avenidas bien sembradas, sicómoros de piedra, jardines regados por taxis y tranvías : con la pluma en la boca, asaeteando a balazos (palabras) las múltiples orientaciones posibles : causalidad restrictiva, determinismo avaro del triste pájaro en mano antepuesto a la embriaguez de la centena aerícola : acciones lógicas, sintaxis coherente, motivaciones claras! : mezquina sucesión de efecto y causa, invención fatigada y exangüe de trasnochado Jehová bíblico! : soñando en el desmesurado placer de lo caprichoso e inverosímil : universo infinito de lo improbable en donde la sinrazón florezca y el fascinante caos emborrone la blancura del papel de una enigmática, liberadora proliferación de signos

*

* *

autonomía del objeto literario : estructura verbal con sus propias relaciones internas, lenguaje percibido en sí mismo y no como intercesor transparente de un mundo ajeno, exterior : mediante el acto de liberar las palabras de su obediencia a un orden pragmático que las convierte en meros vehículos de la razón omnímoda : de un pensamiento lógico que desdeñosamente las utiliza sin tener en cuenta su peso específico y su valor : completando las funciones de representación, expresión y llamada inherentes a una comunicación oral cuyos elementos (emisor, receptor, contexto, contacto) operan también (aunque de modo diverso) en el instante de la lectura con una cuarta función (erógena?) que centrará exclusivamente su atención en el signo lingüístico : descargando, gracias a ella, al lenguaje de su simoníaca finalidad ancillar : conmutando la anomalía semántica en núcleo generador de poesía y aunando de golpe, en polisémico acorde, sexualidad y escritura : desprecio común por la serie útil, procreadora, que trueca el placer nefando y baldío en figura de lenguaje, el crimine pessimo en metáfora existencial : resolviendo por fin, al cabo de tan largo periplo, la secreta ecuación de tu doble desvío : manipulación improductiva (onanista) de la palabra escrita, ejercicio autosuficiente (poético) del goce ilegal

*
* *

reproducirás una vez más, con tu caligrafía pulcra, la carta de la esclava cuya lectura esclarece y da sentido a una vida (la tuya?) organizada (en función de ella) como un ininterrumpido proceso de ruptura y desprendimiento, sabedor de que posees la clave que te permite interpretar su trayecto (el del otro) de modo retrospectivo, con la conciencia de haber llegado al final de un ciclo a partir del cual, mudada la piel, saldada la deuda, puedes vivir en paz

mi amo
su mersé me dejó en casa de sus hijos la niña Ferminita y el niño Jorgito y yo hice todos los posibles de cumplir con la palabra que yo di a su

297

mersé pero cuando vino la niña Telesfora a casa
de la niña Ferminita me botaron de la casa y
aquí estoy como quiera en la calle esperando
siempre a su mersé

también diré a su mersé que la niña Telesfora
bendió Julián a Tomabella y Tomabella lo bendió a Montalvo y desde el verano su hijo Jorgito
no quiere pasarle ni medio

si su mersé quiere arreglar de otra manera pues
ya esta poble no tiene que comer yo quisiera que
su mersé me socorriera

memorias a Petra a María a niña Flora a niña
Ángeles a niña Adelaida a niña Josefita y a la mi
señora

y su mersé manda a su esclaba que pide su bendición

Casilda Mendiola

grito de dolor

fuente secreta del proceso liberador de tu pluma

razón oculta de tu desvío moral y artístico, social, religioso, sexual

*

*   *

diez años atrás, en el espacio de tu propia escritura
el Zoco Grande se abría ante ti, vasto, abigarrado, polí-
cromo, con sus sombrajos, tenderetes, bazares agredidos
por un sol robusto y entre la algarabía incomprensible
de los mercaderes alárabes y el tintineo agudo de las
campanillas de los aguadores, advertiste la voz de la

mujer, su acento mejor dicho, producto concentrado, diríase, de lentos siglos de orden estable, sentido jerárquico del deber, esmerada conciencia de mando, fe ciega en el buen funcionamiento de las leyes que sabiamente gobiernan los destinos del mundo

apártate, Paco, que te puede rozar!

te volviste a mirar a quien así hablaba, la guapaza peninsular típica hasta la náusea, vestida, acicalada, teñida, pintada con telas, perfumes, rímeles, lacas adquiridos sin duda en las boutiques de lujo del Faubourg Saint-Honoré por el marido de quijada larga, nariz borbónica, bigotico perfectamente horizontal en forma de tildes de "eñe", ojos velados por gafas obscuras, con una gruesa montura de carey que tapaba los lados como las anteojeras de una caballería

hijos de la gran puta, pensaste

(delante de ellos, y también de ti, un pordiosero árabe de edad indefinida parecía acumular en su cuerpo todas las lacras y defectos de la especie humana

suciedad

miseria

llagas

supuraciones)

ojalá, te dijiste, pudiera inspirar yo tal horror, reunir en mí las abyecciones, vilezas y taras susceptibles de concitar el virtuoso desprecio de esta pareja fétida

y como el mezquino y tortuoso almendro que en el helado corazón de enero florece súbita y milagrosamente, el pordiosero se había convertido para ti en un símbolo codiciable y precioso, transmutada su fealdad anterior en molde alquímico, cifra y tenor de insólita hermosura

sabías desde entonces que ninguna moral, ninguna filosofía, ninguna estética serían válidas frente a la grey ado-
cenada por cinco siglos de conformismo si no se arries-
gaban a provocar el comentario asqueado de la pareja a
la vista del astroso mendigo
deliberadamente risibles
voluntariamente chocantes
a cubierto de las asechanzas y redes de la nauseabunda
respetabilidad
conducta independiente, vida al margen
tarde o temprano, pensabas
(y todavía piensas)
algunos, quizá, lo comprenderían

*
* *

monotonía o accidente? : comparada a un disco rayado
por algunos, la historia de tu ex-patria evoca también
el interminable bolero de Ravel
en los salones de la prefectura de Bayona, ancien départe-
ment des Basses Pyrenées, los inmortales pretendien-
tes al trono exhiben sus blasones y títulos ante el endio-
sado faquín con patente de corso : el pedigree familiar es
excelente y halaga, al parecer, el snobismo del ambicioso
maître de maison : el Cid figura en él, naturalmente, y el
montaraz y agreste don Pelayo : uno invoca su consan-
guinidad con Túbal : otro afirma que Wamba fue su
tío, y su primo, recuerdas?, Sancho el Bravo : el carmín
puebla el triunfo de los pavos reales, parlanchina San-

sueña dice cosas banales y vestido de scottish casticea el
bourbon
los cronistas comentan siglo tras siglo las heráldicas justas y siembran la confusión y la duda en la mente lógica,
cartesiana de tu vieja portera de la rue Poissonnière
monsieur, par charité, où va l'Espagne?
à sa perte, j'espère

*

* *

tu cuerpo no abonará su suelo : excepto si, investido de
poderosa substancia tóxica, extiende su acción parásita,
perturbadora a la totalidad del espacio peninsular, con-
taminando poco a poco, hasta secarlo, el árbol nacional
de las letras, como esa infausta, atormentada higuera que
enfáticamente castiga la Biblia : pero si la realidad no
se pliega a tus agresiones oníricas deberás decidir desde
ahora la suerte que le reservas : nuevo bachiller de la
Puebla, su nombre no presidirá nunca la inauguración de
grupos escolares estatuas plazas avenidas paseos : aves
no se posarán en sus lauros, perros no mancillarán su
peana, risueñas, infantinas voces no articularán sus sí-
labas : desahuciado, irrecuperable, nadie, absolutamente
nadie reclamará sus restos : evitándole la obscena sim-
biosis con la tierra nefasta los dejarás reposar en la
calma de un makbara musulmán : entre la multitud de
piedras anónimas erosionadas por el soplo insaciable del
viento : geometría prudente de escamas y aristas, dunas
reptantes que acarician y asfixian en abrazo taimado, ser-
pentino, voraz : fundido del todo en la arena baldía :

integrado por fin en un paisaje yermo : a no ser que, como los menesterosos del solar nativo en los años que siguieron al atroz cataclismo, lo vendas a un depósito de cadáveres u hospital clínico para los ejercicios y prácticas de futuros galenos, capaces de diagnosticar acertadamente en su día las razones del colectivo estreñimiento ancestral

*
* *

completado el ciclo de evolución biológica que convierte a la larva en insecto de apariencia regalada y vistosa, ajena y vuelta de espaldas a sus turbios orígenes
como batracio a cuya transmutación sucesiva, espectacular no acompaña ni sigue ningún apotegma moral
como Proteo, Frégoli o travesti que opera a la vista de un público simultáneamente burlón y burlado
te has transformado y has transformado el instrumento en que te expresas abandonando en cada hoja de papel blanco jirones y andrajos de tu antigua personalidad hasta alcanzar el estadio actual en que únicamente una fachada nominal y borrosa te identifica
como aquella anciana esquiva, enajenada, huidiza, que habiendo clausurado su vida anterior y dejado de reconocer a la propia familia conserva tan sólo un barniz de cortesía que le permite un intercambio impersonal y dialoga con su acongojado nieto como lo haría con cualquier desconocido en la sala de espera de un médico
así te encuentras ahora, tras ardua cadena de cambios

y metamorfosis, en un inevitable momento de otoñal, melancólica despedida

apostasías, transgresiones, destierro te han extrañado para siempre de la fauna nativa y las fórmulas de urbanidad que ocasionalmente cruzas con ella son algo tan mecánico y huero como la sonrisa desvaída de la abuela el día memorable en que le desconoció

a ti, no

a ese otro cuyas mudas de piel a lo largo del camino señalan con cautela, a lo Pulgarcito, las venturas y riesgos de su altiva, solitaria traición

*

* *

si en lo futuro escribes, será en otra lengua : no en la que has repudiado y de la que hoy te despides tras haberla revuelto, trastornado, infringido : empresa de sedición interior que compensa el presente que muy a pesar tuyo le ofreces : agregando tu artefacto a su monumento, pero destilando al mismo tiempo el agente (cáustico, corrosivo, mordaz) que la corrompe y desgasta : regalo capcioso (el tuyo) en cola de alacrán : ofrenda asechante (la suya) con in cauda venenum : ambigua relación que te privara de sueño hasta la conclusión lógica de su abrupto desvío : la liberación del instrumento y vehículo de tu (su) propia ruptura : sabiendo que a partir de ella puede(s) dormir tranquilo : con la conciencia neta de que el mal está hecho : progenitura infame, su (tu) subversión (ideológica, narrativa, semán-

tica) proseguirá independientemente su labor de zapa
por los siglos de los siglos

*

* *

desacostúmbrate desde ahora a su lengua, comienza por
escribirla conforme a meras intuiciones fonéticas sin
la benia de doña Hakademia para seguir a continuasión
con el abla ef-fetiba de miyone de pal-lante que diariamente lamplean sin tenén cuenta er código pená impuet-
to por su mandarinato, orbidántote poco a poco de to
cuanto tenseñaron en un lúsido i boluntario ejersisio
danalfabetim-mo que te yebará ma talde a renunsial una
traj otra a la parabla delidioma i a remplasal-la por
tém-mino desa lugha al arabya eli tebdá tadrús chuya
b-chuya, lugha uára bissaf ualakini eli tjab bissaf, sa-
byendo ken adelante lassmék t-takalem mesyan ila tebghi
tsáfar men al bildan mselma ua tebghi taáref ahsán
r-rjal keinp-piraron tu tét-to piro ke no lo lirán, rjal min
Uxda Tenira Uahran Ghasauet El-Asnam Tanxa Dar-
Bida Kuyo trato a pem-mityo er konosimyento Kabal
de ty mim-mo i la posyvilidá dep-presal-lo lyberándote
de tu hantiryor ympot-tura i, grasias ha la prat-tyca dun
lenguage cuep-po, dun belbo beldadelamente echo can-
ne, de tebdá kif uáhed l-arbi al idu sghera ua min baád
al idu Kbira bex temxi l-xamá ua tqrá al surat eli tjab
        qul ya ayuha al-kafirún
        la a budu ma ta budún
        ua-la antum abiduna ma a bud

ua-la ana abidum ma abattúm
ua-la antum abiduna ma a bud
la-kum dinu-kum ua-li-ya din

الناس لي ما يفهمونيش ما يبقاوش يتبعوني

علا قتنا انتهت

أنا بدون شك في الجهة الأخرى

مع المساكين لي دائما

يوجدوا السكين

Impreso en el mes de junio de 1978
en I. G. Seix y Barral Hnos., S. A.
Avda. J. Antonio, 134-138
Esplugues de Llobregat
(Barcelona)